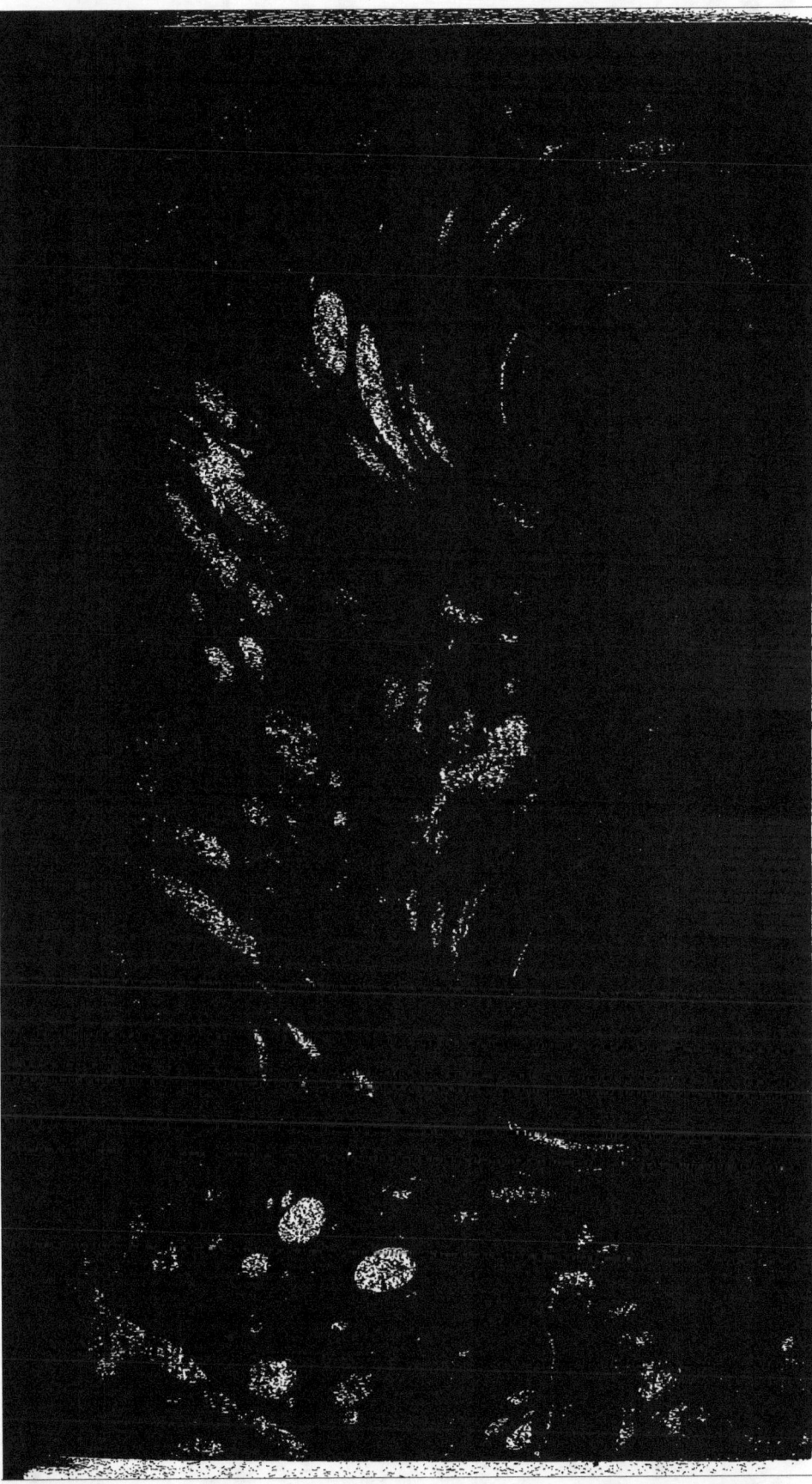

CHOIX

DE NOUVELLES

CAUSES CÉLEBRES,

AVEC LES JUGEMENS

QUI LES ONT DÉCIDÉES.

CHOIX

DE NOUVELLES

CAUSES CÉLEBRES,

AVEC LES JUGEMENS

QUI LES ONT DÉCIDÉES,

Extraites du Journal des Caufes célebres,
depuis fon origine jufques & compris
l'année 1782.

PAR M. DES ESSARTS,
Avocat, Membre de plufieurs Académies.

TOME SEPTIEME.

A PARIS,

Chez MOUTARD, Imprimeur-Libraire de la
REINE, de MADAME, & de Madame Comteffe
d'ARTOIS, rue des Mathurins, Hôtel de Cluni.

M. DCC. LXXXV.
Avec Approbation, & Privilége du Roi.

AVERTISSEMENT
DU LIBRAIRE.

LES Collections du Journal des Causes célebres étant épuisées, les Volumes de ce Choix les remplaceront. Au lieu de faire une réimpreſſion diſpendieuſe, on a préféré de donner un extrait : ainſi, en joignant à ce Recueil les années qui ont paru depuis 1782, & qu'on trouvera au Bureau du Journal des Cauſes célebres, chez M. des Eſſarts, rue Dauphine, Hôtel de Moui, on aura l'avantage de réunir ce qu'il y a de plus intéreſſant dans les cent douze Volumes qui ont été publiés avant cette époque, avec la ſuite de cet Ouvrage périodique.

CHOIX
DE CAUSES
CÉLEBRES.

AFFAIRE DU SIEUR DE POILLY.

CETTE Caufe préfente une de ces
victimes immolées par une injufte prédilection à l'intérêt d'un fils aîné, &
enfevelies dans le cloître par la main
d'une mere ; mais il eft peu d'infortunés
dont la deftinée ait été auffi long-temps
incertaine & flottante entre l'efclavage
& la liberté ; car ce n'eft qu'au bout
de trente-cinq années de perfécutions,
d'efpérances toujours renaiffantes & toujours trompées, que le malheureux Poilly
a revu enfin la lumiere & la Société

Tome VII.   A

dans un état stable & tranquille. Il a
vu couler les deux tiers de sa vie dans
les peines & l'incertitude de son sort ;
&, lorsqu'il a enfin recouvré son état
& sa liberté, il s'est trouvé sans ressource & sans fortune, obligé de chercher dans sa famille les débris de cette
opulence où il croyoit l'avoir laissée
dans son adolescence, & à laquelle il
attribuoit la premiere source de ses
malheurs. Aigri par tant d'injustices,
il crut reconnoître dans la veuve de
son aîné, l'héritiere de la haine de sa
mere, l'usurpatrice de son patrimoine,
& fit tomber sur elle tous les reproches & toute l'amertume de son ressen-
timent. L'enchaînement des événemens,
la variété des faits & de leurs circonstances rendent cette Cause intéressante.
Nous les diviserons en trois époques.

La premiere comprendra la minorité
du sieur de Poilly, son éducation, sa
prison à Saint-Lazare, son entrée aux
Cordeliers, & ses vœux forcés.

La seconde, sa réclamation, les persécutions & la mort de son frere, celle
de sa mere, l'Arrêt du Parlement du
15 Juin 1744.

La troisieme, sa retraite à Auxerre,

deux lettres de cachet, sa prison à la Garde, enfin son rétablissement au monde.

Nicolas de Poilly & Génevieve Durand ont eu trois enfans de leur mariage; Anne de Poilly, mariée en 1722 avec le sieur Douceur, Marchand à Paris, & dotée par ses pere & mere; Sébastien de Poilly de Chanterenne, Secrétaire du Roi, & Conseiller-Maître en la Chambre des Comptes de Normandie, & Jean-Louis de Poilly.

Celui-ci n'étoit âgé que de douze ans lorsque son pere mourut, en 1726; le sieur de Chanterenne étoit de quatorze ans plus âgé que son frere. Sa mere avoit pour lui une tendresse aveugle; ce fils aîné étoit son idole. Il étoit principal Clerc du sieur Durand, Notaire, son oncle maternel. Son jeune frere fut peint, aux yeux de la mere, avec les couleurs les plus odieuses. Ses actions les plus indifférentes étoient interprétées d'une maniere sinistre, & ses fautes représentées comme des crimes qui déceloient la perversité de son caractere & la bassesse de son cœur.

Le jeune de Poilly fut donc exclus de la maison maternelle, où on lui rendoit la vie si dure. Il eût regardé

A ij

cette exclusion comme un bonheur, si on ne l'eût relégué chez un Maître Ecrivain, où il étoit encore plus mal-traité.

Quand l'infortuné de Poilly alloit, les Dimanches & Fêtes, à la maison, il n'essuyoit de son frere que reproches accompagnés de ces tons durs, plus propres à révolter un enfant qu'à le corriger de ses défauts.

De retour chez le Maître Ecrivain, accablé de coups, & toujours dans la frayeur, le malheureux de Poilly vit naître les premiers symptômes d'une ma-ladie de nerfs : il fut rappelé à la mai-son maternelle.

L'indifférence de la dame de Poilly pour son cadet, se changea bientôt en antipathie; elle eut l'adresse de repré-senter au Médecin cette maladie acci-dentelle, d'une maniere à la faire dé-clarer épileptique & incurable.

Sur l'attestation surprise au sieur Pouce, Médecin, la mere fit entendre aux fa-milles de Poilly & Durand, qu'elle étoit forcée de l'ensevelir dans un cloî-tre, ou de l'expatrier par-delà les mers, parce que l'épilepsie dont il étoit atta-qué, porteroit préjudice à l'établisse-ment de son fils aîné.

Après le rétabliſſement de ſa ſanté, on le
remet chez le même Maître Ecrivain. Il
ſembloit qu'il eût entrepris, ou d'abrutir
ſon éleve, ou d'en débarraſſer la famille.
Le jeune de Poilly, gémiſſant ſous un
traitement ſi dur, n'avoit pas l'eſprit
aſſez libre pour éprouver aucun de ces
mouvemens intérieurs qui ſollicitent
l'ame à ſe conſacrer à la Religion, &
qui l'attirent à elle d'une maniere d'autant plus puiſſante, qu'elle eſt douce
& imperceptible.

L'infortuné de Poilly, qui n'oſoit ſe
plaindre de ſes ſouffrances à ſa famille,
s'en ouvrit au ſieur Lambroſſe, ſon parrain, qui ſe déclara hautement ſon protecteur, & le prit chez lui.

La dame de Poilly, par conſidération
pour le ſieur Lambroſſe, ne put s'oppoſer à l'abſence de ſon fils. Educa-
tion, nourriture, entretien, ces dettes
ſacrées que la Nature, ordinairement ſi
forte dans le cœur d'une mere, s'em-
preſſe d'acquitter, tels furent les bienfaits dont cet homme généreux ſe fit
un plaiſir de combler ſon filleul.

Le jeune de Poilly continuoit toujours de voir ſa mere. Il la trouve un
jour dans l'appartement du ſieur de

A iij

Chanterenne; elle lui fait un accueil
plein de tendreſſe. Ces careſſes, auxquelles il n'étoit point accoutumé, lui
firent eſpérer un traitement plus doux;
mais cette eſpérance s'évanouit bientôt.

Dans la compagnie ſe trouvoit une
dame qui étoit ſur le point de retourner
au Canada. La dame de Poilly ſaiſit
ce moment pour faire entendre à ſon
fils que la ſucceſſion de ſon mari avoit
à peine ſuffi pour la remplir de ſes conventions matrimoniales; que les bontés
du ſieur Lambroſſe pouvoient ceſſer;
que ſes bienfaits préſens ne devoient
point l'éblouir ſur les craintes & les
inquiétudes que lui laiſſoit l'avenir; &
qu'il y auroit autant d'avantage que de
prudence à ſaiſir l'occaſion du départ
de cette dame, pour l'accompagner au
Canada.

Le ſieur de Chanterenne appuya avec
vivacité ce voyage; il promit à ſon frere
une pacotille conſidérable, & la protection de M. le Comte de Beauharnois, Gouverneur du Canada, avec lequel il étoit en relation d'affaires.

Le jeune de Poilly, ſans combattre
les raiſons qu'on lui avoit fait valoir,
ſe contenta d'obſerver, avec la plus

grande circonfpection, que les dangers auxquels l'expofoient de fréquentes hémorrhagies & des attaques de nerfs, ne lui permettoient pas d'entreprendre une navigation de long cours, dans laquelle il ne pouvoit envifager qu'une mort certaine, ou des infirmités auffi durables que la vie.

La dame de Poilly rompit brufquement l'entretien, en fe plaignant de l'infulte prétendue que lui faifoient les terreurs paniques de fon fils ; que, fi le voyage qu'elle lui propofoit eût pu mettre fes jours dans le moindre péril, fa tendreffe maternelle ne lui auroit pas permis d'en former l'idée.

Au fortir de cette fcene, le malheureux de Poilly alla au Luxembourg. Abattu, réduit au défefpoir, il réfolut de fe féparer pour jamais d'une famille qui le rejetoit de fon fein. Ses hémorragies fréquentes & fes douleurs de nerfs ne l'appeloient point à la profeffion des armes ; il s'enrôla cependant ; mais il ne prit point d'argent de l'Officier dans la Compagnie duquel il entra ; & cet Officier, en lui donnant le nom de volontaire, voulut bien le regarder comme ami.

L'étourderie de cette démarche fournit à fes accufateurs des avantages dont
ils furent profiter. Mais le fieur Lambroffe reconnut qu'il ne devoit pas imputer à fon filleul une action inconfi-
dérée, mais à l'effet du défefpoir ; il
en fut touché, & le dégagea. Il le
mit chez le célebre Cochin ; & après
deux ans de travail fous les yeux de
ce grand homme, dans fon cabinet particulier, ce parrain généreux lui fit
avoir un emploi confidérable au Bureau du Contrôle des Actes, à l'Hôtel
de Luffan ; emploi que le fieur Lambroffe ne lui procura que pour lui
donner une occupation, ne permettant
pas qu'il en touchât les appointemens,
& fourniffant fur fa propre fortune la
fomme à laquelle ces appointemens
montoient.

Comme la dame de Poilly & fon fils
aîné demeuroient à l'Hôtel de Luffan,
le jeune de Poilly, en fortant du Bureau, alloit rendre à fa mere fes hommages ; il étoit regardé, non comme le
fils, non comme un étranger, mais
comme un ennemi, dont la préfence
troubloit le repos commun.

Pour arrêter le cours de fes vifites,

on donna des ordres rigoureux aux do-
meftiques. On lui refufa l'entrée de la
maifon. L'infortuné de Poilly ne fe re-
butoit pas de ces nouvelles difgraces ;
il combattoit, par fa patience & par les
marques les plus finceres d'empreffement, les fuggeftions dangereufes qui
dépouilloient la dame de Poilly des fentimens de tendreffe que la Nature grave
dans le cœur d'une mere.

On accufa le malheureux de Poilly
de fe livrer à la débauche la plus effrénée, & on ne craignit point d'affurer
qu'il étoit puni de fon libertinage, &
qu'il en portoit les fruits honteux. Il
fut foumis à une vifite humiliante, &
l'opprobre de l'imputation tomba fur
fes accufateurs. Le fieur Berrard, Chirurgien, déclara qu'il n'avoit pas la
moindre atteinte du mal qu'on lui fup-
pofoit.

Le fieur Lambroffe embraffoit fon
filleul dans fes peines d'efprit & de
cœur, avec la tendreffe d'un pere ; mais
les malheurs qui accabloient le fieur de
Poilly, faifoient encore plus d'impreffion
fur fon cœur, que les confolations qu'il
recevoit de la bonté du fieur Lambroffe.
Ce n'étoit pas affez de fatisfaire, comme

A v

un pere tendre, à tous ſes beſoins, il auroit fallu encore arracher de ſon cœur
la douleur profonde qui le dévoroit. Il
forma le projet de ſe retirer dans une
province éloignée, de fuir même hors
du royaume, ſans paſſer la mer. Il confia
ce projet à quelques amis, qui lui pro-
mirent d'en ſeconder l'exécution.

M. Cochin, dont il étoit très-connu,
& qui l'honoroit de ſes bontés, en con-
féra avec le ſieur Lambroſſe, qui convint, comme lui, que ſon filleul ſeroit
ſans ceſſe l'objet de la perſécution de
ſa famille, tant qu'il vivroit ſous le
même ciel, & il lui procura, un an
après, une place de Secrétaire chez le
Duc de Wirtemberg Stutgard, Prince
Souverain.

La dame de Poilly, le ſieur Demonville ſon frere, & le ſieur de Chanterenne ſon fils, déſapprouverent ce poſte
honorable & lucratif. Le malheureux
de Poilly, dans la réſolution de profiter
des bontés du Prince Allemand, diſſi-
mula, parut ſe ſoumettre aux ordres de
la famille; mais il loua une chambre
garnie, qui lui avoit été indiquée par
la dame Turpin, ſa tante maternelle,
afin que la vue des préparatifs extraor-

-dinaires ne révélât point fon fécret.

Le voyage auquel il fe préparoit exigeoit des frais. Il avoit befoin de former une garderobe qui répondît à fon nouvel état ; il n'avoit point d'argent, & ne pouvoit en demander à fon parrain ; il fallut en emprunter. Il eut recours à deux Marchands de fes amis, les fieurs Perrot & Chabrolle, qui lui prêterent une fomme de 2500 liv. Ces fonds étoient encore infuffifans. Un Commis du fieur Couvet, Banquier, lui apporta dans fa chambre garnie un billet figné Fontaine. Rofoy, Perruquier, étoit dans la chambre du jeune de Poilly ; il s'offrit lui-même pour efcompter le billet, ce qui fut accepté, & il en compta la valeur avec autant de confiance qu'il y avoit de bonne foi de la part du fieur de Poilly, qui le lui remettoit.

La retraite de l'infortuné de Poilly de la maifon du fieur Lambroffe, étoit une faute qui ne devoit offenfer que lui. On la fit envifager fous un autre point de vue. On repréfenta à fa mere, que le jeune de Poilly n'alloit de la maifon de fon parrain en chambre garnie, que pour partir *incognito* pour

A vj

l'Allemagne, & fe fouftraire à l'autorité maternelle. Elle obtint un ordre
pour le faire arrêter. La rigueur de l'exécution augmenta encore l'amertume de
cette difgrace.

Il alloit tranquillement à la Comédie
Italienne, le 4 Mars 1737, l'avant-
veille du jour fixé pour fon départ en
Allemagne, lorfqu'il fut affailli par une
troupe de fatellites. Comme il étoit
bien fûr qu'il n'y avoit de fa part rien
qui pût lui avoir attiré cet orage, il
fe crut en droit de faire quelque réfiftance ; mais le nombre l'accabla, &
fa réfiftance fut cruellement punie. Il
fut plufieurs fois terraffé & traîné dans
le ruiffeau ; fes habits furent mis en
pieces, & couverts de boue & de fang.
Il fut donné en fpectacle au peuple,
qui ne lui refufa pas fa compaffion,
& traita hautement de bourreaux les
fatellites qui le traînoient ainfi. Ceux-ci
fe difculperent, en criant que c'étoit
un voleur qu'ils conduifoient à la Juftice.

On fit entrer le malheureux de Poilly
chez le Commiffaire Aubert, auquel il
demanda pour quelles caufes & par quels
ordres il étoit arrêté. *Vous le faurez
bientôt*, lui répondit le Commiffaire, &

se retira après ce laconique éclaircisse-
ment, laissant le sieur de Poilly entre
les mains des mêmes satellites.

Le sieur de Chanterenne parut. Le
prisonnier sentit bien que ce n'étoit
pas de ce frere qu'il devoit attendre
justice ; il demanda d'être conduit devant M. Hérault, Lieutenant-Général
de Police. Cette voie de justice lui fut
refusée. Le sieur de Chanterenne sortit,
en disant : *Qu'on le garde bien ici jusqu'à mon retour.*

Le sieur de Chanterenne revient ; il
apporte une lettre missive du Lieutenant
de Police, pour le sieur Dodun, Supérieur de la maison de force de Saint-
Lazare. On le traîne donc, au travers
de la populace, dans cette ignomi-
nieuse prison.

A la porte, deux Freres Religieux
de cette maison parurent touchés de
son sort; mais, dans l'intérieur, le sieur
de Chanterenne, arrivé dans son équi-
page avant lui, avoit dépeint son frere
sous les couleurs les plus odieuses ; &
l'humanité naturelle de ces Religieux
fit place à la rigueur.

Quatre Freres fouillerent le malheureux de Poilly; on le conduisit après

dans une chambre de huit pieds en carré, garnie d'un mauvais lit. Auprès de ce lit font des latrines. Telle eft l'affreufe caverne qui fait le féjour perpétuel d'un prifonnier. D'ailleurs l'accès eft interdit à toute forte de confolation; perfonne n'entre dans ces lieux d'horreur. Si quelqu'un s'intéreffe pour le prifonnier, il n'eft pas poffible à celui-ci de lui faire favoir feulement où il eft; il a, pour toute reffource, la liberté d'écrire aux parens qui l'ont recommandé, & eft réduit à demander le remede à ceux de qui vient le mal. Chaque prifonnier eft au fecret; & s'il ofe fe plaindre avec chaleur, on lui annonce une prifon plus rigoureufe.

Le fieur de Poilly étoit mineur; & cependant, fans aucune raifon, fans qu'il pût examiner quel prétexte pouvoit colorer les délations dont il étoit la victime, il eft enfermé dans un féjour d'opprobre & de mifere. Il eft tourmenté & déshonoré, fans qu'on lui eût feulement demandé l'aveu de fon crime, ou donné la liberté de faire entendre fa juftification.

Son état & fes cruelles réflexions lui cauferent une maladie de langueur. Mais il n'étoit pas encore parvenu au comble de ses disgraces.

Sa captivité duroit depuis trois mois, lorsqu'on lui annonça, vers le milieu de Juin 1737, que sa mere viendroit le voir.

La dame de Poilly parut dans un état de contrainte ; elle regardoit son fils ; ses yeux se remplissoient de larmes ; mais la séduction qui l'avoit subjuguée reprenoit ses forces, & repoussoit ses pleurs. Le sieur de Poilly essaya de prêter secours à la Nature, qui combattoit pour lui ; il représenta le malheur de son état, le retardement qui en résultoit pour sa fortune, & le préjudice inestimable de sa réputation, souillée par l'éclat ignominieux de sa capture.

» Je veux, lui répondit sa mere, » d'une voix foible & entrecoupée, je » veux vous retirer d'ici ; mais il faut » vous résoudre à aller au Canada «. La dame de Poilly exagéra, comme elle avoit fait trois ans auparavant, les avantages du parti qu'elle lui proposoit. Son fils se défendit avec respect, par le danger auquel ses fréquentes hémorragies, précédées des douleurs de nerfs,

l'expoſeroient dans une longue navigation. La mere lui répliqua : » Puiſque
» vous ne voulez pas de bon gré aller
» au Canada avec la recommandation
» du Miniſtre, où vous ſerez à portée
» de faire, en peu de temps, une for-
» tune brillante, qui remplacera célle
» de votre pere, je ferai valoir la plainte
» & la quittance motivée de Roſoy au-
» près du Miniſtre «.

Le malheureux de Poilly, après lecture faite des deux pieces que lui communiqua ſa mere, lui répondit :

» Le billet de 900 livres, ſigné *Fon-*
» *taine*, étoit d'un Bourgeois aiſé, rue
» Bourbon, fauxbourg Saint Germain,
» & non pas Fontaine, Fermier-Géné-
» ral, rue Bourbon, aux Petits-Car-
» reaux. Roſoy étoit préſent lorſque le
» ſieur de Varonnes, chez le ſieur Cou-
» vet, Banquier, me le remit, & le
» Perruquier officieux l'eſcompta le len-
» demain, ſans lui en avoir parlé. Pour
» que ce billet fût reconnu ſuſpect, il
» faudroit qu'il eût été préſenté à celui
» qui l'a réellement ſigné, & non pas
» au Fermier-Général ; & qu'on ſe fût
» inſcrit en faux contre ſa ſignature.
» C'eſt donc un artifice de mon cruel

» frete de le fuppofer tel , & de le payer
» à Rofoy , en vertu d'une plainte (a)
» & d'une quittance dont l'expreffion
» fut concertée , pour qu'il parût que
» Rofoy faifoit grace à la famille d'une
» vengeance éclatante qui lui étoit due.
» C'eft donc à la faveur de ces deux
» actes d'iniquité , que mon cruel frere
» s'eft flatté de m'amener aux vûes qu'il
» avoit fur moi «.

La dame de Poilly fe trouva offenfée
par une réponfe outrageante contre fon
fils chéri. Elle s'expliqua avec un ton
dur : » La haine & l'animofité que vous
» m'avez témoignées contre votre frere ,
» plein d'amitié pour vous , me déter-
» minent à ne jamais vous rendre la li-
» berté l'efpace d'une heure. Cruel &
» vindicatif , vous trouveriez de la fa-
» tisfaction à tremper votre main dans
» le fang d'un frere que vous devez
» honorer & refpecter. Jamais vous ne

_____

(a) La détention du fieur de Poilly à Saint-
Lazare , eft du 4 Mars ; & le 5 , cette pré-
tendue plainte , fuivie de la quittance de
Rofoy , a été rendue. Elle fe fit chez le
Commiffaire Aubert , où il avoit été dépofé
la veille , lorfqu'on le conduifit à Saint-
Lazare.

» le verrez. Vous partirez pour les Ifles,
» par ordre du Roi, en qualité de mau-
» vais fujet, & vous ne ferez pas libre
» de revenir en France pour fatisfaire
» votre vengeance «.

Seconde vifite de la dame de Poilly.
Pleine d'un nouveau projet, elle entre
en matiere : » Il n'eft plus queftion des
» Ifles, dit-elle, je veux bien condef-
» cendre à votre entêtement ; je viens
» vous propofer un état propre à votre
» tempérament, c'eft celui du cloître «.
Ces mots furent prononcés d'un ton à
ne pas répliquer. Elle avoit l'autorité
du Miniftre en main, par la furprife
faite à fa religion.

L'infortuné de Poilly étoit accablé
du poids de fa deftinée ; il ne lui étoit
plus permis d'efpérer de faire revenir
fa mere des préventions que la féduction avoit fi profondément enracinées
dans fon cœur ; il ne s'agiffoit plus que
de fortir, à quelque prix que ce fût,
de fon cachot. Tout autre état lui
paroiffoit heureux. Il accepta donc le
parti du cloître.

Mais la dame de Poilly exigea de lui
que fon facrifice parût volontaire ; elle
exigea qu'il lui demanderoit par écrit,

& à fes proches patens, à titre de grace, la permiffion d'entrer en religion, & qu'alors il pourroit fortir de prifon.

Cependant M. Hérault, Lieutenant de Police, vint faire la vifite des prifons. L'infortuné de Poilly rendit compte de fa conduite & des caufes de fa détention. Ce Magiftrat, après être convenu que fa dépofition étoit conforme à ce que le fieur Lambroffe, fon parrain, lui avoit dit, donna fes ordres pour l'affranchir de l'obfcurité & de la mifere de fa prifon, & le fit placer dans un corps de logis appelé *la Boulangerie*. Là il ceffa d'être au fecret, & eut la liberté de voir & de converfer avec ceux qui lui rendroient vifite.

Le fieur Lambroffe ne tarda pas à venir voir fon malheureux filleul. La fcene fut des plus touchantes. Ce parrain convint, fur l'avis de M. Cochin, de le faire fortir de prifon, pour entrer dans le cloître; mais les fieurs Perrot & Chabrolles, qui lui avoient prêté 2500 livres, avoient promis à M. Cochin de mettre oppofition à la profeffion, & d'obtenir un Jugement portant défenfes aux Religieux de paffer outre.

Ce généreux parrain, en quittant fon

filleul, l'embraffa avec la tendreffe d'un
pere. Leurs larmes, mêlées & confon-
dues, arrofoient leurs mains : on fut
obligé, par l'évanouiffement du prifonnier, de les féparer. Cet état de fouffrances lui caufa une maladie très-fé-
rieufe. On en donna avis à fa mere,
qui ne vint pas le voir.

Les fieurs Perrot & Chabrolles, inftruits par le fieur Lambroffe de la liberté de fon filleul dans l'intérieur de
la maifon de force, vinrent le vifiter,
& le confolerent. Ils l'exhorterent à fe
conformer à l'avis du célebre Avocat
M. Cochin ; mais il faudra, lui dirent-
ils, nous écrire à ce fujet, comme
M. Lambroffe a pu vous le dire, &
nous ne défefpérons pas de vous voir
libre, & placé dans un bon pofte.

L'infortuné de Poilly écrivit tout ce
qu'on exigea de fa foibleffe. Quel eft
le captif qui n'écrira pas, de fon cachot, qu'il veut vivre dans un cloître,
fi on lui promet d'ouvrir les portes de
fa prifon ?

C'eft donc à la faveur de ces lettres,
dictées par la violence, que le fieur de
Chanterenne a fait toutes perquifitions
imaginables pour trouver un cloître où

l'on pût enfin dépofer fon frere comme un malheureux, contre lequel on inventoit tous les jours de nouvelles perfécutions. Combien de recherches dans tous les Ordres rentés, pour introduire l'infortuné de Poilly ! On l'annonçoit comme un fujet inutile & onéreux à la maifon, à caufe de fa vue baffe & de fon peu d'étude, & pour fa réception on offroit une dot confidérable. On omettoit les circonftances des accidens fâcheux à la fuite des hémorragies, & qui lui impofoient la néceffité de faire gras toute l'année ; mais on ne réuffit pas davantage pour cela. L'empreffement, l'excès de la dot faifoient foupçonner quelque chofe de finiftre. Des Ordres rentés, on eut recours aux Ordres mendians, qui auroient payé d'un pareil refus, fi le Pere Poiffon n'avoit pas exifté.

Le Pere Poiffon, Provincial, choifit un homme affidé pour conduire fon profélyte au lieu du facrifice. Il en fut, fi l'on en croit le fieur Poilly, le miniftre pour le prix de vingt mille livres. Novice fans obéiffance par la difpenfe de la Regle, on lui traça, pendant l'année du noviciat, un plan de vie flatteur &

indépendant. Mendiant fans pauvreté, on eut grand foin de lui fournir de quoi pourvoir abondamment à toutes fes dépenfes. Il donnoit de grands & fplendides repas aux deux fexes chez les Traiteurs. Religieux fans vocation, la violence le conduifit des prifons à l'autel. Profeffion admife malgré une oppofition fubfiftante, malgré les défenfes de l'autorité légitime, & malgré le refus unanime de la Communauté.

Après l'émiffion des prétendus vœux de l'infortuné de Poilly, la dame de Poilly accumula, fur la tête de fon fils chéri, les richeffes, les diftinctions. Huit jours après la profeffion du cadet, elle lui acheta une charge de Secrétaire du Roi; fix mois après, celle de Maître des Comptes en la Chambre de Normandie : enfin elle mit le comble à fa générofité, en lui donnant la main de la fille de M. de Rolinde, Confeiller au Parlement de Paris, avec une dot fi confidérable, que chacun des conjoints mit 80000 livres en communauté.

Deux événemens arrivés en 1741 changerent l'état des chofes. Le Pere Poiffon fut exilé à Tanlay, & le fieur

de Chanterenne, après avoir été long-
temps en langueur, tomba dans une
véritable confomption & mourut. Son
fils unique le fuivit précipitamment au
tombeau.

Le principe de la féduction, qui avoit
animé la mere contre le fieur de Poilly,
ne fubfiftoit plus. Mais cette féduction
avoit acquis affez de force pour fubfifter par elle-même & pour n'avoir befoin
que de quelqu'un qui fe chargeât de
l'entretenir. Ce fut la veuve du fieur
de Chanterenne, que le fieur de Poilly
regarde comme l'héritiere de la haine
de fon frere, & comme l'inftrument
caché & toujours agiffant de fes nouveaux malheurs.

Il fut, à la nouvelle année 1742,
rendre fes devoirs à fa mere. Le cœur
de la dame de Poilly, frappé fi dou-
loureufement, ne s'ouvrit pas d'abord
en voyant fon cadet à fes genoux ar-
rofés de fes larmes : il la conjuroit de
fe fouvenir qu'il étoit fon fils, de fe
rappeler par quels moyens fon frere
lui avoit enlevé tout ce qu'il avoit
de plus cher au monde. Les pleurs de
ce malheureux fils la toucherent ; la
Nature parla à fon cœur ; fes bras s'é-

tendirent vers lui pour le relever ; fa voix fe troubloit ; fes yeux commen-çoient à s'obfcurcir de larmes, lorfque fa bru, qui étoit cachée, fit paroître fon enfant, image de ce fils chéri. A cette vue, le fentiment que l'infor-tuné de Poilly avoit élevé, difparut, & les reproches fuccéderent à l'atten-driffement.

Peu de temps après cette fcene tou-chante, le petit-fils fuit précipitamment fon pere au tombeau.

La dame de Poilly, toujours occupée des manes de fon fils aîné, l'objet uni-que de fes complaifances & de fes pré-dilections, laiffe à fa bru, fans en-fant, les biens de fon mari, & les in-ventaires fe font en conféquence à l'infçu des héritiers ; & pour étendre fon amour exceffif pour ce fils bien aimé jufqu'au delà du tombeau, elle inftitue fa bru, fans enfant, fa léga-taire univerfelle.

Le malheureux de Poilly hafarde de fe jeter une feconde fois aux genoux de fa mere, dans l'efpérance que fon petit-fils étant décédé, il fera écouté plus favorablement.

La

La dame de Poilly, qui n'avoit dif-
gracié ce malheureux fils que parce
qu'elle ne vouloit pas partager les fentimens de son cœur, ne trouva dans
ce cœur ni affection à lui témoigner,
ni sensibilité à lui marquer. Elle lui
refuse d'aider à rompre les nœuds for-
més par le crime, de lui rendre sa tendresse, de lui restituer les grands biens
de son pere. Elle se fait un trophée de
l'en dépouiller, en lui déclarant *qu'il*
eût à retourner dans son cloître, &
que, s'il persistoit toujours à vouloir
rentrer dans le siecle, elle le feroit
enfermer pour sa vie; que son testa-
ment, désapprouvé des parens qui le
conseilloient, subsisteroit dans son en-
tier.

Le sieur de Poilly songea enfin à
briser ses fers. A la nouvelle de sa réclamation, on répandit dans le Public les calomnies les plus odieuses.
On fit passer un libelle anonyme au
sieur Lambrosse, où l'on accusoit le sieur
de Poilly d'avoir pris à crédit des étoffes chez des Marchands, pour en faire
de l'argent, & où l'on ajoutoit les
imputations d'irréligion & de libertinage.

Tome VII. B

Ce généreux parrain ne vouloit point condamner fon filleul fans l'entendre. Il demanda une juftification appuyée du fuffrage du Pere Parmentier, Gardien du Couvent d'Evreux, attendu que, dans ce libelle, on l'annonçoit comme témoin de tous ces faits.

Ce Supérieur s'empreffa de confondre la calomnie par une lettre qu'il écrivit au fieur Lambroffe, & par laquelle il difculpa le fieur de Poilly de toutes les imputations dont on l'avoit chargé.

Cette premiere manœuvre étant inutile, on eut recours à un nouveau moyen pour déconcerter les mefures du réclamant; ce fut de refufer le payement de fa penfion, & l'on fongea en même temps à lui faire perdre la penfion confidérable que lui faifoit le fieur Lambroffe.

La dame de Poilly alla le voir; elle lui témoigna fa furprife de ce qu'il avoit approuvé, avec les Supérieurs majeurs, la réclamation de fon filleul : elle lui dit qu'elle le prioit inftamment de s'en défifter ; qu'elle avoit laiffé à fa bru tous les biens de fon mari, comme une chofe qui lui appartenoit; que la

demoiselle de Rolinde ne se fût jamais
mésalliée, & n'eût jamais donné la
main à son fils, si elle n'eût trouvé,
en l'époufant, les avantages les plus
confidérables du côté de la fortune ;
que la donation mutuelle, dans le contrat de mariage, se trouvoit anéantie
par la mort du pere avant celle du
fils ; qu'elle avoit cru sa confcience engagée à réparer cette perte, en l'insti-
tuant sa légataire univerfelle ; que d'ailleurs sa réclamation étoit une fanglante
injure pour elle ; qu'il l'accufoit par
là de n'être qu'une femme injuste,
une marâtre ; qu'elle alloit être désho-
norée auprès du Ministre & des honnêtes gens ; qu'il étoit accablant pour
elle de souffrir une telle humiliation ; le
sieur Lambroffe souffriroit-il que ce malheureux fils portât à sa mere un coup
qu'il pouvoit parer ? Que pour cela,
il n'avoit qu'à menacer son filleul de
son indignation, & lui retrancher ses
penfions & ses bienfaits, s'il perfiftoit
à réclamer ; qu'il n'ignoroit pas l'afcendant que lui Lambroffe avoit sur cet
indocile, & qu'il n'oferoit à coup sûr
lui défobéir, fur-tout lorfqu'il se trouveroit dans un abandon général ; qu'il

n'y avoit que ce moyen pour le réduire
à la raison & à l'obéiſſance. Elle exigea auſſi-tôt le retranchement de ſes
penſions.

Le ſieur Lambroſſe eut à ce ſujet une
conférence très ſérieuſe avec ſon filleul
& les Supérieurs majeurs. Il ne put réſiſter à la force des réponſes qui furent
faites à ſes objections. Enfin, convaincu
de l'iniquité des demandes de la dame
de Poilly, on convint que la penſion
ſe payeroit ſecrétement ; que le ſieur
de Poilly ceſſeroit de voir ſon parrain,
pour ne point le compromettre, & pour
que la mere ne fût pas en droit de
dire que le ſieur Lambroſſe autoriſoit
le fils à ſe ſoulever contre ſa mere, &
à la dénoncer en Juſtice comme une
femme qui fouloit aux pieds les droits
du ſang. La dame de Poilly dénonça
ſon fils au Miniſtre, au Magiſtrat : deux
fois il eut à craindre des chaînes plus
ignominieuſes que celles de Saint-Lazare ; mais l'infortuné de Poilly cou-
rut au devant du danger ; il parut devant M. le Comte de Maurepas & M.
le Procureur-Général. Il juſtifia l'honnêteté de ſes démarches & la pureté de
ſa conduite,

Après cette victoire remportée fur la calomnie, le fieur de Poilly eut d'autres piéges à éviter. On lui propofa des accommodemens. Le fieur Sauvaige, Notaire, vint de la part des dames de Poilly & de Chanterenne, lui propofer les conditions d'un traité. On lui offrit le payement de fes penfions, auxquelles on en ajoutoit une de mille livres. Mais pouvoit-il tranfiger fur une affaire de cette nature; ratifier par des vûes d'intérêt, un contrat infecté des abus les plus crians, & garder le filence fur le fcandale que l'émiffion de fes vœux avoit caufé?

Il fallut enfin fe réfoudre à paroître en Juftice. On forma, fous le nom de la dame de Poilly, oppofition à une premiere Sentence de l'Officialité de Méaux, rendue par défaut, & qui avoit autorifé le fieur de Poilly à faire preuve des faits de violence qu'il articuloit. La Caufe fut plaidée contradictoirement. Seconde Sentence, qui ordonne aux Parties la preuve refpective de leurs faits; elle fut retardée par l'appel comme d'abus. Cette démarche eft le dernier acte d'hoftilité de la mere contre fon fils.

B iij

Bientôt après, la dame de Poilly forma la réfolution de tout abandonner, pour fe retirer dans une Communauté hors de Paris.

Il falloit un nom, un fantôme de contradicteur à oppofer au réclamant, fur l'appel comme d'abus. Ce perfonnage ne pouvoit convenir qu'aux enfans d'Anne de Poilly, fœur du réclamant, décédée femme du fieur Douceur. Le pere étoit tuteur, mais incapable de prêter fon nom à une manœuvre odieufe. Il avoit vu naître la conteftation, & n'avoit point voulu intervenir. Il ne s'étoit point oppofé à la Sentence de l'Official de Meaux, qui avoit admis la preuve. Pendant un voyage qu'il fit en Flandre, on dreffa un avis de parens, à la tête defquels figuroient les fieurs Camet & la Brimodiere. Le pere fut deftitué de la tutele de fes enfans. On élut à fa place le fieur Dulieu, parent éloigné des mineurs.

Après cette opération, la dame de Poilly fe retire aux Filles de Saint-Thomas, à Saint-Germain-en-Laye. Rendue à elle-même dans cette folitude, affranchie de la féduction qui l'avoit perpétuellement environnée, fes yeux s'ouvrirent à la lumiere. Le cri de la Nature se fit entendre à son cœur, les remords & le chagrin la firent tomber dans un état de langueur, qui lui rapeloit sans cesse la situation de son fils. Elle demanda à le voir ; elle fit un effort pour lui écrire : *Je me meurs, mon fils*, lui marquoit-elle, *je serois bien aise de vous voir, & de me réconcilier avant de paroître devant Dieu.*

Ce malheureux fils étoit lui-même malade. Un Ecclésiastique porta sa réponse à sa mere. Après avoir témoigné combien elle étoit fâchée de ne pas voir son fils, *elle déclara qu'elle étoit résolue de se désister de son appel comme d'abus.*

Sur l'observation que son désistement verbal ne pouvoit être d'aucune utilité à son fils, qu'il devoit se donner par-devant Notaires dans la forme la plus juridique, voici quelle fut sa réponse :

» Comme je n'entends point les affai-
» res, je différerai à donner ma signa-
» ture jusqu'à ce que j'aye pris l'avis de
» mon Conseil, qui est composé d'hon-
» nêtes gens. Je veux savoir, avant de

» le confommer, fi un acte de cette
» nature ne portera point préjudice à
» mes intérêts *& à ceux de ma bru* «.
Elle donna les noms & demeure de
ceux qui formoient fon Confeil, & celui
de la dame de Chanterenne.

Le Confeil donna rendez-vous à M.
l'Abbé de Châtillon, l'ami de l'infortuné de Poilly, en l'étude de Sauvaige, Notaire. Perfonne ne fe trouva à
l'heure marquée. L'Eccléfiaftique retourna à Saint-Germain-en-Laye. Il
trouva le fiéur Camet fortant de l'appartement de la dame de Poilly, &
lui porta la parole : » Ce n'eft pas ici,
» je crois, Monfieur, où vous m'aviez
» fait l'honneur de m'indiquer un ren-
» dez-vous «. Il paffa fans répliquer.

La Dame Supérieure vint au devant
de M. l'Abbé de Châtillon, le prier de
ne pas entrer chez la dame de Poilly : elle en expliqua les raifons en ces
termes :

» La converfation que madame de
» Poilly vient d'avoir avec M. Camet,
» l'a mife dans une fi grande agitation,
» qu'elle eft abfolument hors d'état d'en-
» tendre parler d'affaires; & je crois d'ail-
» leurs qu'il feroit inutile de l'entretenir

» de celle pour laquelle vous vous donnez
» la peine de revenir, parce qu'il lui
» a bien recommandé de ne rien fi-
» gner. Que l'on n'avoit rien oublié
» pour lui perfuader qu'on la vouloit
» furprendre, puifqu'un acte, comme
» celui qu'elle avoit promis, ne pou-
» voit que lui être préjudiciable, auffi-
» bien qu'à madame de Chanterenne,
» fa bru.

M. Duteil, Vicaire de la Paroiffe (a),
furpris du changement de la dame de
Poilly, fut la voir; & voici le réfultat
de fa démarche.

Dans une lettre de lui, du 10 Juin
1770, en réponfe à celle du fieur de Poilly, il s'explique ainfi :

» Je faifis le premier moment libre,
pour vous dire naïvement, & comme
devant Dieu, ce que la mémoire peut
me rappeler relativement à votre affaire.
Voici, Monfieur, tout ce que je puis
dire, & dont il me fouvient : c'eft,
1°. que j'ai confeffé & adminiftré madame de Poilly, votre mere, à la Communauté des Dames de Saint-Thomas.

_____

(a) Depuis Curé de Calais, à préfent
Grand-Vicaire à Boulogne.

2°. Que le furlendemain que je l'eus adminiftrée, j'appris avec chagrin qu'elle n'avoit pas donné fon défiftement du Procès contre vous intenté. 3°. Que je la fus voir, & la trouvai dans un état de dépériffement, qui paroiffoit tendre à une mort prochaine. 4°. Que je lui fis des repréfentations, defquelles je crois me fouvenir encore; qu'elle ne me répondit que par des paroles affez mal articulées, & des foupirs qui m'annonçoient qu'elle étoit auffi fâchée des démarches paffées, qu'incapable pour lors de fe prêter à aucune affaire. Voilà, Monfieur, tout ce que je puis dire à ce fujet, & tout ce que je pourrois dire à quelque Tribunal que je fuffe cité, & en quelque temps que je paruffe. Voilà, en un mot, ce que je puis faire.

» Je fouhaite bien, Monfieur, pour l'honneur de la Religion, pour la paix de votre cœur & le repos de la confcience de vos Parties, qu'on vous rende bientôt la juftice qui vous eft due «.

Après la mort de la dame de Poilly, le fieur Dulieu, en qualité de tuteur des nieces du réclamant, pouvoit feul reprendre l'inſtance d'appel comme d'abus. Le ſieur Camet, l'un des agens de la dame de Chanterenne, le conduiſit chez Sauvaige, Notaire, pour ſigner un pouvoir au ſieur Maupaſſant, Procureur au Parlement, qui demeuroit dans la même maiſon.

C'eſt en vertu de ce pouvoir que l'inſtance fut repriſe le 24 Avril 1744. Les mineurs Douceur n'avoient aucun intérêt pour s'oppoſer à la réclamation, puiſque leurs droits étoient fixés par le contrat de mariage de leur mere. Auſſi la famille entiere jugea-t-elle que la procédure qu'on inſtruiſoit ſous leur nom, ne pouvoit que compromettre leurs intérêts. On réſolut de les émanciper, & de leur donner pour curateur le ſieur Antoine de Poilly, leur couſin iſſu de germain, qui, *ſur l'appel comme d'abus, devoit s'en rapporter à la prudence de la Cour.*

L'avis de parens fut reçu, le premier Mai 1744, par Huet & ſon Confrere, Notaires au Châtelet de Paris. Mais un défaut de formalité dans la procuration du pere des mineurs, en empêchoit l'homologation; &, comme

B vj

il étoit alors en Flandre, il falloit lui en demander une seconde. Il l'envoya.

Les mineurs furent émancipés en vertu du second avis de parens, assemblés chez Huet, Notaire, le 12 Juin 1744. Le sieur Antoine de Poilly, curateur, donna, le 13, sa requête d'intervention, par laquelle il demanda *acte de ce que, reprenant l'appel comme d'abus, à la place de Charles Dulieu, tuteur destitué, il s'en rapportoit, sur cet appel, à la prudence de la Cour, déclarant d'ailleurs n'avoir aucun moyen pour empêcher que le sieur de Poilly fût restitué au siecle.*

Le rôle du sieur Dulieu s'évanouissoit par cette intervention. Il n'étoit plus tuteur. Son état étoit celui d'un Procureur révoqué. Il ne s'étoit point opposé à l'émancipation des mineurs, à la nomination du curateur, à l'homologation de l'avis de parens. Par conséquent il avoit reconnu la légitimité de toutes ces opérations.

Le Parlement n'étoit donc plus saisi que d'un appel comme d'abus, sur lequel les appelans, par leur avis devant Notaire le 12 Juin 1744, avoient pris le parti de s'en rapporter à la prudence de la Cour, & ce, *sur les connoissances personnelles qu'ils avoient des manœuvres qui ont été pratiquées par la feue dame de Poilly, pour contraindre son fils à entrer dans le cloître.*

Charles Dulieu, tuteur destitué, osa néanmoins s'opposer à l'intervention du curateur, & demander qu'il fût déclaré non-recevable, ou qu'en tout cas il fût débouté.

A la Grand'Chambre, on vit M. Simon de Mosart, l'Avocat du tuteur destitué, Défenseur de cet étranger, sans qualité, sans intérêt, plaider seul contre le sieur de Poilly. Il attaqua sa réputation, & finit par demander que le curateur, muni du vœu de la famille pour la sécularisation, fût déclaré non-recevable à procéder au lieu & place du tuteur qu'on avoit destitué injustement.

Une défense aussi singuliere étoit une vexation, mais cette vexation étoit palliée par des discours artificieux.

» L'ordre public, disoit-on dans le monde & dans les sollicitations auprès des Juges*, exige que le Frere de Poilly demeure enfeveli dans un cloître. Sa liberté feroit un fcandale, le figne du déshonneur de fa famille, & l'avant-coureur de l'opprobre de fes parens ; c'étoit un homme effréné, qui ne connoiffoit plus de regles, & à l'égard duquel on n'en devoit point garder. S'il n'avoit pas perdu, dans un moñaftere, l'état civil, la Juftice auroit prononcé la profcription de ce fcélérat ; elle en auroit purgé la Société. Son fupplice auroit porté la honte & la mort dans le fein de fa famille. N'étoit-il pas encore trop heureux de voir la lumiere a ?

La fauffeté de ces inculpations odieu-fes étoit vifible par la demande judiciaire des familles de Poilly & Douceur, *à ce que le réclamant fût rendu au fiecle, & ce, fur les connoiffances perfon-nelles qu'elles avoient des manœuvres pratiquées par la feue dame de Poilly, pour contraindre fon fils à entrer dans le cloître.*

Le fieur de Poilly prétendit qu'on avoit fouftrait de fon fac les preu-ves littérales, qui avoient déterminé l'Official à permettre la preuve tefti-moniale.

Feu M. Gilbert de Voisins, alors Avocat-Général & depuis décédé Président à Mortier, déterminé par le défaut des preuves littérales, qui constatoient la contrainte, la simonie & le défaut de noviciat, s'éleva avec force contre la réclamation du sieur de Poilly, faisant entendre à la Cour, avec cette éloquence capable de faire impression, *que son engagement dans la Religion avoit été volontaire ; qu'à l'égard du noviciat, il n'étoit pas recevable à se plaindre de ce qu'on avoit adouci en sa faveur la rigueur de la Regle ; qu'imposteur & libertin, il ne pouvoit être reçu à se dégager contre la foi de ses promesses ; que, s'il en étoit autrement, les Religieux, à l'avenir, seroient les maîtres de porter le trouble dans les familles quand bon leur sembleroit.*

Le Parlement, par son Arrêt du 15 Juin 1744, sur les conclusions de l'Avocat-Général, déclara *qu'il y avoit abus dans la Sentence de l'Officialité de Meaux, & condamna le sieur de Poilly, comme Religieux, à rentrer dans le cloître pour y vivre sous l'obéissance des Supérieurs.*

M. le Procureur-Général, & un vertueux Magiftrat, fi l'on en croit le fieur
Poilly, lui marquerent leur furprife (*a*),
lorfqu'il leur fit voir les pieces déci-
fives en fa faveur, qui avoient été adroitement fupprimées, & lui dirent : *Pour-*
voyez-vous au Confeil, contre un Ar-
rêt dont la furprife eft évidente. Soyez
tranquille, & folicitez fans crainte.

Ce fut donc fous la protection même
du Miniftere public & de fes Juges qu'il
fe pourvut en caffation contre l'Arrêt
du 15 Juin 1744. Sa Requête fut admife le 15 Février 1745. M. l'Evêque de Meaux, & Meffieurs les Agens-
Généraux du Clergé fe réunirent à la
caufe du réclamant. Le Roi fe réferva
de juger la caffation en perfonne, &
remit ce Jugement après la conclufion
de la paix.

L'infortuné de Poilly croyoit tou-
cher au port de la liberté, en confi-
dérant le puiffant crédit des parties in-
tervenantes dans fa demande au Confeil ; mais ce n'étoit qu'un calme trom-
peur. Il avoit encore à lutter, pendant

(*a*) M. de Lamoignon, Préfident à Mortier, depuis Chancelier de France.

plus de trente années, contre sa mau-
vaise fortune.

En butte à tous les maux, il se
trouve dans une disette absolue de secours & d'argent. L'espérance, la seule
consolation des infortunés, le détermina
à écrire une lettre touchante au sieur
Lambrosse; & le P. Riviere, Prieur
du Collége de la Mercy, se chargea de
la lui remettre en mains, & de l'appuyer par des raisons puissantes.

Voici quelle fut la réponse verbale
du sieur Lambrosse:

» Mon filleul est maître de son sort.
Je vis encore pour lui. Je suis prêt à
lui ouvrir mon sein, & lui tendre les
mains pour le recevoir, de même qu'un
pere fait à son fils, bien entendu lorsqu'il sera rentré dans cet asile heureux,
où il s'est engagé de finir ses jours,
ayant sous ses yeux un Arrêt du premier Parlement du Royaume, où les
Magistrats sont appelés les Sages de la
terre, qui a fixé son état, ne recon-
noissant dans lui qu'un vrai Religieux.
Qu'il sache donc respecter les oracles de
ce Sénat auguste, qui a la confiance des
Peuples, du Souverain, qu'il l'a méri-
tée, & que l'on ne peut trop honorer.

Qu'il se désiste de sa réclamation, s'il veut recouvrer mon amitié; autrement, qu'il ne se hasarde pas à paroître devant moi; sa présence me porteroit à des extrémités dont il auroit lieu de se repentir «.

Il est plus aisé de concevoir que d'exprimer l'effet que fit sur l'esprit du sieur de Poilly cette réponse inattendue. Revenu de sa surprise, il dit au Prieur du Collége de la Mercy: » Hé bien ! celui qui m'a toujours tenu lieu de pere, m'abandonne à l'infortune & aux horreurs qui la suivent: parlez, ordonnez, que faut-il que je fasse « ?

» Je vois avec douleur, lui dit le Prieur, l'obstination du sieur Lambrosse; je vous plains, étant dans l'abaissement le plus profond; mais si vous voulez me croire, vous acquiescerez à ce qu'il exige de vous. Votre Cause, avec tous les avantages qui l'accompagnent, a toujours une issue incertaine. L'Arrêt du Parlement est un fatal préjugé contre vous. Croyez-moi; défiez-vous du succès que vous espérez au Conseil; il est d'ailleurs plus éloigné que prochain, puisque vous ne pouvez l'avoir qu'au temps de la paix. Comment pouvez-vous attendre ce temps, puisque vous touchez au moment où tout va vous manquer ? Nul parti à prendre, pour sortir du sein de l'infortune, que de vous soumettre aux volontés du sieur Lambrosse. Si vous ne lui devez rien selon la Loi, vous devez être plus sensible à ce qu'il a fait pour vous par inclination, & à ce qu'il promet de faire, si vous rentrez au cloître, après avoir donné un désistement de votre affaire par-devant Notaires. Vous tenez à lui par reconnoissance du passé & les espérances de l'avenir, liens assez forts, pour enchaîner votre volonté à la sienne «.

En conséquence de cet avis, l'infortuné de Poilly choisit le couvent des Cordeliers d'Auxerre. Il y entre en qualité de pensionnaire volontaire, jusqu'au temps de la paix, & le Pere Coutelet, Gardien, avec les Religieux, le reçoivent comme séculier, jusqu'au temps que sa présence seroit nécessaire à Paris. Ils déclarerent le méconnoître toujours pour être leur confrere.

La dame de Chanterenne, dit le sieur de Poilly, sentit de quelle importance il étoit pour elle de mettre, à quelque prix que ce fût, le Gardien dans ses intérêts. Elle n'avoit plus le Pere Poisson, dont les malversations reconnues avoient été punies par l'exil. Elle fit donc sonder le Pere Coutelet.

Ce Gardien, que le sieur de Poilly peint comme un homme insinuant & méchant, s'introduisit dans son amitié & dans sa confiance ; il découvrit ses plus secretes pensées, & vit la résolution dans laquelle il étoit de poursuivre sa réclamation.

En 1748, après la conclusion de la paix, le malheureux de Poilly, du fond du cloître, éleve sa voix dans un Mémoire. Aussi-tôt on fit distribuer un écrit intitulé : *Observations contre la demande en cassation de l'Arrêt du 15 Juin 1744*, dont on fait tenir un exemplaire au sieur Lambrosse.

» Le sieur Lambrosse, y disoit-on, » est encore disposé à lui pardonner son » ingratitude, par le rôle qu'il lui fait » jouer dans son Roman, sur sa de- » meure au couvent d'Auxerre, où la » générosité, selon lui, n'est pas une » vertu digne d'éloges, mais un titre » pour couvrir d'opprobre son parrain.

» Tel eſt l'effet d'un cœur corrompu «.

A la lecture de ce libelle, le ſieur Lambroſſe écrivit à ſon filleul la lettre ſuivante, du 8 Mai 1748.

» S'il eſt vrai, comme on me l'a
» aſſuré, que vous perſiſtiez toujours à
» ſortir de l'Ordre, après vous être dé-
» ſiſté de l'affaire au Conſeil, je vous
» avertis que j'obtiendrai une lettre de
» cachet pour vous faire enfermer à Bi-
» cêtre; &, comme je n'entends pas
» que vous ſouffriez pour la vie, je
» donnerai 500 livres à la maiſon, dans
» leſquelles ſera compris le contrat de
» 250 livres ſur les Aides & Gabelles,
» qui ſert actuellement pour votre en-
» tretien & beſoins particuliers «.

Ce fut alors que le Pere Coutelet voulut remplir la miſſion dont il s'étoit chargé. Il uſa de toutes les raiſons qu'il put inventer pour le faire déſiſter d'une entrepriſe ſi haſardeuſe ſelon lui. Il prit un air de bonté & de compaſſion ; il s'étendit beaucoup ſur la longueur de cette procédure, ſur la puiſſance de ſes ennemis, ſur l'Arrêt du Parlement, preſque invincible, ſur le peu de fond qu'il avoit à faire ſur la protection du Clergé ; que le Roi ne l'avoit remis après la publication de la paix, que parce qu'il ne vouloit pas mettre aux prises le Parlement & le Clergé ; qu'il feroit immanquablement facrifié. » Mais » fuppofons que vous réuffiffiez, ajouta- » t-il d'un ton d'affection & de ten- » dreffe, quel rôle pouvez-vous jouer » dans le monde, ayant à dos toute » votre famille ? Vous ferez d'ailleurs » confidéré dans cet Ordre, qui aura » égard à votre facrifice «.

Telles furent les raifons qu'employoit le Pere Coutelet, en accablant d'amitié le malheureux de Poilly. Il l'embraffoit comme fi c'eût été fon fils, & n'ou-blioit rien de ce qui pouvoit le faire changer de fentiment.

Toutes ces raifons furent combattues avec la vivacité d'un homme qui fent une répugnance invincible pour la vie monacale. Le Gardien comprit l'inu-tilité de fes démarches, & que c'étoit un parti pris. Il eut donc recours aux armes des pervers, au menfonge & à la calomnie.

Il écrivit au fieur Demonville, comme il étoit convenu, & à la dame de Chanterenne, des lettres accablantes fur le compte du fieur de Poilly ; il adreffa des plaintes au Pere Provincial, comme contre un perturbateur, un indocile à la Regle, & qu'il falloit moriginer.

Ce Pere ne crut pas qu'un homme comme le Pere Gardien pût lui en impofer.

Ordonnance du Pere de la Rue, Provincial, du 28 Novembre 1748, qui enjoint au Gardien d'Auxerre de retenir dans le cloître le fieur de Poilly, & de ne point le laiffer parler aux perfonnes de la ville, fous prétexte que ces fréquentes vifites étoient un fujet de murmure & de fcandale.

La réponfe du fieur de Poilly au Provincial démontra tellement la fauffeté des allégations avancées contre lui, & fon dégoût invincible pour le cloître, que ce Supérieur eut l'équité de reconnoître qu'on l'avoit trompé, & révoqua fon ordonnance.

Non content d'avoir ainfi refferré le malheureux de Poilly, le Gardien écrivit encore au fieur Lambroffe des lettres où il le peignoit comme un libertin incorrigible, fans foi & fans honneur. Ces lettres, appuyées des difcours du fieur Demonville, indifpoferent tellement le fieur Lambroffe, qu'il jetoit

au feu, fans les ouvrir, les lettres qu'il
recevoit de fon filleul.

En vertu d'une lettre de M. l'Evêque de Meaux, qui mandoit au fieur
de Poilly de fe rendre à Paris au commencement de Janvier 1750, le Réclamant fomma le Gardien & les Religieux, par deux Notaires Apoftoliques; qu'ils euffent à déclarer s'ils entendoient confentir à fon départ pour
Paris, ou s'y oppofer.

La Communauté affemblée fit dreffer
l'acte capitulaire le 27 Octobre 1749,
par lequel elle déclara » qu'elle confen-
» toit que le fieur de Poilly fe tranf-
» portât à Paris, pour faire valoir fa
» réclamation, déclarant que tous les
» faits de violence & des irrégularités
» du noviciat allégués dans les Requê-
» tes & Mémoires, font véritables;
» qu'elle attefte que fa conduite a tou-
» jours été réguliere & irréprochable «.

Le fieur Lambroffe, trompé, abandonna tout-à-fait fon filleul; il confentit
qu'il fût réintégré dans fon cloître.
L'autorité, furprife par des placets fignés
des ennemis de la liberté du Réclamant, le retint captif. Le couvent où
il étoit libre changea tout à coup : des
                                    murs

murs impénétrables s'éleverent autour de lui.

Sur la lettre de cachet, le Pere Coutelet convoque l'affemblée, & la fignifie durement au malheureux de Poilly, lui qui, le 27 Décembre 1749, deux mois avant, avoit figné, avec fa Communauté, l'acte capitulaire devant les Notaires Apoftoliques.

Toute la Ville d'Auxerre voit avec fenfibilité l'innocent opprimé dans le lieu qui devoit être fon afile. Les plus confidérables gémirent de la furprife faite à la religion de M. le Comte de Saint-Florentin; ils chercherent à confoler un malheureux que la fortune s'obftinoit à perfécuter; ils le vifiterent dans fa retraite, ils s'offrirent à le fervir.

Dans le même temps, parut un Mémoire du fieur Demonville contre le fieur de Poilly. Cet oncle déchiroit fon neveu avec le plus grand acharnement. Celui-ci ne crut pas devoir le laiffer fans réplique; c'eft pourquoi il fe mit lui-même à travailler à fa juftification.

Le Pere Coutelet en fut inftruit. Il faifit une partie de fes Mémoires, encore en manufcrit; mais ayant été

Tome VII. C

obligé de les rendre, il défendit fortement à ſes Religieux de prêter la
main à l'opprimé. Malgré toutes ces
entraves, ce Mémoire fut imprimé chez
le ſieur Fournier, à Auxerre.

Alors le Pere Coutelet arrête également & les lettres que le ſieur de Poilly
écrit, & les lettres qui lui ſont adreſ-
ſées, afin de lui ôter par-là tout moyen
de prouver ſon innocence. Mais ce ne
fut pas tout.

On conçoit aiſément que l'inquiétude, l'agitation & la crainte mirent
le malheureux de Poilly dans une ſituation douloureuſe. Sa ſanté s'altéra, & il
ſentit pendant près d'un mois les douleurs de la fievre la plus aiguë. Le barbare Gardien lui refuſe toute eſpece de
ſecours, bouillons, tiſanes, feu, quoique ce fût au fort de l'hiver & pendant
un froid rigoureux. Il défendit même aux
domeſtiques & aux Religieux de rien
donner, même pour de l'argent.

Il étoit à toute extrémité, & il eût
péri, ſans les ſecours généreux de quelques Citoyens qui envoyoient ſecrétement tout ce qu'ils pouvoient, pour le
ſoulager. La Communauté & le Public
étoient indignés d'une dureté ſi cruelle,

Aux mauvais traitemens dans l'intérieur, se joignoit au dehors tout ce que
la calomnie peut inventer pour perdre
quelqu'un de réputation. On eût dit
que sa mort ou sa perte étoient décidées.

Nous passons ici sous silence un fait
des plus graves, dont le sieur de Poilly
chargeoit ce Gardien. Un Arrêt du 13
Mai 1750 a déchargé ce Religieux de
cette horrible accusation.

Nouvelle lettre de cachet du 29 Mai
1750, envoyée au Supérieur du couvent
des Cordeliers d'Auxerre.

Le Supérieur, qui avoit absolument
résolu la perte du malheureux de Poilly, a la témérité de lui signifier, le 4
Juin 1750, assisté de deux Cavaliers,
les ordres du Roi pour être transféré au
couvent des Cordeliers de Notre-Dame
de la Garde, maison de force située
dans le milieu de la forêt de la Neuville-
en-Hez, où il sera détenu, avec des défenses expresses au Gardien de le laisser
parler ni écrire à aucune personne, sous
quelque prétexte que ce puisse être.

Le Gardien entre dans la chambre du
malheureux, saisit tous ses papiers, &
s'en empare.

Cet enlévement se fit en secret, à quatre heures du matin.

Une charrette où on le jette convalescent, tient lieu de chaise de poste ; on s'arrête pour dîner à Joigny ; &, pour le montrer en spectacle, la charrette n'entra point dans la cour de l'hôtellerie. Un des Cavaliers dit à haute & intelligible voix : *Frere Cordelier, descendez*. La populace répete cent fois, aux oreilles du Prisonnier qu'elle insulte : *C'est un Cordelier défroqué qu'on conduit à la Conciergerie*.

Les instructions portoient, que » d'Auxerre on coucheroit au couvent » des Cordeliers de Sens, & dans les » autres couvens qui se trouveroient sur » la route «. Les Cavaliers déclarerent aux Religieux, » qu'ils ne devoient point » hésiter à reconnoître le Prisonnier pour » leur confrere ; que l'Arrêt du Parle- » ment l'avoit déclaré vrai Religieux, & » que l'objet des ordres du Roi étoit » qu'on se soumît à cet Arrêt comme à » une loi immuable qui avoit prononcé » irrévocablement sur l'état du sieur de » Poilly «.

Ces Cavaliers ne virent qu'avec étonnement le Supérieur & les Religieux

de cette maiſon de Sens, de celle de
Meaux, de celle de Senlis, approuver
la réclamation du ſieur de Poilly, lui
donner des marques vives d'amitié, &
leur recommander *de le traiter, dans
la route, avec bonté & douceur*. Ils
en donnerent leur parole aux Religieux, & la remplirent.

Après une marche auſſi fatigante
qu'ignominieuſe, l'infortuné de Poilly
arrive au lieu de ſa deſtination, dans
une eſpece de déſert, préféré par cette
raiſon à toute autre retraite. Les Cavaliers, contre l'ordinaire, le conduiſirent
dans ſa priſon.

Le malheureux de Poilly étoit encore
malade, &, durant une année entiere,
il prit tous ſes alimens à l'huile. Dans
ſa priſon, il a vécu pendant cinq ans &
demi (s'il eſt poſſible de donner le nom
de vie à une exiſtence auſſi douloureuſe); éloigné de tout, n'entendant
rien, abandonné à lui-même, il s'eſt
vu ſeul dans ſon tombeau, comme s'il
ne fût plus reſté d'homme ſur la terre.

Le Miniſtre, inſtruit que les Freres
Clercs, aux heures de récréation, con-
verſoient avec le Priſonnier à ſa fenêtre,
exigea du Supérieur une punition publi-

que, comme réfractaires aux ordres du Souverain. Les jeunes étudians furent un jour en retraite dans leurs chambres & au silence ; au réfectoire, à dîner & à souper, à genoux en préfence de la Communauté, & pour nourriture du pain & de l'eau.

Le malheureux de Poilly, fujet aux coups de fang, fe faifoit faigner tous les mois. Cette précaution lui fut inutile. Ses fouffrances lui cauferent deux attaques d'apoplexie, & à chacune il devint perclus de tous fes membres, pendant dix-huit mois. Ceux qui étoient chargés de le foigner ne pouvoient converfer avec lui. Cette liberté étoit même interdite à fon Confeffeur, après qu'il s'étoit acquitté des devoirs de fon miniftere.

A la réquifition des Religieux, touchés de la déplorable fituation du Prifonnier, le Lieutenant Général du Bailliage de Clermont en Beauvoifis, le Procureur du Roi de ce fiége, & le Subftitut, fe rendirent au couvent de la Garde, pour voir & entendre le fieur de Poilly.

Le procès-verbal fut envoyé à M. de Melian, Intendant de Soiffons, qui en écrivit au Miniſtre. Voici la réponſe de M. le Comte de Saint-Florentin, du 21 Décembre 1755.

» J'ai reçu, Monſieur, la lettre que » vous avez eu agréable de m'écrire le » 16 de ce mois, au ſujet de l'état fâ- » cheux où le ſieur Chardon, Lieute- » nant-Général de Clermont, a trouvé » le Frère de Poilly, Cordelier, dans » la viſite qu'il a faite au couvent de la » Garde, où ce Religieux a été conduit » par un ſecond ordre du Roi, ayant » été exilé en premier lieu chez les Cor- » deliers d'Auxerre, pour ſa mauvaiſe » conduite (*ſur la demande de ſa fa- » mille*). Je conviens que ſix ans de » priſon ſont un temps conſidérable, » d'autant qu'il n'a eu aucune commu- » nication avec perſonne, & que ſa » ſituation exige un traitement plus » doux & des ſoins plus aſſidus. Ainſi » vous pouvez donner ordre au Gardien » de le rapprocher des autres Religieux, » de le mettre dans une chambre où il » ſoit plus à portée d'être ſecouru, & » de lui donner, de temps à autre, » une ſorte de liberté, en lui recom- » mandant toutefois de veiller à ce qu'il » ne puiſſe s'échapper «.

C iv

Sur de nouveaux exposés, lettre de M. le Comte de Saint-Florentin, du premier Juillet 1756, au Gardien du couvent des Cordeliers de Notre-Dame de la Garde.

» Mon révérend Pere, comme il est » très-intéreffant pour la famille du Frere » de Poilly, qui est exilé par ordre du » Roi, qu'il ne forte pas de votre cou- » vent, & que, s'il a absolument trop » de liberté dans l'intérieur de votre » monastere, il y auroit à craindre qu'il » ne vînt à s'évader, vous ne manque- » rez pas de veiller fur fa conduite, & » à ce qu'il ne s'échappe pas, à peine » d'en répondre. Au surplus, comme fa » pension est affez forte, l'intention de » Sa Majesté est qu'il soit nourri & vêtu » convenablement «.

Le sieur de Poilly, lorsqu'on le soup- çonnoit capable de s'évader, étoit en- core perclus de fes membres, depuis l'at- taque d'apoplexie de Décembre 1756. La Communauté dreffa à ce fujet un acte capitulaire, & l'envoya au Minis- tre, pour lui repréfenter qu'on avoit furpris fa religion.

Enfin, après dix-neuf ans, le Minis- tre, détrompé à fon égard par des fup-

pliques des Supérieurs majeurs, fit détacher fes chaînes & lui rendit la liberté
le 19 Avril 1768.

Son premier foin fut fa fanté, ruinée
par une fi longue fuite de fouffrances
& de perfécutions.

Après fon rétabliffement, le premier
ufage qu'il fit de cette liberté fi chere,
& qui lui a été fi fouvent ravie, a été
de reprendre le fil de fon affaire, que
fes malheurs avoient rompu.

Auffi-tôt parurent des libelles anonymes contre lui. Ce ne font plus des faits
de diffipation, ce n'eft plus un commerce paffager avec des perfonnes du
fexe, qu'on lui reproche. On le repréfente comme un homme fans foi, fans
mœurs, fans fentimens, n'exiftant que
pour lui, & croyant que tout meurt
avec lui ; livré au libertinage le plus
effréné, en tous genres, même à celui
que la Nature détefte ; tenant des propos féditieux contre le Roi & fon autorité, lui conteftant fa qualité de Lé-
giflateur fuprême.

Il fe pourvut, par la voie de la
plainte, en Juftice réglée. Ses ennemis
craignirent qu'une procédure réguliere

C v

ne remontât jufqu'à la fource de ces
calomnies, & que les auteurs ne re-
çuffent le châtiment qu'ils méritoient.

Pour détourner le coup, on imagina
de le rendre fufpect, & même d'effayer de le convaincre du crime de
léze-Májefté. On lui imputa, dans des
Mémoires anonymes dont le Public fut
inondé, les productions les plus fédi-
tieufes & les plus attentatoires à l'autorité légitime du Souverain. Pour donner quelque crédit à l'accufation, on
chargeoit la pofte de Paris de paquets
à fon adreffe, qui renfermoient tous
les libelles qui parurent à l'occafion de
la révolution arrivée dans les Tribunaux. On ne craignit pas d'inférer dans
un de ces paquets un billet conçu en ces
termes : » Impudent de Poilly, fi quel-
» qu'un de ceux que tu peux foupçonner
» font décrétés de prife de corps, tu
» périras par le fer ou par le poifon «.

Dans toutes les fociétés, dans les
cabinets des perfonnes en place, on
difoit unanimement que le Frere de
Poilly étoit un monftre dont la Société
ne pouvoit être trop tôt purgée.

Sur ce cri général, parvenu au Prince
& à fes Miniftres, le fieur de Poilly fut

enfermé au château de la Baſtille, le 4 Février 1773.

Mais ſon innocence ſe fit entendre au pied du Trône, & ſa liberté lui a été rendue le premier Juillet 1773.

Ne pouvant plus employer la main du Gouvernement pour lui donner des chaînes, on ſouleva ſes créanciers.

Le ſurlendemain de la ſortie de la Baſtille, le ſieur de Poilly fut averti qu'il alloit être arrêté & conduit au For-l'Evêque. Il ſe réfugia dans une chambre de domeſtique, à un cinquieme étage, rue de Cléry, en la maiſon de M. Silvy, Auditeur des Comptes.

Le Gouvernement, touché de ce que le ſieur de Poilly avoit été, pendant trente-ſept ans, victime de la calomnie & de la haine, l'a pris ſous ſa protection, pour mettre fin aux perſécutions de ſes ennemis, & lui a accordé un ſauf-conduit.

Enfin, par un Arrêt du Conſeil des Dépêches, du 25 Mars 1775, Sa Majeſté déclara qu'elle entendoit que l'Arrêt du Parlement du 15 Juin 1744, fût regardé comme non avenu, & renvoya le Réclamant devant l'Official de Meaux.

Voici, en abrégé, les moyens qu'on fit valoir, joints aux preuves confignées dans les enquêtes.

Le Religieux, en prononçant fes vœux, eft frappé de mort civile; mais il faut que ce foit lui-même qui fe porte le coup. La Société permet bien qu'un Citoyen s'arrache de fon fein par ce facrifice; mais elle ne veut pas que ce foit l'effet de la volonté d'un autre.

Or il eft impoffible de croire que les vœux du fieur de Poilly aient été prononcés librement & fans crainte. La captivité qui a précédé fon entrée chez les Cordeliers de Meaux, l'oppofition qu'il a follicitée, en avertiffant lui-même fes créanciers de venir à fon fecours, la déclaration de la Communauté affemblée, ne permettent pas de douter de la violence qu'on a exercée fur fon efprit: en vain lui oppoferoit-on les lettres que l'on a arrachées de fa foibleffe, de fon befoin, de fon malheur; elles font toutes détruites par une feule de la mere, dans laquelle elle lui déclare qu'elle ne lui pardonnera qu'à fa profeffion.

Non feulement la profeffion du fieur de Poilly eft nulle par le défaut de vo-

lonté de fa part, elle l'eſt encore par
l'irrégularité qui ſe rencontre dans l'acte
de vêture qui l'a précédée.

L'Ordonnance de 1667 & celle de
1736 veulent que la vêture ſoit ſignée
par deux des plus proches parens ou
amis qui y affiſtent : aucun parent, aucun ami n'a affiſté à l'acte de vêture, ni
à celui de la profeſſion du ſieur de
Poilly, & ne l'a ſigné.

L'Egliſe a voulu qu'avant qu'on s'en-
gageât dans les liens indiſſolubles de
la profeſſion, on fît un an d'épreuve.
Le Concile de Trente s'exprime ainſi :
*Profeſſio non ante decimum ſextum
annum expletum, nec qui minori tem-
pore, quàm per annum poſt ſuſceptum
habitum, in probatione ſteterit, ad pro-
feſſionem admittatur : profeſſio autem
antea facta, ſit nulla, nullamque in-
ducat obligationem.*

Si le ſieur de Poilly n'a pas fait une
année de noviciat, ſa profeſſion eſt donc
nulle. Voilà ce qu'il a mis en fait, ce
qu'il a offert de prouver ; & il ſuffit de
jeter les yeux ſur l'acte capitulaire des
Religieux d'Auxerre, ſur les lettres du
Vice-Provincial, pour s'aſſurer qu'il
n'a rien avancé qui ne ſoit conforme

à la vérité. Lorsqu'il fut question de recueillir les suffrages pour l'admettre à la profession, tous les Religieux refuserent de le recevoir parmi eux. Le Maître des Novices déclara ne le pas connoître, ne l'avoir jamais vû remplir aucun des devoirs du noviciat ; & en effet le Pere Poisson l'en avoit dispensé.

Il jouissoit d'une liberté si immodérée, qu'il dépensa plus de mille écus à donner des repas à différentes personnes de la ville. Le redoutable Provincial avoit défendu aux Supérieurs de le contrarier dans ses désirs. Sa mere & son frere, qui ne craignoient rien tant que sa répugnance pour l'état monastique, lui envoyoient autant d'argent qu'il en vouloit, afin de charmer ses ennuis, & de le conduire, par un sentier plus doux, au bord du précipice.

L'Official de Meaux, en admettant le sieur de Poilly à prouver le défaut de noviciat & la contrainte, s'étoit donc conformé à nos Loix, aux décisions du Concile de Trente, & à l'article 28 de l'Ordonnance de Blois, qui se rapporte à cette disposition.

Mais quand le fieur de Poilly fe fe-roit volontairement engagé dans l'Ordre des Cordeliers ; quand fes parens fe fe-roient conformés aux Ordonnances , en affiftant à fa prife d'habit , & en fignant fon acte de profeffion ; quand il auroit fait le noviciat le plus ftricte, le plus févere ; quand tous les Religieux l'au-roient admis parmi eux fans contrainte , fa profeffion feroit nulle , parce qu'elle a été faite malgré une Sentence de l'Officialité de Meaux , rendue le 27 Septembre 1738. L'Eglife , qui [peut brifer les liens d'un Religieux , annuller fes vœux , a défendu , par la voix de fon Juge , au fieur de Poilly de faire profeffion ; aux Cordeliers , de le rece-voir parmi eux : & nonobftant cette défenfe folennelle , & qui n'a jamais été levée , il a été traîné aux pieds des au-tels , & lié à un Ordre auquel il ne lui étoit pas permis de s'unir. . . . .

On ofe avancer , pour prouver que le fieur de Poilly eft entré au noviciat des Cordeliers avec liberté , que c'eft contre le gré de fa mere qu'il a fait cette démarche ; mais on a vu com-ment ces lettres avoient été extorquées.

Elles font une preuve de plus de la contrainte.

Mais, dira-t-on, fi l'on ouvroit les cloîtres à toutes les vierges qui répandent des larmes fous le voile, à tous les Moines qui s'agitent, furieux fous le froc qui les couvre, bientôt ces retraites feroient défertes, & les familles fe verroient tout à coup afliégées par ces revenans, qui redemanderoient leur patrimoine à moitié dévoré.

La Caufe du fieur de Poilly n'a rien de commun avec le malheur des autres Religieux ; il n'y en a pas un feul qui ait fait des vœux malgré lui & malgré l'Eglife : de tels vœux ont été rejetés par le Ciel ; & ce feroit l'offenfer que de contraindre l'infortuné de Poilly à les remplir.

On retourna donc à l'Officialité de Meaux, où, par Sentence du 10 Août 1774, ʺ vu la preuve réfultante des enʺ quêtes & autres pieces de la Caufe, ʺ les vœux prononcés par le Frere de ʺ Poilly, en la maifon des Cordeliers ʺ de Meaux, le 25 Novembre 1738, ʺ furent déclarés nullement & irréguʺ liérement émis ; en conféquence il

» fut relevé defdits vœux & des obli-
» gations y attachées «.

La dame de Chanterenne, qui s'é-
toit toujours flattée qu'il arriveroit aux
portes de la mort, fans avoir pu obtenir
un état, fans être ni Citoyen ni Religieux, fe déclara enfin hautement &
publiquement fa Partie adverse, en formant une tierce oppofition à cette Sentence ; & par une feconde, du 5 Novembre 1774, elle a été déclarée non-
recevable.

Muni de ces deux Sentences, le fieur
de Poilly s'eft préfenté au Châtelet, &
a demandé que la dame de Chanterenne eût à lui remettre les titres de
famille, & lui reftituer les biens de fa
mere, avec les intérêts de trente années. Prévoyant les longueurs qu'il auroit à effuyer, il implora en même
temps la protection de M. le Duc de la
Vrilliere auprès de M. Angran, Lieu-
nant-Civil.

Ce Miniftre, revenu de fes préventions, & jaloux de réparer le tort qu'il
avoit fait involontairement au fieur de
Poilly, écrivit à M. Angran, le 18 Janvier 1775, dans ces termes:

» La connoiffance perfonnelle que

» j'ai, Monſieur, des malheurs du ſieur
» de Poilly, & des vexations qu'il éprou-
» ve, depuis trente ans, de la part de
» ſa Partie adverſe, m'engage à vous
» prier de lui rendre la juſtice la plus
» prompte, & d'avoir égard, dans les
» proviſions que vous lui accorderez,
» à la détreſſe extrême où il eſt réduit,
» & aux dettes qu'il a été forcé de con-
» tracter. Je ſouhaite que ma recom-
» mandation lui ſoit auſſi utile auprès
» de vous qu'il l'eſpere, & que ſa Cauſe
» le mérite «.

Sur cette lettre, fut formée une demande de deux cent mille livres de
dommages & intérêts contre la dame
de Chanterenne.

La Cauſe fut portée à l'Audience
du Parc Civil; &, par Sentence du
10 Mai 1776, les droits du ſieur de
Poilly ſur la ſucceſſion de ſa mere furent reconnus, & en conſéquence la
dame de Chanterenne condamnée à lui
en remettre les titres dans l'eſpace d'un
mois, ou à donner mille écus au défaut des titres.

Pluſieurs de ces titres furent en effet
remis au ſieur de Poilly. Sa Partie adverſe prétendoit que c'étoient les plus

importans, les feuls néceffaires, & que d'ailleurs cette fortune dont il fe fup-pofoit dépouillé, n'exiftoit que dans fes calculs exagérés, & n'étoit qu'une chimere.

C'étoit un fait important à établir, que l'exiftence de cette fortune; le fieur de Poilly fit tous fes efforts pour en prouver la réalité.

Il y avoit long-temps, difoit-il, que le fieur de Poilly pere étoit établi lorf-qu'il penfa au mariage. Son commerce en étoffes de foie, or & argent, qu'il faifoit fabriquer chez lui, étoit déjà devenu immenfe, & fes profits confi-dérables. Perfonne n'ignore combien les manufactures, fur-tout celle du fieur de Poilly, qui étoit la premiere & l'uni-que de Paris de cette efpece, exigent de fonds. La modicité de la dot de fa femme prouve que le goût, & non l'intérêt, avoit déterminé fon choix pour Génevieve Durand, l'une des fept enfans du fieur Durand, Marchand de vin du Roi.

Mais quel eft l'homme de com-merce qui puiffe fe flatter de ne fouf-frir jamais aucune révolution ? Il en éprouva donc. Peu accoutumé aux revers, il s'effraya, rassembla ses fonds, & crut qu'ils seroient mieux placés dans la finance. Il jette ensuite les yeux sur le sieur Lambrosse, son Teneur de registres, & le fait son agent & son prête-nom. Cette extrême confiance étoit fondée sur sa probité & son intelligence. Ce choix fut applaudi & justifié par un éclatant succès.

D'abord il fut intéressé dans la sous-ferme des cuirs de Hongrie à Saint-Denis; il imagina le plan de l'établissement de la premiere Compagnie des Indes, dont il devint un des Directeurs. Son savoir profond & ses grandes qualités lui ayant gagné la confiance des Ministres & l'estime des honnêtes gens, on le fit entrer dans plusieurs sous-fermes. Il avança les fonds nécessaires dans toutes ces entreprises, & le succès surpassa les espérances.

Ni l'acte de séparation de 1708, ni la transaction de 1711, qui en étoit une suite, ne prouvent rien contre la fortune du sieur de Poilly. Dans toutes les entreprises hasardeuses, soit de finance, soit de commerce, ou quelques autres que ce puisse être, c'est un usage constamment suivi, que le mari & la femme se faffent féparer de biens dans la meilleure forme, pour conferver par-là quelques reffources, en cas de revers. Ce n'eft donc pas manque de fortune que les fieur & dame de Poilly ont fait cette féparation; puifque fans fortune il eft impoffible d'entrer dans la finance.

Or on ne peut pas dire que le fieur de Poilly pere ait effuyé de difgraces dans fes nouvelles entreprifes, puifque le fieur Lambroffe, fon prête-nom, y a gagné, pour fa part, des fommes immenfes, prouvées par l'éclat de fon train & par les rentes qu'il a laiffées après fa mort. Il feroit bien finguliet que le fieur de Poilly, le prêteur de fonds, eût été le feul malheureux.

Il eft donc évident que ces actes, fur lefquels on s'appuie pour prouver l'indigence du pere, font des actes de pure précaution, & qui, loin de prouver la deftruction de la fortune du fieur de Poilly pere, en établiffent au contraire la certitude.

Les fieur & dame de Poilly, débarraffés des entraves du commerce, & appuyés fur des revenus confidérables, ne fongerent plus qu'à jouir d'une vie tranquille & aifée. Grands & fuperbes appartemens, domeftique nombreux, table fomptueufe, tout refpiroit un air d'opulence qui ne fe démentit en aucun temps. Sont-ce là les marques de la décadence & d'un renverfement de fortune ?

Cependant la famille grandiffoit; il jugea à propos d'établir fa fille Anne de Poilly, &, en 1722, elle fut mariée au fieur Douceur, Marchand. Sa dot fut de 22000 livres, fomme alors confidérable.

Eft-il à préfumer qu'il ait été affez peu judicieux pour fe dépouiller entiérement, & affez injufte pour n'en pas réferver autant à chacun des deux enfans qui lui reftoient ?

La même année de l'établiffement d'Anne de Poilly, il plaça 24000 liv. par un contrat de conftitution. La rente en a été payée à la dame de Poilly jufqu'à fa mort.

A la mort du fieur Durand, elle fut rembourfée. Mais le fieur de Chanterenne & fa femme la prirent à leur compte. C'eft la fource de cette penfion de 1200 livres que la dame de Chanterenne payoit à la dame de Poilly,

& qu'elle préfente fous la couleur d'une libéralité défintéreffée.

En 1724, le fieur de Poilly pere reçoit, d'un Correfpondant qui lui avoit manqué en 1707, la fomme de 165000 livres. Son fils aîné étoit alors premier Clerc de fon oncle, le fieur Durand, Notaire. Né en 1700, il avoit vingt-quatre ans.

Aimé finguliérement de fa mere, on lui remit cette fomme pour effayer fon intelligence. Ce fut encore de l'avis du fieur Durand Demonville, fon oncle maternel, qu'on a vu dans la fuite pourfuivre avec acharnement l'infortuné qu'on vouloit facrifier à la fortune de l'aîné, &, après fa mort, à l'ufurpation d'une étrangere, qu'il préféroit à ceux de fon fang.

Le fieur Lambroffe, parrain du malheureux de Poilly; la veuve Turpin, tante maternelle, & la veuve Durand, femme du Notaire, laquelle a fourni les premiers frais de la réclamation, ont attefté mille fois cette vérité, comme une chofe dont ils étoient parfaitement inftruits.

Voilà donc bien certainement un fonds de plus de 300000 livres, fans y comprendre les profits de la régie du fieur Lambroffe.

L'inventaire du 16 Février 1728 ne peut en impofer ; il fait au contraire connoître les refforts que l'iniquité a mis en mouvement. Quelle foi doit-on avoir à un inventaire fait fans appofition de fcellé, auquel des mineurs avoient le plus grand intérêt, fans y appeler ni parens, ni aucun témoin, que ceux qui étoient abfolument intéreffés à ce que cet inventaire fe fît dans l'obfcurité du fecret ; un inventaire fingulier, dans lequel la mauvaife foi regne d'un bout à l'autre, & fait vingt-deux mois après le décès du fieur de Poilly pere ? Il étoit mort en Avril 1726.

Combien falloit-il donc de temps pour détourner billets, contrats, argent ? Quel ravage en faveur de l'enfant de prédilection ! lui, qui conduifoit l'intrigue, & qui n'ignoroit aucun artifice dans ces fortes d'affaires, puifqu'il étoit à la tête de l'étude de fon oncle.

La renonciation du mineur Jean-Louis de Poilly, fur avis de parens,

le

le 18 Février 1728, n'est pas plus concluante.

La même raison qui en a imposé si
long-temps à tant de personnes éclai-
rées, en imposa alors aux parens. Ils
regarderent l'infortuné de Poilly comme
un membre qu'il falloit couper. Il étoit
dangereusement malade dans ce temps,
& on le faisoit passer pour épileptique.
Ces parens, qui ignoroient le fond de
la fortune du sieur de Poilly pere, qui
d'ailleurs, trompés sur la nature de la
maladie du mineur, regardoient son
aîné comme le seul héritier, fermerent
les yeux sur l'infidélité visible de cet
acte, qu'on regardoit comme une simple formalité sans conséquence. Ainsi
le mineur fut sacrifié à la supercherie,
par l'ignorance & la crédulité.

Cet acte est donc illusoire. Par conséquent ni la renonciation, ni l'inventaire, ni la séparation ne forment aucun
préjugé contre l'opulence du sieur de
Poilly pere.

Ce qui revenoit à la dame de Poilly,
n'étoit pas assez considérable pour em-
barrasser la succession de son mari. Le
8 Août 1729, on lui rendit, avec grand

Tome VII.   D

appareil., & pour la forme, ce qui lui revenoit de fa dot, qui montoit à 6500 livres; mais elle garda réellement toute la fucceffion.

Elle eut entre les mains, pendant vingt-deux mois, meubles, effets, papiers, tréfors, fans rendre de compte. Elle s'avife enfuite de faire un inventaire tel quel; &, après une conduite auffi irréguliere qu'injufte, on vient dire froidement que la fucceffion du pere a fuffi *à peine pour remplir les conventions matrimoniales.*

Lorfqu'accablé des mauvais traitemens de tous ceux qui environnoient le malheureux de Poilly chez fa mere, il trouva un afile dans la généreufe fenfibilité du fieur Lambroffe, fa mere lui propofa une pacotille confidérable & les meilleures protections, pour l'engager à s'expatrier & à fe tranfporter dans le Canada : qui auroit donné cet argent ? fa mere.

Lorfque, pour des raifons qu'on voulut fuppofer bien gratuitement auprès du Miniftre, parce qu'on avoit conjuré fa perte, on obtint fon emprifonnement dans Saint-Lazare, qui eft-ce qui fournit aux dépenfes indifpenfables dans cette inique expédition, & à la pension? sa mere.

Lorsque, par un million de détours ténébreux, on l'eut engagé à demander un couvent, qui est-ce qui fournit les fonds? sa mere.

Lorsqu'on donna au Pere Poisson 20000 livres, & au Novice sacrifié de quoi satisfaire largement ses caprices, qui paya? sa mere.

Lorsque cette mere, alarmée des obstacles qu'elle rencontra dans l'opposition des créanciers, obtint des lettres de rescision; qu'elle composa de nouveau avec le Pere Poisson pour faire faire les vœux à son fils, malgré la défense du Juge Ecclésiastique, les créanciers, le Pere des Novices, & toute la Communauté: qui est-ce qui fournit tout l'argent nécessaire? sa mere.

Lorsque le sieur de Poilly fit sa réclamation à Evreux, & que, pour engager les Cordeliers de cette Communauté à faire échouer les desseins du Profès forcé, on leur fit offrir 20000 livres: qui eût payé cette somme? sa mere.

Mais comment sa mere, n'ayant pour toute ressource que les 5600 liv.

échappées, comme on le dit, des débris de la fortune du mari, a-t-elle pu vivre splendidement & épargner plus de 30000 liv. sacrifiées en pure perte pour se défaire de lui à quelque prix que ce fût ; & en eût-elle sacrifié 20000 autres ?

Lorsque le sieur de Chanterenne crut tenir son frere immolé à son cœur ambitieux, il ne songea qu'à satisfaire sa passion. Il avoit refusé, en 1730, la Charge de Notaire, que lui offroit, à juste prix, le sieur Durand son oncle.

Possesseur d'une immense fortune, le titre de Notaire ne pouvoit remplir ses vûes. Il s'assignoit déjà un rang dans la Noblesse, & regardoit le sang de ses parens & de ses aïeux, comme trop obscur & trop au dessous de lui.

Une Charge de Maître des Comptes à Rouen, une autre de Secrétaire du Roi, une femme digne de lui furent l'objet de ses vœux, & ses vœux furent accomplis en 1739.

Mais la sécularisation du sieur de Poilly paroissant beaucoup plus certaine que sa mort civile, ruinoit les espérances fondées sur un plan si bien réfléchi, & qui avoit paru prendre une forme si avantageuse.

Le sieur de Chanterenne usa alors de tout ce qu'une adroite chicane a pu inventer, pour mettre à couvert ses injustices. On s'appliqua à fabriquer des actes, qui quadrassent si bien avec l'inventaire frauduleux des biens du pere, que l'infortuné ne pût se retrouver dans ce dédale.

Il y eut des actes faux pour présenter au Sécularisé, & des actes vrais pour mettre la succession à l'abri de tous événemens; on prit des mesures si justes & si secretes, qu'on crut ôter au malheureux toute la connoissance de ces biens immenses.

Du nombre des actes faux, sont les prétendus contrats d'acquisition des Charges de Secrétaire du Roi, & de Maître des Comptes de Rouen, qui stipulent que ces Charges ne viennent que de deniers d'emprunts, & non des biens de pere & mere.

Comment un homme qui n'a rien peut-il refuser une Charge de Notaire qu'on lui offre à bon compte, pour racheter, dix ans après, n'ayant encore rien, deux Charges qui ennoblissent,

& qui font bien plus confidérablés
pour le prix ? Si l'on répond qu'il ne
vouloit pas s'endetter pour la Charge
de Notaire , n'eft-il pas téméraire de
fe charger enfuite. d'un fardeau plus
pefant, & qui offre moins de reffources ? Qui ignore que ces Charges font
infiniment moins lucratives que celles
de Notaire ? Si les fonds euffent réellement appartenu à des créanciers , de-
voit-il attendre la mort civile de fon
frere pour fatisfaire fon ambition ?

Quelle autre qu'une riche roturiere,
tout au plus, fe feroit laiffé éblouir
par un éclat fi faux, & eût voulu facrifier une honnête fortune pour foutenir un fafte & un état que le moindre
fouffle pouvoit renverfer ? La dame de
Chanterenne , fi clairvoyante fur fes intérêts , auroit-elle été fi aveugle que de
fe laiffer ainfi furprendre ? Elle étoit
majeure. Mais fuppofons encore qu'elle
ait eu les yeux fermés ; la famille ne
les lui auroit-elle pas ouverts ? Ne fe
feroit-elle pas oppofée à fa folie ? La
fourberie & la mauvaife foi font donc
palpables.

On demande à la dame de Chanterenne quelles font les autres reffources

dont elle veut parler ? Pourquoi, lorſque la famille l'attaqua ſur ce faux expoſé, n'a-t-elle pas fourni les preuves de cette aſſertion ? Pourquoi s'obſtina-t-elle à ne point repréſenter les lettres, les titres d'acquiſition de ces Charges ? De quel droit, après tout, fait-elle ces prétendues reſtitutions de ces Charges aux prétendus créanciers ? Si ſon but étoit la bonne foi, refuſeroit-elle de rendre tous les papiers d'une famille qui lui eſt devenue abſolument étrangere ? chercheroit elle à prolonger à l'infini les procédures ?

C'eſt ſur le fondement de cette fortune ainſi établie, que le ſieur de Poilly préſenta une nouvelle Requête, par laquelle il demanda une proviſion de 15000 livres. Sur cette Requête eſt intervenue une ſeconde Sentence, qui appointa ſur la demande en reſtitution de titres, & ordonna un délibéré ſur le proviſoire.

Le ſieur de Poilly en interjeta appel au Parlement, & demanda l'évocation du principal.

Deux demandes principales partageoient la défenſe du ſieur de Poilly ; la reſtitution des titres de ſa famille,

D iv

& les dommages & intérêts qui lui font dus.

P R E M I E R   O B J E T.

Restitution des titres.

» Le sieur de Poilly, rendu à la Société, disoit son Défenseur, a des droits à exercer : le temps & la prescription ne peuvent rien contre lui. C'est un mineur qui parvient seulement à sa majorité. Des liens de toute espèce enchaînoient ses facultés ; mais la Loi veilloit à la conservation de ses droits. Il peut donc aujourd'hui les exercer dans toute leur étendue ; il peut réclamer toutes les successions ouvertes à son profit pendant la durée de sa minorité. Ces successions sont au nombre de quatre ; celle de Nicolas de Poilly, son père ; celle de Génevieve Durand, sa mere ; celle du sieur de Chanterenne, son frere ; enfin, celle du fils de ce dernier, mort en minorité.

» Ces différentes successions appartiennent au sieur de Poilly ; ce fait n'est pas contesté : il pourroit donc dès à présent en exiger la délivrance :

il fe contente néanmoins de demander la reftitution des titres, pieces & renfeignemens qui peuvent en conftater l'état.

» Le fieur de Poilly demande cette reftitution à la veuve de Chanterenne. C'eft elle en effet qui eft la dépofitaire de tous les titres de la famille de Poilly; les inventaires faits après le décès de fon fils & de fon mari, l'en chargent expreffément.

» Une premiere Sentence du Châtelet a condamné la dame de Chanterenne à rendre au fieur de Poilly les inventaires & toutes les pieces dont elle eft chargée; elle n'a pas critiqué cette Sentence; elle n'en a pas interjeté appel: au contraire, elle y a fatisfait; elle s'eft donc reconnue obligée à la reftitution qu'on lui demande.

» La dame de Chanterenne a obéi à la premiere Sentence du Châtelet; mais comment? A la vérité, elle a communiqué tous les inventaires: mais à l'égard des pieces inventoriées, elle s'eft contentée de mettre au Greffe du Châtelet les plus indifférentes, celles dont fon Adverfaire ne peut tirer aucun avantage contre elle. Mais une

D v

communication de cette espece est une
dérision ; elle ne remplit ni le vœu
de la Sentence, ni celui de l'équité :
ainsi la question se réduit à savoir si la
dame de Chanterenne est tenue de communiquer au sieur de Poilly généralement toutes les pieces inventoriées,
ou si elle est en droit de retenir celles
qu'elle juge à propos.

» Cette question n'est pas difficile à
résoudre. Quel rôle joue ici la dame
de Chanterenne ? celui d'un dépositaire ; & tout dépositaire est obligé de
rendre en totalité le dépôt confié à sa
garde : rien ne peut le justifier s'il en retient la plus légere partie. Cette regle est
celle de la raison & de l'honnêteté,
celle de tous les Tribunaux & de tous
les siecles.

» Je vous ai communiqué tout ce
qui pouvoit vous éclairer sur l'état des
successions que vous réclamez : ce que
je dérobe à votre connoissance vous
seroit inutile. Telle est la réponse de
la dame de Chanterenne. Est-ce à elle
à décider de l'importance de ces pieces ? depuis quand les Parties ont-elles
le droit de se constituer Juges dans leur
propre Cause ? Ne doit-on pas présumer

au contraire, que les pieces qu'elle retient font les feules effentielles, & cela
par la raifon feule qu'elle les retient ?
Au furplus, utiles ou indifférentes,
toutes appartiennent au fieur de Poilly ; elles doivent donc lui être ren-
dues «.

La dame de Chanterenne oppofe à
fon beau-frere un moyen encore plus
commode. A quoi bon, lui dit-elle, réclamer avec tant de chaleur vos papiers
de famille ? Votre pere, votre mere,
votre frere, votre neveu ne poffédoient
rien, abfolument rien, à l'époque de
leur décès.

Quand cela feroit, la dame de Chanterenne auroit-elle le droit de retenir
des pieces dont elle n'eft que dépofitaire ?

Le fieur de Poilly pere ne poffédoit
rien à l'époque de fon décès ! Cependant alors il étoit Négociant & Armateur ; il avoit un nom connu, un grand
crédit & de riches manufactures ; &
l'on a prouvé par plufieurs faits, que fa
fortune devoit être opulente.

La dame de Chanterenne a encore
une reffource. Après la mort de fon
fils, la veuve de Poilly, fa belle-mere,

D vj

lui fit une donation de tous les propres naiffans qui compofoient cette fucceffion, moyennant 200 livres de rente
viagere. Qu'avez-vous donc à prétendre,
dit-elle ? La Loi me déféroit le mobilier
de mon fils ; cet acte me donne le furplus de fa fucceffion.

Le fieur de Poilly eft héritier de fa
mere ; cette qualité lui donne le droit
de demander la nullité de cet acte évidemment frauduleux ; c'eft ce qu'il fe
propofe de faire. Mais l'attaquera-t-il
comme infecté du dol perfonnel, ou
comme contenant une léfion énorme ?
Il ne peut prendre de parti, à cet
égard, que lorfqu'il aura examiné les
pieces dont il demande la reftitution.
Ces pieces peuvent feules lui indiquer
la route qu'il doit tenir.

La dame de Chanterenne, déjà condamnée à cette reftitution par Sentence
du Châtelet, a fu l'éluder. Peut-être refu-
fera-t-elle encore d'obéir à l'Arrêt que
le fieur de Poilly eft fur le point d'obtenir. Il eft donc de la prudence de la
Cour de la condamner dès à préfent
à l'alternative, de rendre ces pieces,
ou de payer au fieur de Poilly une
fomme proportionnée à la valeur con-

nue des fucceffions qui font entre fes mains.

Mais combien de délais, combien de chicanes le fieur de Poilly n'aura-t-il pas encore à effuyer de la part de fa belle-fœur ? Cependant il eft fans aucune efpece de reffources ; il eft donc jufte que la Cour lui adjuge une provifion. Il en a déjà formé la demande en la Cour ; elle a été renvoyée à l'audience par Arrêt fur appointement à mettre. Le moment de la juger eft enfin arrivé.

Le fieur de Poilly demande encore qu'il lui foit permis de compulfer les études des Notaires & autres dépôts publics. Il eft malheureufement trop vrai que l'intention de le dépouiller dirige, depuis fon enfance, toutes les opérations de fa famille. Pour remplir cet objet, il a fallu fimuler des actes ; il a fallu en fupprimer un plus grand nombre. Les renfeignemens qu'offrent à l'envi au fieur de Poilly ceux qui reftent de fa famille, ceux que des relations particulieres ont approchés de fes pere & mere, de fon frere, de la dame de Chanterenne elle même ; tout lui annonce, tout lui fait efpérer

qu'il parviendra à démafquer la fraude
dont il eft la victime. Mais jufqu'ici
les dépôts publics ont été fermés pour
lui; il n'y a que l'autorité de la Cour
qui puiffe les lui faire ouvrir. Ce chef de
demande ne peut pas fouffrir plus de dif,
ficulté que les précédens.

*Dommages & intérêts réfultans des
perfécutions de la dame de Chanterenne, notamment des lettres de cachet qu'elle a obtenues contre le fieur
de Poilly.*

Il eft des circonftances, elles font
rares, mais il en exifte, où il importe
à la Société qu'un citoyen difparoiffe
tout-à-coup. Le coupable échapperoit
aux formes judiciaires, toujours fûres,
mais quelquefois trop lentes. Le Prince
peut alors impofer filence aux Loix, pour
laiffer agir fon autorité feule.

Mais, fi fa volonté eft guidée par
l'impofture, fi elle devient l'inftrument
des vengeances & des intérêts particuliers. . . . eft-il donc poffible de tromper ainfi la juftice des Rois? Cela n'arrive, hélas! que trop fouvent. A la

Cour, dans ce tourbillon d'affaires, de plaifirs & d'intrigues, un fubalterne corrompu, infecte de fon fouffle le Miniftre le plus honnête. L'homme public, forcé de voir par des yeux étrangers, croit porter au Prince le dépôt de la vérité ; c'eft le menfonge qu'il lui fait adopter, & l'innocent eft déjà dans les fers.

Le coup frappe la Nation entiere ; chacun craint pour fa liberté : la liberté ! il n'y en a plus, puifqu'elle ne confifte que dans la certitude de la conferver : alors le pire de tous les maux eft arrivé ; les citoyens n'ont plus de confiance dans le Miniftere, ils n'en ont plus dans la vertu même. Et la Patrie, qu'il eft fi doux d'adorer comme une mere tendre, ils la regarderont déformais comme une marâtre aveugle & cruelle.

Quels châtimens ne mérite donc pas l'auteur de tous ces maux ? Il n'eft pas feulement coupable enver l'innocent qu'il opprime, il l'eft encore envers la Société qu'il alarme, & le Prince dont il a égaré la fageffe.

Nos peres ont gémi fur le mal, mais leurs yeux fe font fermés fans avoir vu le remede. Il étoit réfervé à ce fiecle de raifon & de courage.

Aucune main n'avoit encore ofé foulever le voile qui couvre les opérations du Miniftere. Les Magiftrats ont enfin fenti qu'il étoit poffible de concilier le refpeĉt dû aux ordres fuprêmes, avec les peines que mérite l'impofteur qui les a furpris, & nous avons vu éclore cette Jurifprudence nouvelle, fruit de la plus haute fageffe, le vrai *palladium* de la liberté publique, qui rend le folliciteur d'une lettre de cachet garant de la juftice & de la vérité des motifs qui ont fait agir l'autorité. Jurifprudence précieufe ! par elle tout eft confervé, & les droits de l'innocence, & la prérogative du Prince.

On fe rappelle l'Arrêt contre le Comte de la Tour du Roc ; on fe rappelle fur-tout avec quel applaudiffement cet Arrêt a été reçu du Public.

Dans des temps plus voifins encore, un vil fuborneur, membre gangréné d'une Société qui n'eft plus, avoit obtenu des ordres pour enfevelir dans les prifons la beauté qu'il n'avoit pu corrompre. Nous venons de le voir ex-

pier, par la perte de fa fortune, la furprife faite à l'autorité (*a*).

Jamais la Cour eut-elle plus de motifs de déployer cette jufte févérité ? La
Comteffe de Lancife avoit à peine touché le feuil de fa prifon ; les ordres furpris par l'ex-Jéfuite contre la demoifelle Peloux, étoient demeurés fans
exécution. Le fieur de Poilly a vu s'é-
couler dans les fers plus de moitié
de fa carriere. De tous les hommes de
fon fiecle, aucun peut-être n'a été
plus malheureux ; peut-être ce qu'il a
fouffert eft-il le dernier terme des
maux qu'un être fenfible puiffe fupporter.

Que m'importent fes malheurs, dit
la dame de Chanterenne ? qu'il prouve
que j'en fuis l'auteur : & , dans fon
cœur, elle ajoute : Il ne le prouvera
pas ; n'ai-je pas toujours interpofé, entre lui & moi, ou fa mere, ou fon
frere, ou le tuteur de fes nieces ? Si
j'ai infpiré fes calomniateurs, ma bouche ne s'eft jamais fait entendre. Si j'ai
dirigé les bras qui l'ont frappé, le mien

(*a*) Voyez la Caufe de la demoifelle Peloux.

n'a jamais paru. Si j'ai follicité dans les cabinets des Miniftres, de fimples converfations ne laiffent pas de traces après elles.

Ce langage eft celui de tous les impofteurs ; tous mettent leur confiance dans les foins qu'ils ont pris de cacher leurs manœuvres & d'en effacer les veftiges.

Mais lorfqu'il s'agit de punir la fraude, les Tribunaux n'exigent pas des preuves rigoureufes ; ils fe contentent d'indices, de vraifemblances ; & le fimple bon fens dit qu'il n'eft pas poffible de demander autre chofe.

De ces indices, de ces vraifemblances, nous en avons une multitude ; &, de leur enfemble, réfulte une preuve à laquelle il n'eft pas poffible de fe refufer.

En 1743, le fieur de Poilly pourfuivoit, à l'Officialité de Meaux, la fulmination d'un bref de fécularifation. La dame de Poilly, mere, crut devoir repouffer les efforts de fon malheureux fils, & la dame de Chanterenne y figure à côté d'elle. Cependant fon mari étoit mort l'année précédente; fon fils venoit de defcendre dans le même tombeau. Abfolument étrangere à la famille, quel motif pouvoit la faire agir? un feul : la crainte que le fieur de Poilly, reftitué au fiecle, ne lui arrachât le patrimoine de fes peres. Mais fi tel fut, en 1743, le mobile de fa conduite, cette crainte, trop bien fondée, a dû l'animer depuis, a dû lui mettre fans ceffe les armes à la main contre fon beau-frere.

La dame de Chanterenne n'a fuivi que trop fidélement la route qu'elle s'étoit ouverte par cette premiere démarche.

Lorfqu'en 1744, la dame de Poilly, dans le lit de la mort, annonça qu'elle vouloit fe défifter de l'appel comme d'abus qu'elle avoit interjeté de la Sentence de l'Officialité de Meaux, qu'eft-ce qui étouffa, dans le cœur de cette mere, trop long-temps injufte, la voix de la Nature? celle de la dame de Chanterenne. Les manœuvres, les intrigues, les agens de la dame de Chanterenne enchaînerent la main de cette femme aveugle. La preuve de ce fait eft confignée dans une lettre d'un Eccléfiaftique, aujourd'hui Vicaire-Général du Diocefe de Boulogne, alors Confeffeur

de la dame de Poilly : » Je ne figne-
» rai pas le défiftement , lui dit-elle ;
» il nuiroit trop aux intérêts de ma
» bru ; jai changé d'avis «. Et à l'inftant où elle proféroit ces paroles , elle
quittoit Camet , Agent connu de la
dame de Chanterenne. Il n'eft donc plus
poffible d'en douter ; l'intérêt de la dame
de Chanterenne eft la fource de tous
les malheurs du fieur de Poilly. Si ,
depuis cette fatale époque , il a traîné ,
pendant trente années encore , l'habit
& le nom de Cordelier , quelle en eft
la caufe ? l'intérêt de la dame de Chanterenne.

Cet intérêt , fi cher à la dame de
Poilly , avoit fubjugué dans fon cœur
tous les autres fentimens. Oubliant
qu'elle étoit mere , elle inftitue la
dame de Chanterenne fa légataire univerfelle. Ce teftament fut le dernier
acte de fa vie.

Le projet de la dame de Chanterenne , ce projet concerté , fuivi avec tant
d'adreffe & de chaleur , eft enfin réa-
lifé. La mort de fa belle-mere , de
fon mari , de fon fils , lui a tranf-
mis toute la fortune de la famille de
Poilly.

La mort de la dame de Poilly ne laiſſoit plus à ſon fils qu'un ſeul contradicteur légal, le ſieur Douceur. Il avoit épouſé Anne de Poilly, ſœur du ſieur de Chanterenne & du Réclamant. Elle étoit morte, laiſſant deux filles mineures. Le ſieur Douceur, leur pere, étoit en même temps leur tuteur; lui ſeul avoit qualité pour ſuivre l'appel comme d'abus de la Sentence qui avoit reſtitué au ſiecle le ſieur de Poilly; mais cet homme, ſenſible & juſte, déclaroit hautement qu'il ne reprendroit pas l'inſtance. De ce moment, le ſieur de Poilly eſt ſans adverſaire, & ſa réclamation ne ſouffre plus de difficulté. Quel coup pour la dame de Chanterenne! On vient à bout, à forces de manœuvres, de dépouiller le ſieur Douceur de la tutelle de ſes propres filles, pour la donner à un nommé Dulieu, qui ne pouvoit avoir d'autre objet, en acceptant ſa commiſſion, que de remplir les vûes de celle qui l'avoit mis en ſcene.

La dame de Chanterenne ne s'étoit pas trompée dans le choix de ſon Agent. Ce fantôme de tuteur mit, dans la pourſuite de l'appel comme d'abus, tout l'acharnement de la haine. Cette odieufe manœuvre parvient enfin à la connoiffance des parens du nom de Poilly : ils s'affemblent, font émanciper les mineurs, nomment Antoine de Poilly leur curateur ; & , dans l'acte de nomination , ils déclarent unanimement, *que*, *fur la connoiffance perfonnelle qu'ils ont des manœuvres qui ont été pratiquées par la feue dame de Poilly , pour contraindre Jean-Louis de Poilly, fon fils , à entrer dans le cloître , ils chargent Antoine de Poilly de déclarer , pour tous lefdits comparans, que la famille n'entend point s'oppofer à la reftitution au fiecle dudit Jean-Louis de Poilly.*

L'activité de Dulieu prévint les efforts de la famille. Le nouveau curateur n'avoit pas encore rempli les formalités néceffaires pour paroître dans l'inftance , lorfqu'intervint cet Arrêt foudroyant, qui replongea le fieur de Poilly dans la nuit du cloître.

La dame de Chanterenne nous répond aujourd'hui que tout cela lui eft étranger. Alors on en penfoit bien différemment ; fes follicitations, fes manœuvres étoient fi publiques , que la famille en-

tiere l'accuſoit hautement d'être l'auteur des perſécutions qu'éprouvoit le
ſieur de Poilly. Voici ce qu'Antoine
de Poilly écrivoit à Dulieu quelques
jours avant le Jugement de l'appel
comme d'abus.

» Je ne doute nullement que, ſi
vous euſſiez été inſtruit de l'affaire du
Cordelier, comme je le ſuis, vous au-
riez ſu éviter les piéges que vous a tendus le ſieur Camet.

» En effet, quels peuvent être les
intérêts du ſieur Camet, pour s'oppoſer ſi fortement à la reſtitution au ſiecle
de notre couſin? En vain vous a-t-il repréſenté que c'étoit pour le bien des
enfans du ſieur Douceur : je trouve
au contraire qu'il agit plutôt par des
vûes tout oppoſées, *les enfans ſer-*
vant de prête-nom à la dame de
Chanterenne pour mettre obſtacle à la
ſécularifation de notre couſin, par l'o-
bligation où elle ſe trouveroit d'entrer
en compte avec le couſin; ce que les
enfans du ſieur Douceur ne peuvent
faire.

» Il eſt donc aiſé d'entrevoir qu'il
eſt à ſouhaiter pour vos pupilles que
le couſin ſoit ſécularifé, parce que ce

dernier aura l'avantage de faire caſſer
le teſtament de la défunte dame de
Poilly, *& de faire revivre une ſuccef-*
ſion dont la dame de Chanterenne s'em-
pare injuſtement ; auſſi le ſieur Camet,
qui s'eſt chargé des affaires de la dame
de Chanterenne contre notre couſin,
ne prendroit point tant de chaleur contre la ſortie du cloître, juſqu'à faire entendre à Monſieur & à Madame Douceur qu'il n'épargneroit point l'argent,
quand il lui en devroit couter 300 louis,
& que les enfans ne ſe ſentiroient aucunement de ces frais.

   » Vous m'avouerez, Monſieur, que
les facultés du ſieur Camet ne lui permettent pas de prodiguer ainſi de pareilles libéralités, ſur-tout dans une affaire
où il n'eſt aucunement intéreſſé : *donc*
c'eſt la dame de Chanterenne qui four-
nit à l'appointement ; ce qui a rapport à ce que mon couſin le Cordelier
m'a dit tenir de vous, *que le ſieur Ca-*
met, vers les fêtes de Pâques, avoit
repréſenté que la dame de Chanterenne
ſe chargeoit de vous paſſer un acte qui
vous indemniſeroit de tous les frais de
la procédure, & qu'on ne vous inquié-
teroit en aucune façon «.*

                        V oilà

Voilà des faits circonstanciés, une accusation motivée. On voit agir la dáme de Chanterenne par elle-même & par ses Agens : elle offre de payer les frais du Procès; elle croit ne pouvoir acheter trop cher la perte de son malheureux beau-frere. Osera-t-elle répéter encore que tout ce qu'il a souffert lui est étranger ?

Le sieur de Poilly se pourvoit au Conseil, contre l'Arrêt du Parlement. Les Magistrats, dont on avoit surpris la justice, secondent cette démarche; sa famille y applaudit. L'Evêque de Meaux, les Agens du Clergé, l'appuient de tout leur crédit; & les Cordeliers, qui étoient restés muets pendant le Procès au Parlement, lui donnent un acte capitulaire, par lequel ils attestent & la violence qui l'a jeté dans le cloître, & la maniere édifiante dont il porte ses chaînes. Il touchoit une seconde fois au terme de ses malheurs; une lèttre de cachet lui donne le couvent d'Auxerre pour prison : de là il instruisoit ses Juges; un second ordre le précipite dans les cachots de la Garde. Au bout de cinq années, il voit adoucir sa cap-

tivité : un nouvel ordre du Miniſtre vient
reſſerrer ſes liens. Après dix-neuf ans il
recouvre ſa liberté. Le premier uſage
qu'il en fait, eſt de reprendre la pourſuite de ſon affaire au Conſeil. A l'inſtant il eſt déféré au Miniſtre comme
l'Auteur d'un libelle contre le Gouvernement ; autre lettre de cachet ; &
la Baſtille s'ouvre pour l'engloutir. Combien de peines, de démarches, de
ſollicitations, d'argent peut-être, il a
fallu pour accumuler toutes ces perſécutions ſur la tête d'un ſeul homme ?

Quel eſt donc cet infatigable & dangereux ennemi ? ce ne ſont pas les Cordeliers ? ce n'eſt pas le Clergé ? ce n'eſt
pas la famille ? tous tendoient les bras
au Réclamant : c'eſt donc la dame de
Chanterenne ? c'eſt elle ſans doute,
puiſqu'elle ſeule, dans le monde entier, étoit intéreſſée à reculer l'événement du Procès.

Il eſt enfin jugé : le Conſeil renvoie
le ſieur de Poilly pardevant l'Official
de Meaux ; & cette réclamation, pen-
dante dans les Tribunaux depuis trente-
deux ans, eſt, bientôt après, accueillie
par Sentence de l'Officialité.

Si les Camet, les Dulieu, les Demonville ont été jusqu'à préſent, comme nous l'aſſure la dame de Chanterenne, les ſeuls auteurs des perſécutions du ſieur de Poilly; puiſque ces hommes ne font plus, il doit ſe croire parvenu au terme de tous ſes maux: il ſe tromperoit; l'eſprit qui les animoit vit encore. Privée de ſes fideles Agens, la dame de Chanterenne oſe ſe montrer à découvert: elle forme une tierce-oppoſition à la Sentence qui reſtitue au ſiecle le ſieur de Poilly. Cette premiere démarche eſt appuyée d'une Requête, fidele écho de tous les écrits qui l'ont précédée. Il n'eſt pas poſſible de s'y méprendre; l'auteur de cette Requête a dicté tous les libelles qui, depuis trente ans, diffament le ſieur de Poilly.

Une ſeconde Sentence de l'Officialité a débouté la dame de Chanterenne de ſon oppoſition, mais elle n'en a pas moins trahi ſon ſecret. Si, comme elle ne ceſſe de le répéter, elle avoit regardé avec indifférence tous les événemens de la famille de Poilly, l'auroit-elle formée cette oppoſition? Elle ſe croyoit donc intéreſſée à la ſécularifation du Réclamant. Mais ce mobile, aſſez puiſ-

E ij

fant pour la faire agir en 1774, devoit l'agiter bien plus puiſſamment encore pendant l'inſtruction du Procès au Parlement & au Conſeil, puiſqu'il eſt ſenſible que ſon intérêt, dans cette affaire, augmente à meſure que l'on ſe rapproche de 1742 , époque du décès de ſon mari.

Un dernier trait de lumiere, ſorti du lieu même où ſe ſont forgés tous les fers du ſieur de Poilly, vient achever d'éclairer ce chaos de manœuvres & d'intrigues. Devenu libre, le ſieur de Poilly avoit traduit au Châtelet la dame de Chanterenne, pour en obtenir des dommages-intérêts réſultans des perſécutions qu'elle lui avoit fait ſouffrir. Le Duc de la Vrilliere, enfin détrompé, jaloux de réparer ſes fautes quoiqu'involontaires, écrit au ſieur Lieutenant Civil cette lettre, dont nous avons déja parlé : " La connoiſſance perſonnelle que j'ai, Monſieur, des malheurs du ſieur de Poilly, & des vexations qu'il éprouve depuis trente ans, de la-part de ſa partie adverſe, m'engage à vous prier de lui rendre la juſtice la plus prompte, &c. ".

Sa Partie adverſe ! quel eſt le per-

sécuteur que le Ministre désigne par ces
mots ? Il ne peut y avoir la plus légere
équivoque. Le sieur de Poilly n'avoit
alors, comme aujourd'hui, que la dame
de Chanterenne pour adversaire : c'est
donc la dame de Chanterenne que le
Ministre dénonce à la Justice comme
l'auteur des *vexations que le sieur de*
Poilly éprouve depuis trente ans ; &
cette déclaration est émanée du Duc
de la Vrilliere, de celui même qui a
expédié tous les ordres, de celui que
la dame de Chanterenne a fatigué tant
de fois par ses sollicitations. Est-il un esprit dans lequel ce dernier trait de lumiere ne porte la conviction ?

La dame de Chanterenne est donc
la vraie persécutrice du sieur de Poilly ! c'est elle qui, depuis si long-temps,
le traîne de Tribunaux en Tribunaux,
de cachots en cachots ; qui, depuis
plus de trente années, le tient sus-
pendu entre la mort & le désespoir.
Le sieur de Poilly est donc bien fondé
à lui demander des dommages-intérêts.

La dame de Chanterenne combattit
les deux propositions du sieur de Poilly,
par deux propositions contraires. La premiere, qu'elle n'avoit dans ses mains

E iij

aucune portion du patrimoine de la famille des Poilly; la feconde, qu'elle avoit été indifférente, dans tous les temps, fur le fort de fon adverfaire, & n'avoit jamais effayé de le repouffer dans le cloître.

Tous les faits, difoit fon Défenfeur, qui ont pu fe paffer dans la famille du fieur de Poilly avant le mariage de la dame de Chanterenne, lui font étrangers. Que lui importe en effet que le fieur de Poilly, fon adverfaire, ait été dans fon enfance l'objet de la tendreffe ou de la haine de fa mere? qu'enfermé à Saint-Lazare, il y ait expié fes fautes perfonnelles, ou les injuftices de fa famille? qu'il ait porté au pied des autels le vœu de fon cœur, ou qu'il ait cherché dans le tombeau du cloître, un afile contre la fureur de fa mere? La dame de Chanterenne n'avoit encore aucun rapport avec la famille des Poilly : & l'on ne pourfuivra pas fans doute contre elle la vengeance d'excès prétendus, dont jamais elle ne put être la complice.

Il préfenta fous un jour tout différent, les faits qui concernoient la fortune du fieur de Poilly pere, & s'attacha à prouver qu'il étoit mort dans l'indigence.

Nicolas de Poilly, & Génevieve Durand, pere & mere du fieur de Poilly, fe marierent le 2 Janvier 1699; l'un étoit fils d'un Graveur, l'autre fille d'un Marchand de vin.

Suivant le contrat de mariage, Génevieve Durand apportoit en dot huit mille fix cents livres : Nicolas de Poilly fe marioit avec fes droits en général, fans défigner plus particuliérement fa fortune.

Il faifoit un commerce de foie, qui ne fut pas heureux, fans doute, car en 1708, la dame de Poilly forma fa demande en féparation de biens. Cette féparation fut prononcée par Sentence du Châtelet, de 1709, exécutée enfuite par la vente d'une partie des meubles du fieur de Poilly ; & enfin le 8 Septembre 1711, le fieur de Poilly céda à fon époufe tout ce qu'il poffédoit, pour lui tenir lieu des huit mille fix cents livres qu'elle avoit apportées en dot.

Depuis cette époque, le fieur de Poilly pere a vécu dans la maifon de fa femme, à qui il avoit promis quatre

E iv

cents livres de penſion que jamais il n'a payées.

Il a eu trois enfans de ſon mariage : Sébaſtien de Poilly l'aîné, qui a épouſé, à la fin de 1739, la dame de Chanterenne ; Jean-Louis de Poilly, qui dès 1738 (c'eſt-à-dire un an avant le mariage de ſon aîné) avoit fait profeſſion dans l'Ordre des Cordeliers ; & Anne-Génevieve de Poilly, qui a épouſé, en 1723, le ſieur Douceur, Marchand à Paris. Le contrat fut paſſé le 21 Janvier. Le ſieur de Poilly pere parut dans l'acte ; mais ce fut la dame de Poilly qui dota ſa fille : le pere ne donna rien, parce qu'il n'avoit rien.

Il mourut dans la détreſſe où il avoit vécu, laiſſant à peine de quoi ſatisfaire aux frais de ſon inventaire.

Cet acte fut fait ſuivant toutes les formes preſcrites, à la requiſition & en préſence de ceux qui y avoient intérêt. Il n'exigea qu'une ſeule vacation. On y comprit les papiers du défunt ; & voici comme on s'explique relativement à ces papiers : » Après l'inven-
» taire deſquelles deux liaſſes, ladite
» dame veuve du ſieur de Poilly & leſ-

» dits fieurs de Poilly & Douceur ont
» protefté que cet inventaire ne pourra
» aucunement engager celui d'entre eux
» qui fe chargera defdits billets, à faire
» des pourfuites pour exiger le payement
» du contenu en iceux, attendu que
» tous les débiteurs font ou inconnus
» des Parties, ou infolvables ; ce qui
» eft fuffifamment prouvé par l'an-
» cienneté de leurs dettes : & ont fi-
» gné . . . . «.

La dame de Poilly déclara auffi
dans cet inventaire, qu'elle étoit créanciere de la fucceffion de fon mari ; favoir, 1°. de quatre mille cinq cents livres pour onze années de fa penfion de
quatre cents livres.

2°. De neuf cents livres pour frais
funéraires, de maladie, & autres de
cette efpece.

3°. Des arrérages de deux cents livres
de rente de douaire, conftituées par fon
contrat de mariage.

Les trois enfans du fieur de Poilly
renoncerent à la fucceffion de leur pere.
On créa un curateur à cette fucceffion
vacante ; & ce curateur abandonna à
la veuve de Poilly tous les effets de l'inventaire, pour la remplir de fes créances.

E v

C'eſt ainſi que les pieces préſentent la fortune d'un pere qui, ſi l'on en croit ſon fils, nageoit dans l'opulence & jouiſſoit d'un emploi conſidérable. Suivant lui, ſon pere étoit Armateur; il couvroit la mer de ſes vaiſſeaux; le faſte régnoit dans ſa maiſon; enfin il poſſédoit un patrimoine immenſe, dont la dame de Poilly, ſa veuve, a dépouillé deux de ſes enfans, afin d'enrichir un fils aîné, l'unique objet de ſes complaiſances & de ſon affection. Tout ce beau récit n'eſt qu'un menſonge & une fable arrangée par le ſieur de Poilly.

Sébaſtien de Poilly, frere aîné, ſentit de bonne heure qu'il ne pourroit réparer les outrages de la fortune, que par une conduite irréprochable & par une application profonde. Après avoir orné ſon eſprit par des études agréables, il ſe livra à des travaux plus utiles : il entra dans l'Etude du ſieur Durand, ſon oncle maternel, Notaire au Châtelet de Paris; là il ſe fit connoître avec avantage de pluſieurs perſonnes diſtinguées, dont il mérita la confiance, & dont il géra les affaires. Madame de Rolinde, mere de la dame de Chanterenne, & veuve de M. de Rolinde, Conseiller au Parlement, le choisit même pour l'exécuteur de ses dernieres volontés. Cette marque d'estime lui donna des relations étroites avec les deux demoiselles de Rolinde, dont la cadette épousa le Marquis de Remigny. Il eut des occasions fréquentes d'entretenir l'aînée, il en administra la fortune, il lui montra le plus vif intérêt : la demoiselle de Rolinde étoit jeune, sensible, maîtresse de ses actions ; le sieur de Poilly lui plut, & enfin elle l'épousa au mois de Septembre 1739. Elle avoit une fortune assurée, montant à 50000 livres.

Le sieur de Poilly, au contraire, n'avoit rien du chef de son pere ; il avoit peu à espérer du chef de sa mere : depuis trente ans que celle-ci avoit pris la direction de ses affaires, son intelligence & son économie lui avoient procuré une somme modique de 24000 livres, qu'elles avoit placée en rente constituée en 1730, dont elle avoit fait depuis le transport à Sébastien de Poilly son fils, mais qui avoit été remboursée en 1733, six ans avant le mariage de la demoiselle de Rolinde :

E vj

tel étoit alors l'état de la famille de
Poilly.

On est sans doute étonné que la demoiselle de Rolinde, jeune, riche,
belle, fille d'un Conseiller au Parlement, ait pu se résoudre à épouser le
sieur de Poilly, sans fortune & sans
naissance; & l'on demande la cause
de ce mariage? Un sentiment qui
rapproche les distances les plus éloignées, source de tous nos maux &
de tous nos plaisirs, principe des plus
belles actions & des plus grands crimes, que la sagesse condamne, & qui
ne subjugue que trop souvent les sages
eux-mêmes, l'amour enfin présida à
cette union.

La demoiselle de Rolinde, maîtresse
de sa main, n'écouta que son cœur dans
le choix qu'elle fit. Le contrat de mariage fut passé vers la fin de Septembre
1739, un an après la profession du sieur
de Poilly dans l'Ordre des Cordeliers. Il
ne fut honoré ni de la signature, ni de
la présence d'aucun parent de la demoiselle de Rolinde.

Le sieur de Poilly avoit cependant
essayé de se rapprocher de l'état de son
épouse, en se faisant pourvoir des of-

fices de Secrétaire du Roi en la Chancellerie près le Parlement de Metz, & de Maître en la Chambre des Comptes de Rouen : mais, en se donnant des titres, il ne se donnoit pas de la fortune ; le prix de ces Charges étoit dû presque en entier.

La demoiselle de Rolinde, après avoir donné au sieur de Poilly & son cœur & sa main, ne contesta pas avec lui sur les clauses du contrat de mariage, & le laissa maître absolu de la rédaction.

Il est dit dans ce contrat, que le sieur de Poilly se marie aux biens & aux droits qui lui appartiennent ; mais on se donne bien de garde d'y énoncer en quoi ils consistent.

La demoiselle de Rolinde, au contraire, y déclare que » ses biens con- » sistent dans ce qui lui est échu par » le partage & la liquidation faite en- » tre elle & M. le Marquis de Remi- » gny son beau-frere, des biens des » successions des sieur & dame de Ro- » linde, le 25 Octobre 1738, à la ré- » serve de 48000 livres déjà rembour- » sées & employées au payement de » ses dettes personnelles «.

Les Parties déclarent enfuite qu'elles mettent chacune en communauté quatre-vingt mille livres qui feront prifes d'abord fur les effets mobiliers, &, à leur défaut, fur les immeubles qui demeureront ameublis jufqu'à concurrence.

Le douaire de la future eft réglé à 3000 livres de rente, en cas qu'il y ait des enfans, & à 4000 livres s'il n'y a pas d'enfans, ou s'ils meurent après l'ouverture du douaire.

Le préciput eft de 25000 livres, & encore des habits, linges, hardes, pierreries, bijoux à l'ufage de la future, & des livres de fa bibliotheque.

La faculté de renoncer à la communauté lui eft réfervée ; &, en renonçant, elle a le droit de reprendre tout ce qu'elle a apporté, enfemble les douaire, préciput, habits, linge, hardes, pierreries & bijoux.

Le contrat renferme encore une donation entre vifs, en faveur du furvivant de tous les biens meubles, immeubles, acquêts & conquêts, & autres qui fe trouveront appartenir au prédécédé, le jour de fon décès.

Telles furent les conditions du con-

trat de mariage paffé, en 1739, entre
la demoiselle de Rolinde & le fieur
de Poilly, connu depuis fous le nom
de Chanterenne, du nom d'une terre
qui appartenoit à fon époufe.

En écartant ces ftipulations pompeu-
fes de la part du futur époux, d'une
mife en communauté de 80000 livres,
de la promeffe d'un douaire de 4000
livres de rente, & autres de cette nature, qui n'affurent & ne fuppofent
même aucune fortune, il en réfulte
que le fieur de Chanterenne fe marioit
avec le titre de deux offices dont le
prix étoit dû prefque en totalité; &
ce contrat lui-même eft une nouvelle
preuve qu'il devoit uniquement à fa
conduite & aux fentimens de la demoifelle de Rolinde, l'union qu'il avoit
contractée.

Mais cette union ne fut pas de longue durée, & bientôt la mort fépara
les deux époux. Le fieur de Chanterenne décéda dans le cours d'Octobre
1741, ne laiffant qu'un fils unique,
âgé d'un an ou environ.

A peine il étoit décédé, que les
fcellés furent appofés, & l'inventaire
fait à Paris, au château de Chanterenne

& dans la ville d'Eu, où les deux époux avoient loué une maison. Les deux offices furent légalement vendus par contrats des 20 Décembre & 3 Janvier 1742.

L'office de Maître des Comptes fut vendu 44000 livres : il n'avoit été acheté que 43000 livres ; & celui de Secrétaire du Roi ne fut vendu que 26000 livres, quoiqu'il eût été acheté 28000 livres. La plus grande partie du prix de ces offices fut donnée à madame de Maupéou & à un sieur Fournier, créanciers privilégiés.

Cette usurpattice prétendue, du patrimoine immense de son époux & de son fils, après avoir pris communication de l'inventaire, renonça à la communauté. Elle ne daigna même pas faire insinuer la donation universelle portée dans son contrat de mariage : donation qui lui assuroit sans difficulté cette fortune prétendue du sieur de Chanterenne, qu'on suppose qu'elle a depuis acquise au prix de tant de manœuvres & de tant de bassesses. Elle se borna à répéter les reprises qui lui étoient assurées par son contrat de mariage ; reprises dont elle est encore créanciere.

Les effets mobiliers inventoriés formoient en tout un objet d'environ
140000 livres : mais l'inventaire conf-
tate que les dettes, les legs, les reprifes
enfin de la dame de Chanterenne excédoient de beaucoup cette fomme. Ainfi,
bien loin d'avoir envahi le patrimoine
de la famille de Poilly, elle a donc en-
glouti dans cette famille une partie
du fien.

Elle avoit perdu fon époux au bout
de deux ans ; & fix mois après, la
mort moiffonna fon fils unique. La fucceffion mobiliere de cet enfant étoit
dévolue, par la Loi, à la dame de
Chanterenne fa mere, & les offices à la
dame de Poilly, fuivant les difpofitions
précifes de l'article 315 de la Coutume de Paris. Les parens de la ligne
de Poilly n'auroient pu prétendre, dans
cette fucceffion, que les propres de leur
ligne, s'il y en avoit eu ; mais il n'y
en avoit pas, il ne pouvoit même pas
y en avoir. Auffi la dame Douceur,
petite-fille des fieur & dame de Poilly, & coufine-germaine du mineur
défunt, ne fe préfenta même pas,
parce qu'elle favoit bien que ce mi-

neur ne laiſſoit rien qui dût lui revenir.

Les dames de Chanterenne & de
Poilly étoient donc les ſeules appelées
à cette ſucceſſion. L'inventaire fut fait
à leur requête, l'une, comme habile
à ſe dire héritiere des meubles & acquêts, & l'autre, comme habile à ſe
dire héritiere des propres naiſſans &
fictifs : il n'y en avoit pas d'autres.

Elles ne ſe porterent héritieres que
ſous bénéfice d'inventaire. Les droits
de la dame de Chanterenne dans la
ſucceſſion de ſon fils, étoient très-éten-
dus & très-clairs. En ſa qualité d'héritiere des meubles & acquêts, elle
emportoit tout ce qui avoit compoſé
la communauté d'entre elle & feu ſon
époux.

En ſecond lieu, elle avoit droit de
reprendre, en vertu des différentes clau-
ſes de ſon contrat de mariage, 58205
livres, & elle pouvoit encore forcer la
ſucceſſion de faire un fonds de 80000
livres, pour aſſurer le payement de ſon
douaire de 4000 liv. de rente; douaire
qui, depuis cette époque, a produit
136,000 livres d'arrérages qui n'ont pas
été payées.

Mais il s'en falloit de beaucoup que la succession de son fils pût remplir toutes ces charges. Déja épuisée par une foule de dettes étrangeres, il ne restoit presque rien pour faire face aux créances de la dame de Chanterenne.

C'est dans cet état que la dame de Poilly, par acte du mois de Septembre 1742, céda à la dame de Chanterenne ses droits chimériques dans la succession du mineur, moyennant 200 livres de rente viagere. Elle assuroit, par cet acte, & bien gratuitement, 200 livres de rente à sa belle-mere. Elle avoit acquitté précédemment quelques legs portés dans le testament de son époux. Quelques jours avant la mort de cet époux, elle s'étoit encore volontairement obligée au payement d'une rente viagere de 1200 livres, qu'il avoit faite à sa mere avant son mariage.

Voilà quelle fut la conduite de la dame de Chanterenne.

Cependant le sieur de Poilly avoit réclamé contre ses vœux, vers la fin de l'année 1742. Si, dans cette premiere procédure à l'Officialité de Meaux, on trouve le nom de la dame de Chanterenne, elle n'y paroît qu'en qualité de Défenderesse , & comme assignée par le sieur de Poilly lui-même ; mais alors il ne lui reprochoit rien , & toutes ses imputations étoient adressées à sa mere seule.

La dame de Poilly ne survécut pas long-temps aux coups que lui portoit son fils. Le sieur de Poilly l'a représentée , dans ses derniers momens , comme en proie à ses remords , comme déchirée par le souvenir des maux dont elle avoit affligé son fils ; cependant ce même Ecclésiastique dont il a invoqué le témoignage dans la lettre dont il n'a rapporté qu'un fragment , dit qu'à son approche , la dame de Poilly mourante lui adressa ces paroles : « C'est vous, Monsieur ; je croyois que » c'étoit mon fils qu'on alloit m'an- » noncer. Vous voyez une pauvre mou- » rante , que ce malheureux a réduite » dans l'état où je suis, par les chagrins » qu'il m'a causés «.

L'appel comme d'abus interjeté par la dame de Poilly fut repris, après sa mort, par le tuteur de ses petites-filles. La Cour, par un Arrêt du 15 Juin 1744, déclara qu'il y avoit abus dans les Sentences de l'Official de Meaux,

& enjoignit au sieur de Poilly de se retirer dans son couvent.

Dans le cours de l'année 1742, la dame de Poilly, qui jouissoit de 1400 livres de rente viagere que lui faisoit la dame de Chanterenne sa belle-fille, fit un testament, dans lequel elle instituoit celle-ci sa légataire universelle, & son exécutrice testamentaire. Le jour même du décès de la dame de Poilly, les scellés furent apposés sur ses effets, à la requête de la Supérieure du couvent dans lequel elle demeuroit.

Le sieur de Poilly fut sommé, comme tous les autres opposans, de se trouver à la reconnoissance & à la levée; & l'inventaire fut fait à la requête de la dame de Chanterenne, comme exécutrice testamentaire, & habile à se dire légataire universelle; à la requête de Charles Dulieu, tuteur des enfans mineurs du sieur Douceur & de la demoiselle de Poilly, comme habiles à se dire uniques héritiers de la veuve de Poilly, leur aïeule; & enfin en présence du Procureur du Roi, pour les autres prétendans à la succession, c'est-à-dire, à cause du sieur de Poilly, qui, n'étant pas encore relevé de ſes vœux, ne pouvoit pas aſſiſter à l'inventaire.

On vendit enſuite les effets; & une partie du prix fut employée au payement des frais d'inventaire & de quelques dettes privilégiées, & il ne reſtoit que 528 livres, qui furent données à un Huiſſier de la Cour, porteur de deux Arrêts qui avoient adjugé une proviſion au ſieur de Poilly, alors réclamant, & qui, plus modeſte alors, ſe bornoit à obtenir contre ſa mere une modique proviſion de 500 livres.

La dame de Chanterenne renonça, par un acte du 10 Juin 1744, à ſon legs univerſel; & la ſucceſſion de la dame de Poilly, ſi opulente, n'a jamais été réclamée par ſes petites-filles, qui en connoiſſoient cependant bien l'état, puiſque, l'inventaire avoit été fait à leur requête ou à celle de leur tuteur.

Tous les faits qui ſuivirent cette époque, ſont étrangers à la Cauſe actuelle & à la dame de Chanterenne.

Auſſi-tôt que le ſieur de Poilly eut obtenu l'Arrêt du Conſeil qui le renvoyoit à l'Officialité de Meaux, il reprit ſa procédure contre les demoiſelles

Douceur ses nieces, & il obtint, le 10 Août 1774, une Sentence, qui, au bout de trente-six ans, a déclaré ses vœux nuls.

Ce fut en conséquence de ce Jugement, que le sieur de Poilly se pourvut au Châtelet contre la dame de Chanterenne, par requête & exploit des 22 & 23 Septembre 1774; mais il ne fit pas signifier encore l'Arrêt du Conseil.

La dame de Chanterenne, assignée au Châtelet à la requête du sieur de Poilly, qu'elle devoit nécessairement regarder encore comme Religieux, puisque l'Arrêt de 1744 subsistoit toujours à ses yeux, & qu'elle ignoroit l'Arrêt du Conseil, fit signifier, par un acte extrajudiciaire, une tierce opposition à la Sentence de l'Official de Meaux.

Enfin le sieur de Poilly fit signifier cet Arrêt à la dame de Chanterenne, le 18 Octobre 1774. Il la fit en même temps assigner en l'Officialité de Meaux, pour être déboutée de son opposition; & cette persécutrice si obstinée du sieur de Poilly, satisfaite de la communication du Jugement du Conseil, dédaigna même de constituer un Procureur. Par une seconde Sentence de l'Officialité de Meaux, rendue contre elle par défaut, faute de comparoir, le 5 Novembre 1774, elle fut déboutée de son opposition, & condamnée aux dépens. Elle n'a jamais attaqué ce Jugement, dont les dispositions lui sont indifférentes.

Cette tierce opposition n'annonçoit donc pas, de la part de la dame de Chanterenne, tant de haine & de fureur contre le sieur de Poilly, & ses invectives sont démenties par les actes & les faits.

Cependant le sieur de Poilly avoit formé sa demande au Châtelet; il y conclut, 1°. à ce que la dame de Chanterenne fût tenue de lui communiquer les inventaires faits après le décès de ses pere & mere, de son frere & de son neveu; 2°. à ce que la dame de Chanterenne fût tenue de lui rendre compte de tous les biens dépendans de ces successions, notamment de la terre de Chanterenne, appartenant à la dame de Chanterenne, du chef de M. de Rolinde son pere; de 80,000 liv. apportées, dit il, en dot par son frere, suivant son contrat de mariage; &

d'autres

d'autres objets, qui, en totalité, forment 1,000,000, ou 1,500,000 livres, sur laquelle somme il réclamoit une provision de 100,000 livres.

La communication des inventaires dont il s'agit & des pieces inventoriées fut faite, à la réserve de quelques quittances & pieces de décharge, qui ne se retrouvent plus au bout de trente-cinq années, & de quelques pieces étrangeres, qui furent remises dans le temps à ceux à qui elles appartenoient, & suffisamment désignées dans l'inventaire, pour convaincre qu'elles sont inutiles.

La dame de Chanterenne communiqua aussi la liquidation des successions de ses pere & mere, la renonciation qu'elle a faite au legs universel porté au testament de la dame de Poilly; elle fournit le compte de son exécution testamentaire; enfin elle conclut à ce que son Adversaire fût débouté de ses demandes.

C'est en cet état qu'il intervint une Sentence qui appointa les Parties en droit sur le fond, & prononça un délibéré sur le provisoire. Le sieur de

Poilly en appela, &, après avoir réformé plusieurs fois ses conclusions, il
les réduisoit à trois chefs. D'abord il
demandoit une nouvelle communication de pieces ; il concluoit ensuite au
payement d'une somme pour lui tenir
lieu des successions de ses pere & mere,
frere & neveu ; il portoit cette somme
à 1,200,000 liv. ; enfin, il demandoit 200,000 livres de dommages &
intérêts pour les vexations & les mauvais traitemens de la dame de Chanterenne.

» Vous demandez, disoit le Défenseur de la dame de Chanterenne, la
communication des inventaires & des
pieces inventoriées après le décès des
sieur & dame de Poilly, vos pere &
mere, du sieur de Chanterenne votre
frere, & du sieur de Poilly Briançon
votre neveu.

» Mais vous avez entre les mains,
depuis plus de dix-huit mois, l'inventaire & les pieces inventoriées après le
décès de votre pere, & vous ne pouvez pas
méconnoître l'état de sa succession. Vous
avez encore entre vos mains, & depuis
la même époque, les inventaires & les
pieces inventoriées après le décès de

votre mere & de votre neveu; il ne
s'agit donc ici que de l'inventaire &
des pieces inventoriées après le décès du
sieur de Chanterenne votre frere ; mais
vous avez encore par-devers vous &
cet inventaire & toutes les pieces inventoriées, à l'exception de celles qui
appartenoient à des étrangers, & qu'on
a été forcé de remettre, & de quelques mémoires & quittances à la décharge de la succession; pieces absolument inutiles, qu'il seroit absurde de
forcer un dépositaire de représenter au
bout de trente-cinq années, & dont il
ne peut jamais résulter aucun droit en
votre faveur.

» En effet, quelle est la qualité
du sieur de Poilly dans la succession
de son neveu ? La dame de Chanterenne étoit héritiere de tous les effets
mobiliers & des acquêts, s'il y en avoit;
on en convient. La dame de Poilly étoit
héritiere des immeubles, parce qu'ils
provenoient tous d'acquisitions faites
par son fils; on en convient encore,
& l'article 315 de la Coutume de Paris
ne laisse là-dessus aucun doute. Quels
étoient donc les droits des collatéraux
de Poilly ? Ils étoient appelés à recueillir

les propres de leur ligne : mais il n'y
en avoit aucun , il étoit même impoffible qu'il y en eût : auffi a-t-on vu que
les petites-filles des fieur & dame de
Poilly , appelées aux mêmes droits que
leur oncle, ne fe font pas même préfen-
tées depuis trente-cinq ans que la fucceffion eft ouverte.

» Mais , dit le fieur de Poilly , j'ai
» le droit de préfumer que les pieces
» qu'on ne repréfente pas , font les plus
» importantes de la fucceffion «.

» S'agit-il donc ici de préfomptions,
& peut-on méconnoître la nature de
ces pieces ? Depuis deux ans , le fieur
de Poilly a l'inventaire entre fes mains,
& cet acte a dû lui indiquer l'objet de
toutes les pieces qui y font défignées :
quelles font donc celles qui n'exiftent
pas aujourd'hui dans les mains de la
dame de Chanterenne ?

» On peut ranger dans trois claffes
tous les papiers qui furent inventoriés en
1742 : les uns étoient des titres de la
fucceffion ; d'autres étoient les titres de
propriété des biens appartenans à la
dame de Chanterenne ; d'autres enfin
étoient, ou des quittances à la décharge
de la fucceffion , ou des pieces rela-

tives aux affaires dont le fieur de Chanterenne fe chargeoit pour différentes
perfonnes, comme, par exemple, la
maifon de Beauharnois, le fieur de
Selles, & autres.

» Les pieces de la premiere claffe font
entre les mains du fieur de Poilly ; &
ce font auffi les feules qu'il pouvoit
demander avec quelque apparence de
raifon. Car, comment exigeroit-il les
titres des propres de la dame de Chanterenne, les papiers de ceux dont fon
frere géroit les affaires, ou enfin les quittances à la décharge de la fucceffion ;
quittances fuperflues fans doute au
bout de trente-cinq ans, & à la confer-
vation defquelles la dame de Chanterenne, héritiere mobiliere de fon fils,
avoit feule quelque intérêt ?

» Mais, a-t-on dit, les quittances à
» la décharge de la fucceffion ne font
» pas indifférentes au fieur de Poilly ;
» elles concernoient peut-être, ces quit-
» tances, des réparations faites fur les
» propres de la dame de Chanterenne ;
» peut-être avoient-elles pour objet des
» créances qu'elle avoit contractées avant
» fon mariage. Dans tous ces cas, la fuc-
» ceffion du fieur de Chanterenne auroit

F iij

» eu une indemnité à prélever sur la
» communauté «.

» Mais, quand on accorderoit que
les quittances non représentées ne pouvoient concerner que des dépenses faites
sur les biens propres de la veuve,
qu'en résulteroit-il ? Que la succession
du sieur de Chanterenne avoit une indemnité à prélever sur la communauté
qui en avoit fait les avances. Mais
la dame de Chanterenne a renoncé
à cette communauté après la mort
de son époux; après le décès de son
fils, elle a recueilli, dans sa succession, toutes les actions mobilieres; elle
a donc acquis & confondu dans sa personne le droit de réclamer cette indemnité prétendue.

» Que le sieur de Poilly cherche,
dans les inventaires, les traces des propres de sa ligne, seule nature de biens
auxquels il soit appelé. Depuis plus de
dix-huit mois, la dame de Chanterenne
l'a expressément sommé de déclarer
quelles étoient les pieces non communiquées, quoiqu'annoncées par l'inventaire, qu'il prétendoit lui être de quelque utilité; il a été hors d'état d'en
citer une seule.

» A la fin, il a cité les pieces des cotes 73, 74 & 75, comme pouvant préfenter des renfeignemens utiles.

» La cote 73 eft compofée de mémoires & quittances à la décharge de la fucceffion : la cote 74 comprend des quittances d'ouvriers, billets acquittés & contrats remboursés; & la cote 75 annonce des mémoires & quittances de fournitures.

» Voilà donc ces pieces fi effentielles. Eh ! quel intérêt peut-il avoir à la communication de ces pieces, qui ne préfentent rien d'actif, lui qui n'a le droit d'afpirer qu'à des propres de fa ligne ? Y trouvera-t-il quelques traces de ces propres ? S'il pouvoit refter quelques doutes fur la frivolité des prétentions du fieur de Poilly, ils feroient diffipés par l'explication même qu'il en a donnée.

» C'eft cependant cette demande, & le défaut prétendu de communication de la part de la dame de Chanterenne, qui forme l'unique efpérance du fieur de Poilly.

» C'eft fur ce fondement qu'il a élevé le fecond chef de fes conclufions, &

F iv

qu'il réclame 1,200,000 livres pour lui tenir lieu des fuccessions de ses pere, mere, frere & neveu. On se rappelle les faits dont on a rendu compte. On va y ajouter quelques réflexions, qui jetteront une nouvelle lumiere sur ce premier chef de demande.

» Il ne s'agit pas moins que de 1,200,000 livres, pour tenir lieu des quatre fuccessions des sieur & dame de Poilly, du sieur de Chanterenne, & du sieur de Poilly de Briançon, son fils. Mais contre qui forme-t-on cette demande, & par quel motif la dirige-t-on contre la dame de Chanterenne ?

» Elle n'est pas l'héritiere du sieur de Poilly pere : elle a renoncé au legs univerfel qui lui a été fait par la dame de Poilly : elle a répudié la communauté qui avoit existé entre elle & son époux. On ne peut donc rien demander contre elle, à raifon de ces trois fuccessions. Est-on mieux fondé à l'attaquer comme héritiere de son fils ?

» On a vu que la fuccession de ce fils ne préfentoit que les effets de la communauté qui avoit existé entre le sieur de

Chanterenne & son épouse, & deux offices acquis par le pere.

» On ne contestera pas sans doute, que la dame de Chanterenne fût l'héritiere de son fils quant aux meubles & aux acquêts : on ne contestera pas encore que la dame de Poilly fût l'héritiere des offices acquis par le sieur de Chanterenne son fils.

» Les dames de Poilly & de Chanterenne étoient donc les seules héritieres de leur fils & petit-fils. La dame de Poilly a depuis vendu tous ses droits à la dame de Chanterenne, par un acte qui n'est pas attaqué, & qui ne peut pas l'être : celle-ci a donc réuni légitimement, dans sa main, toute la succession de son fils. Quel est donc le droit du sieur de Poilly, & quelle est la qualité sous laquelle il s'est présenté? Il a pris celle d'héritier de la dame de Poilly, sa mere. Il est donc obligé de garantir l'abandon que la dame de Poilly a fait à sa belle-fille de tous ses droits dans la succession de son petit-fils.

» D'ailleurs la dame de Chanterenne n'a été héritiere, ni du sieur de Poilly pere ; ni de la dame de Poilly, sa

F v

belle-mere. Sous quel prétexte a-t-il donc
pu former contre elle une demande
à fin de payement de 1,200,000 livres
pour lui tenir lieu de ces successions?

» L'illusion de cette demande sera
plus sensible encore, si l'on examine
plus particuliérement l'état des quatre
successions qu'il réclame.

» On a vu dans les faits la situation misérable dans laquelle le sieur
de Poilly pere a vécu jusqu'à sa mort;
& l'on a prouvé, par des actes au-
thentiques & contradictoires avec toute
la famille, que la succession du sieur
de Poilly pere ne consistoit qu'en dettes passives. C'est cependant celle-là
qu'on évalue à 1,200,000 livres.

» Qu'a-t-on opposé à tous ces actes?
On a dit que l'inventaire fait après
le décès du sieur de Poilly, respiroit
la fraude; que la veuve de Poilly &
son fils aîné y dépouilloient le sieur
de Poilly, alors mineur, & sacrifioient
à un vil intérêt un pupille sans défense. Mais le sieur Douceur, son
beau frere, dont il a tant élevé la probité & la générosité, étoit présent à
cet inventaire.

» On n'a dit qu'un seul fait qui

pourroit mériter attention, s'il étoit exact; mais il ne l'eſt pas. On a prétendu que le curateur à la ſucceſſion vacante avoit abandonné à la veuve toute la ſucceſſion, pour la remplir de ſes repriſes. Or, a-t-on ajouté, cette veuve en avoit reçu le montant dès 1711. Il eſt donc démontré qu'il y eut alors de la manœuvre & de la fraude.

» Si le ſieur de Poilly, qui, depuis deux ans, a entre ſes mains l'inventaire dont il s'agit, avoit jeté les yeux ſur cette piece, il auroit vu que la dame de Poilly s'y déclara créanciere de 4400 livres pour onze années de la penſion de ſon mari, à raiſon de 400 livres par an; de 900 livres pour frais funéraires, de maladie, & autres de cette nature; & enfin de 200 livres de rente pour ſon douaire : & ce fut pour acquitter une partie de ces créances, & non pas pour la reſtitution de ſa dot, qu'on lui abandonna lors une ſucceſſion, dans laquelle, encore une fois, il n'y avoit preſque rien.

» Si l'on vient enſuite à examiner la ſucceſſion du ſieur de Chauterenne, il mourut à la fin de 1741 : les ſcel-

F vj

lés furent aussi-tôt apposés sur ses effets;
& l'inventaire fut rédigé à la requête
de sa veuve, de l'exécuteur testamentaire de son mari, & de l'oncle maternel du mineur, qui avoit été élu
son subrogé-tuteur par avis de la famille, & par une Sentence du Châtelet. Rien de plus régulier; mais le
sieur de Chanterenne laissoit un fils
qui étoit son héritier. Les collatéraux
du sieur de Chanterenne n'avoient
donc rien à prétendre sur cette succession.

» Le mineur de Poilly décéda six
mois après son pere. Quel étoit, à
l'époque de son décès, l'état de sa fortune ?

» Les Parties sont d'accord sur un
point : c'est que la succession de cet enfant n'étoit composée que de deux sortes
de biens, des effets mobiliers qui avoient
composé la communauté d'entre le feu
sieur de Chanterenne & son épouse, &
des immeubles, c'est-à-dire, des Offices acquis par le sieur de Chanterenne.
La dame de Chanterenne succédoit aux
biens de la premiere espece, la dame
de Poilly aux biens de la seconde : c'est
encore un point incontestable. Il ne pou-

voit donc se présenter, & il ne se présenta en effet d'autres héritiers que les dames de Poilly & Chanterenne. L'inventaire fut fait à leur requête commune; & cet acte offre encore toute la régularité dont il étoit susceptible.

» La dame de Chanterenne avoit renoncé à la communauté, pour s'en tenir à ses reprises; elle avoit dédaigné de faire insinuer une donation entre vifs, qui transféroit dans sa main toute la fortune de son époux. Comment donc ose-t-on prétendre qu'elle a depuis usurpé cette même fortune, & qu'elle en a dépouillé la famille de Poilly ? Quoi ! elle avoit un moyen facile & légitime de se procurer un patrimoine qu'on prétend immense, & elle l'auroit méprisé pour acquérir, à sa honte & par le crime, ce qu'elle pouvoit posséder sans péril & avec honneur !

» Mais en quoi consiste cette fortune du mineur Chanterenne ? On la trouve dans l'inventaire : elle étoit composée d'un mobilier de 60,000 livres, de deux Offices de 70,000 livres, & de quelques indemnités pour des dépenses faites sur les propres de la dame de Chanterenne; le tout formoit une masse d'environ 150,000 livres : voilà l'actif.

» Qu'on examine ensuite, quelles étoient les charges. Il étoit dû 23,321 livres à un créancier privilégié sur la Charge de Secrétaire du Roi; 23,599 l. à un autre créancier privilégié sur la Charge de Maître des Comptes; 14,019 livres pour différentes dettes de la communauté, constatées par l'inventaire.

» Les reprises de la dame de Chanterenne, aux termes de son contrat de mariage, & indépendamment du douaire, formoient un objet de 75,402 liv. : voilà déjà une masse passive de 140,000 livres, balançant la masse active. Mais, dans cette masse, on n'a compris ni un fonds de 80,000 livres pour le douaire, qui auroit produit, depuis trente-quatre ans, 136,000 livres, dont la dame de Chanterenne est aujourd'hui créanciere, ni les frais funéraires du sieur de Chanterenne, ni les dettes courantes des fournitures, ni les legs portés dans son testament, ni plusieurs autres objets encore, dont il seroit inutile de faire le détail. Et voilà quel étoit l'état de la succession du mineur Chanterenne.

» Ce n'eſt donc pas encore à cauſe de la ſucceſſion du mineur, que le ſieur de Poilly peut demander les 1,200,000 livres qu'il réclame.

» Sera-ce enfin à cauſe de la ſucceſſion de ſa mere ? Mais, depuis deux ans, il a entre les mains l'inventaire qui fut fait en préſence du tuteur des demoiſelles Douceur & du Subſtitut de M. le Procureur Général ; & il a pu ſe convaincre qu'il n'y avoit pas, dans cette ſucceſſion, de quoi faire face aux dettes : auſſi les demoiſelles Douceur y ont-elles renoncé.

» On a parlé de 24,000 livres que la dame de Poilly avoit placées en rente conſtituée en 1730, & dont elle avoit fait le tranſport à ſon fils dans la même année.

» Mais le contrat a été rembourſé en 1733, & le ſieur de Poilly ne l'ignoroit pas ; car on en trouve l'aveu dans un Mémoire qu'il fit imprimer en 1744. Et quand ce contrat n'auroit pas été rembourſé, qu'en réſulteroit-il ? que la mere y auroit ſuccédé comme à un bien qu'elle avoit donné : mais elle n'auroit pu le recueillir dans la ſucceſ fion de fon fils, qu'affecté des charges dont il l'auroit grevé, c'eft-à-dire, qu'il auroit été abforbé par les dettes ; enfin il auroit été compris dans l'abandon fait par la dame de Chanterenne en 1742.

» Tel eft l'état véritable des quatre fucceffions réclamées par le fieur de Poilly : voilà à quoi fe réduifent fes prétentions immenfes.

» Il demande une provifion. Mais à quel titre, & fur quel bien veut-il qu'on la donne ? Eft-ce fur les biens de fon pere, mort dans la mifere la plus profonde ? Sera-ce fur les biens de fa mere, qui n'avoit rien ? La prendra-t-il fur la fucceffion de fon frere, dont il n'étoit pas héritier ? Eft-ce enfin la fucceffion de fon neveu qui fupportera cette provifion, pendant qu'il n'a jamais eu aucun droit à cette fucceffion, & qu'elle eft encore débitrice envers la dame de Chanterenne de plus de 200,000 livres?

» Le troifieme chef des conclufions du fieur de Poilly, eft une demande de 200,000 livres de dommages intérêts pour les mauvais traitemens de la dame de Chanterenne, qui a voulu, dit-il, fe perpétuer dans l'ufurpation des biens de la famille de son époux.

» On a démontré que la dame de Chanterenne n'a point dépouillé la famille de son époux Dès-lors, que lui importoit la destinée du sieur de Poilly : que lui importoit qu'il fût ou non enseveli dans son cloître ? Aussi n'a-t-elle pris aucun parti dans les divisions intestines qui ont agité la famille des Poilly.

» Cependant on lui a fait une foule de reproches de cette nature. Ils embrassent quatre objets.

» On l'accuse d'abord d'avoir combattu, en 1744, sous le nom de la dame de Poilly, sa belle-mere, la demande en nullité de vœux, formée par son adversaire; d'avoir obtenu contre lui des lettres de cachet en 1749 & 1750; d'avoir contribué à le faire enfermer à la Bastille en 1773, & enfin d'avoir formé une tierce-opposition au Jugement de l'Official de Meaux, qui a déclaré les vœux du sieur de Poilly nuls.

» On a justifié dans les faits cette tierce-opposition, & l'Arrêt de 1744. Tout ce qu'on a dit sur l'emprisonne-

ment du fieur de Poilly à la Baftille,
dans le cours de l'année 1773, eft re-
latif à des faits qui font abfolument
étrangers à la dame de Chanterenne.
Un feul paroît mériter attention : c'eft
la détention du fieur de Poilly à Auxerre
& à Notre-Dame de la Garde, en 1749
& 1750. La dame de Chanterenne n'a
eu aucune part à cette détention; &
le fieur de Poilly en eft lui-même convaincu.

» Les lettres du Miniftre, écrites en
1750, au Commiffaire départi en la
Généralité de Soiffons, & au Gardien
des Cordeliers, difent expreffément :
*Que le Frere de Poilly a été exilé
pour fa mauvaife conduite, fur la demande de fa famille & du Pere Macé,
Définiteur de fon Ordre.* Il n'en faudroit pas davantage pour juftifier la
dame de Chanterenne.

» Cependant une lettre de M. le
Duc de la Vrilliere auroit pu jeter
quelque nuage dans les efprits; mais
il eft aifé de le diffiper. Le Miniftre
dit, dans cette lettre adreffée à M. le
Lieutenant-Civil du Châtelet, qu'il
a une connoiffance perfonnelle des per-

sécutions faites au sieur de Poilly *par sa Partie adverse*. On a dû penser sans doute que le Ministre parloit de la dame de Chanterenne, & c'est le sens que semble présenter cette lettre. Mais il faut savoir que le sieur de Poilly s'étoit annoncé à M. le Duc de la Vrilliere, comme plaidant contre sa famille ; & M. le Duc de la Vrilliere ayant vérifié, dans ses bureaux, que la famille du sieur de Poilly avoit effectivement présenté un Mémoire contre lui, a écrit la lettre en question.

» En voici la preuve dans une lettre du Ministre, postérieure à l'autre, dans laquelle on peut voir si la dame de Chanterenne a effectivement sollicité les ordres expédiés contre le sieur de Poilly.

» *A Versailles, le 27 Mai 1775.*

» Suivant la promesse que je vous ai » faite, madame, j'ai fait vérifier, dans » mes bureaux, les motifs des ordres » qui ont été expédiés en 1749 contre » le sieur de Poilly : *rien n'annonce* » *assurément, que madame de Chan-*

» terenne y ait eu la moindre part;
» ce font les plus proches parens de ce
» Religieux, & le Définiteur général
» de fon Ordre, qui m'ont porté dans
» le temps des plaintes, fur lefquelles
» le feu Roi s'eft décidé à le faire re-
» tenir dans le couvent d'Auxerre, &
» de le faire conduire enfuite dans la
» maifon de Notre-Dame de la Garde.
» Je fuis très-véritablement, Madame,
» votre très-humble & très-obeiffant
» ferviteur, *figné*, le Duc de la Vril-
» liere «.

» La lettre eft adreffée à madame Le-
monnier, premiere Femme de Chambre
de Madame Victoire.

» Indépendamment de cette lettre,
la juftification de la dame de Chanterenne eft encore confignée dans l'Arrêt
du Confeil du 20 Juin 1750.

» Le fieur de Poilly, pourfuivant fa
demande au Confeil, avoit fait imprimer contre le fieur de Montville, fon
oncle, les mêmes imputations qu'il
avoit répandues contre fa mere en 1743
& 1744, & qu'il a depuis répandues
contre la dame de Chanterenne. Le
fieur de Montville intervint dans l'inf-

tance , & y demanda la fuppreſſion du
libelle de ſon neveu , comme injurieux
& calomnieux. Voici ce qu'on lit dans
ſa Requête :

» Le Suppliant a le malheur d'avoir
» pour neveu le Frere de Poilly , Reli-
» gieux Cordelier, dont les écarts n'ont
» été que trop connus du Public....,
» Le Suppliant ne diſſimulera pas que,
» dans la crainte qu'il n'en rejaillît quel-
» ques taches ſur ſa famille , il a ſigné,
» conjointement avec le ſieur Thomas,
» Tréforier de l'Eglife de Saint-Jac-
» ques-l'Hôpital, & le ſieur de Poilly,
» Chanoine de la même Eglife , cou-
» fins-germains du Frere de Poilly, un
» placet à Sa Majeſté , ſur lequel ſont
» intervenus les ordres qui ont relé-
» gué ce Religieux chez les Cordeliers
» d'Auxerre «.

» Ils ſont donc connus , les perſécu-
teurs du ſieur de Poilly. La dame de
Chanterenne n'eſt donc pas l'auteur de
ſa détention.

» Ce fait ne pouvoit pas lui être inconnu, puiſque le libelle dont le ſieur
de Montville ſe plaignoit fut ſupprimé
par l'Arrêt du Conſeil de 1750; que

fa Requête y fut insérée en entier, &
qu'il fut publié & affiché. Dans un Mémoire imprimé pour le fieur de Poilly,
en 1770, il dit expreffément, page 68,
que fa détention fut l'ouvrage de fes
parens *maternels*; & à la page 74 du
même Mémoire, on retrouve le même
aveu.

,, Quelle eft donc fa mauvaife foi
& fa malignité, lorfqu'il ofe foutenir
que la dame de Chanterenne, *l'ufur-*
patrice des biens de fa famille, étoit
la premiere caufe de tous fes maux,
& qu'elle feule avoit forgé les fers
dans lefquels on l'avoit retenu fi long-
temps ,, ?

Telle fut la défenfe pleine de fageffe
& de folidité qu'oppofa la dame de
Chanterenne aux foupçons, aux préfomptions, aux imputations du fieur
de Poilly. Après les preuves & les traits
de lumiere qui démontroient que la
fortune qu'il avoit exagérée étoit nulle,
& que les auteurs de fes fouffrances
étoient dans fa propre famille, le ton
de reproche & d'injure avec lequel il
avoit traité la dame de Chanterenne
dans fes écritures, devenoit plus cho-

quant. Il y avoit d'ailleurs un mépris
infultant, qui paffoit les bornes de
l'honnêteté; & des accufations fi graves, qu'elles formoient des crimes atroces, fi elles euffent été vraies. Auffi le
Défenfeur de la dame de Chanterenne
dénonça au Miniftere public les Mémoires comme autant de libelles, &
en demanda vengeance au nom de
l'honnêteté publique. » Ce n'eft plus
ici, dit-il, la caufe perfonnelle de la
dame de Chanterenne que je défends,
c'eft ma propre caufe; c'eft celle de
tout le Barreau, que de femblables
écarts révoltent & déshonorent; c'eft
celle de tout le Public qui m'entend,
qui peut-être bientôt fera la victime
des mêmes traits qui ont atteint la
dame de Chanterenne; de ce Public
dont on a pu furprendre un inftant la
pitié par le récit étudié de maux chimériques; mais qui, détrompé maintenant, détefte, au fond de fon cœur,
la furprife qui lui fut faite, & donneroit, dans ce moment, des marques
publiques de fon indignation, fi la majefté du lieu ne lui impofoit un filence
refpectueux ».

Le Parlement, par son Arrêt du 30 Janvier 1777, a débouté le sieur de Poilly de toutes ses demandes, & l'a condamné aux dépens; a supprimé les Mémoires du sieur de Poilly comme injurieux & calomnieux, avec défenses d'en faire à l'avenir de semblables, sous telles peines qu'il appartiendra; & a permis à la dame de Chanterenne de faire imprimer, publier & afficher l'Arrêt.

ALIMENS

ALIMENS.

Nous ne pouvons mieux faire connoître l'objet de cette Caufe, qu'en
mettant fous les yeux de nos Lecteurs
l'exorde du Mémoire de M. Girouft,
Défenfeur de l'infortunée qui réclamoit
des alimens.

» Un être malheureux (difoit-il)
demande des alimens que l'avarice
impitoyable lui refufe. Un teftament
les lui affure. Son pere lui a laiffé 600
livres de rente viagere ; des collatéraux
avides veulent compromettre fon exiftence, & méconnoître les difpofitions
du teftament. Ignorent-ils donc que la
difpofition de l'homme eft plus forte
que la difpofition de la Loi ? Sous quelque point de vue que l'on confidere
la demoifelle de Holleterre, foit comme
fimple fille naturelle, foit comme pro-
venue de l'adultere, ou même de l'incefte, on ne peut lui refufer des alimens.
Cés principes font fi certains, qu'il n'y
a que des collatéraux qui puiffent les
contefter «.

En 1748, la demoifelle de la Cofte

Tome VII. G

de Mezieres a épousé, en l'église paroissiale de Saint-Aubert, à Arras, le
sieur Dubuisson de Baiagoula, natif de
la ville de Lyon; ils ont eu trois enfans, dont il n'est resté qu'une fille.

Le sieur Dubuisson quitta bientôt sa
patrie, & passa à l'isle Saint-Domin-
gue. Il s'est fixé au Port-au-Prince, où
il est décédé au mois d'Avril 1755, laissant pour héritiere sa fille unique, qui
depuis est décédée.

En 1762, la veuve Dubuisson a con-
volé en secondes noces, à Avignon,
avec le sieur de Holleterre. Le mariage a été célébré, en présence de quatre
témoins, dans l'église paroissiale de
l'Horloge d'Avignon.

La dame de Holleterre est venue se
fixer à Lyon, avec son nouvel époux.
C'est à Lyon, patrie du sieur Dubuisson, que la demoiselle de Holleterre
est née de ce second mariage : elle a
été baptisée sur la paroisse de Saint-Ni-
zier de Lyon, le 12 Mars 1763 ; elle
rapporte son extrait de baptême ; elle
y est dite fille du sieur de Holleterre
de Champigny, & de demoiselle de
la Coste de Mezieres *son épouse*. Son
pere a signé, en cette qualité, sur le

regiſtre, ainſi que les témoins : la dame de Holleterre & ſa fille ſont donc en poſſeſſion de leur état. La dame & le ſieur de Holleterre ont tenu ménage, & ont vécu publiquement comme mari & femme ; la demoiſelle de Holleterre a toujours été regardée comme leur fille, même légitime. Cette poſſeſſion d'état ſuffiroit ſeule pour le leur aſſurer.

» A ces faits (diſoit M. Girouſt), & qui d'ailleurs ſont étrangers à la demoiſelle de Holleterre, avoués par les héritiers de Holleterre, puiſqu'il lui ſuffit de prouver que le ſieur de Holleterre de Champigny eſt ſon pere, on en oppoſe d'autres qui ne ſont établis ſur aucune preuve, & qui ne paroiſſent pas même vraiſemblables. On va juſqu'à dire que la dame de Holleterre a *enlevé* ſon mari ; que le pere de ce dernier a rendu plainte en rapt de ſéduction ; qu'il a fait l'impoſ-ſible pour empêcher ce mariage ; qu'en-fin la dame & le ſieur de Holleterre n'ont jamais vécu qu'en commerce cri-minel ; qu'elle eſt coupable d'adultere. M. Girouſt ſoutenoit que tous ces faits étoient indifférens & étrangers à la de-moiſelle de Holleterre, & qu'un mot

fuffifoit pour les détruire. C'eſt en effet
à Lyon qu'eſt né le fieur Dubuiſſon,
premier mari de la dame de Holleterre ; c'eſt à Lyon qu'elle a vécu avec
lui juſqu'à ſon départ. Où a-t-elle été
ſe fixer avec le fieur de Holleterre, depuis la mort de ſon premier mari ? A
Lyon. C'eſt à Lyon qu'elle a vécu publiquement avec lui, & qu'elle a tenu
ménage ; c'eſt à Lyon qu'eſt née la demoiſelle de Holleterre ; qu'elle a été
baptiſée ſous le titre de fille du fieur de
Holleterre & de la demoiſelle de Mezieres *ſon épouſe*, ſous les yeux de la
famille du fieur Dubuiſſon. C'eſt dans
un château voiſin de Lyon que le fieur
de Holleterre s'étoit retiré ſur les derniers temps de ſa vie ; c'eſt là qu'il a
rendu les derniers ſoupirs ; c'eſt à Lyon
que la dame de Holleterre a été vivre
depuis ſa mort.... » Quoi ! (s'écrioit
le Défenſeur de la demoiſelle de Holleterre) » la dame de Holleterre auroit
» été choiſir, pour le théatre de ſes
» déſordres, la patrie de ſon premier
» mari, qui, dit-on, n'étoit pas encore
» decédé ! Elle auroit préféré d'habiter
» des lieux ou tout pouvoit la convain-
» cre d'impoſture ; elle auroit été con-
» ſommer l'adultere ſous les yeux de

» la famille de son premier mari, quand
» on pouvoit aisément l'en faire repen-
» tir ; elle auroit été leur montrer un
» autre époux, quand le premier vi-
» voit encore ; elle auroit été les braver,
» & s'exposer gratuitement à la sévé-
» rité des Loix, quand rien ne l'y for-
» çoit, quand elle pouvoit se choisir
» un asile plus sûr « !... Il faut conclure nécessairement, quand la demoiselle de Holleterre n'auroit pas d'autres
preuves en sa faveur, & que le premier
mari de la dame de Holleterre étoit
décédé, & que sa propre famille en
étoit instruite, puisque la dame de Holleterre jouissoit de l'estime publique ;
qu'ainsi tous les faits que l'on avançoit
étoient controuvés. Mais, on le répete,
la demoiselle de Holleterre n'a pas besoin de toutes ces circonstances ; il suffit, pour autoriser sa demande, qu'elle
soit fille du sieur de Holleterre.

Quoi qu'il en soit donc, le sieur de
Holleterre, retiré au château de Cham-
pagnieux, paroisse de la Guillotiere,
qui est un des fauxbourgs de Lyon, a
fait son testament, par lequel il legue
à la dame de Mezieres & à la demoiselle de Holleterre *sa fille*, est-il dit,

& de lui testateur, à chacune la somme de 600 livres, payable de trois mois en trois mois, par avance, à compter de son décès, de pension viagere. Il institue ensuite son frere son héritier universel ; il lui laisse tous ses biens en propriété, à la charge de payer ses dettes, qu'il spécifie ; &, par une derniere clause, il veut expressément *que ses dernieres intentions valent & sortent effet, soit par droit de testament, soit comme codicile & donation à cause de mort ; &, s'il ne peut valoir en ces qualités, qu'il vaille par toutes les autres meilleures formes, que semblables dispositions peuvent & doivent mieux valoir de droit.* Deux jours après ce testament, le sieur de Holleterre est décédé.

Sa veuve s'est pourvue, tant en son nom, que comme mere & tutrice de sa fille mineure, contre le sieur de Holleterre, frere du défunt ; elle a demandé l'exécution du testament, la délivrance de son legs, & le payement des arrérages échus de la pension viagere.

Le sieur de Holleterre a soutenu que la dame de Holleterre devoit se faire

autoriser du sieur Dubuisson son premier mari, ou par justice, ou rapporter
son extrait mortuaire ; qu'elle devoit
aussi rapporter l'extrait de célébration
de son mariage avec le sieur de Holleterre. Sur ce défaut d'autorisation,
il a demandé la nullité de la procédure.

Quoique cette procédure fût étrangere à la demoiselle de Holleterre, son
Défenseur observoit qu'elle ne pouvoit
se dispenser d'en rapporter les circonstances.

La dame de Holleterre a soutenu
que son premier mari étoit décédé ;
qu'elle s'étoit procuré son extrait mortuaire avant d'épouser le sieur de Holleterre ; qu'elle avoit vécu publiquement
comme femme du sieur de Holleterre ;
qu'elle étoit en possession de son état ;
que le mariage étoit un acte public,
& qu'on ne pouvoit la forcer d'en justifier ; que son adversaire, qui se proposoit de l'attaquer, pouvoit se procurer d'Avignon un extrait de célébration ; qu'il avoit bien su se procurer
l'extrait de son premier mariage ; qu'au
surplus, elle étoit munie de toutes les
pieces nécessaires, mais qu'elles se trou-

G iv

voient dans une malle qu'elle avoit per-
due à la descente de la voiture : elle
a demandé un délai, si on la forçoit
d'en justifier.

Un jugement contradictoire a ordonné que la dame de Holleterre com-
muniqueroit l'extrait de mort de son
premier mari, l'acte de célébration
de son mariage avec le sieur de Holleterre, sinon déclare la procédure nulle.

Le sieur de Holleterre a fait plus ;
il a demandé qu'il fût fait défenses à
la dame de Holleterre de se qualifier
veuve du sieur de Holleterre ; que l'extrait de baptême fût réformé, & que
le testament fût déclaré nul, comme
suggéré & contraire aux bonnes mœurs.

Sur cette nouvelle demande, on a
fait assigner le sieur Dubuisson, qui
étoit décédé, & qui, en supposant qu'il
ne le fût pas, demeuroit aux Isles. On
l'a fait assigner au domicile de la veuve
de Holleterre, & l'on a obtenu une
Sentence par défaut. En vertu de cette
procédure irréguliere, on a fait réformer l'extrait de baptême de la demoiselle de Holleterre. C'est ainsi qu'on a
voulu, disoit M. Giroust, enlever
l'état, tout à la fois, à la fille & à

/la mere. Voici maintenant la procédure qui concerne la demoiselle de Holleterre.

La demoiselle de Holleterre, mineure, assistée de sa mere, s'est d'a-
bord pourvue pour avoir une provision
alimentaire; elle a demandé d'être reçue partie intervenante dans la contes-
tation d'entre sa mere & le sieur de Holleterre. Comme la dame de Holleterre
avoit un intérêt personnel, on a fait
nommer à la demoiselle de Holleterre
un curateur. C'est sous le nom de ce
curateur qu'elle a renouvelé sa demande; elle a formé surabondamment
une tierce opposition à la Sentence, en
vertu de laquelle on a fait réformer
son extrait de baptême. Elle demandoit,
par forme de provision alimentaire, les
arrérages échus de la rente de 600 livres,
qui lui a été léguée par le testament de
son pere.

» Nous n'allons plus tenir un langage
vulgaire (continuoit M. Girouft), nous
allons faire parler la Loi : c'est elle que
nous chargeons désormais du soin d'appuyer la demande de la demoiselle de
Holleterre. Loin de nous tout ce qui

ne fera pas conforme à la Loi & aux principes.

» S'il étoit queſtion de l'état de la demoiſelle de Holleterre, nous n'aurions pas de peine à prouver ſa qualité de fille légitime; nous l'établirions d'abord par ſon extrait de baptême, où elle eſt qualifiée fille légitime de la dame & du ſieur de Holleterre ſes pere & mere, & où ſon pere & les témoins ont at- teſté cette qualité par leur ſignature. Nous dirions que la demoiſelle de Hol- leterre eſt en poſſeſſion de ſon état; que cette poſſeſſion ſuffit pour le lui aſſurer; que le teſtament de ſon pere, où il la qualifie ſa fille, y met le ſceau; que l'adultere, que la bigamie & les crimes ne ſe préſument point, ou qu'en tout cas, c'eſt à ſes Adverſaires à tout prouver; qu'elle ne doit pas donner des armes contre elle. Nous dirions que ſa mere s'étoit procuré l'extrait de mort de ſon premier mari, avant de ſe marier avec ſon pere; qu'elle a vécu publique- ment comme femme du ſieur de Holle- terre; qu'elle a fait plus; que c'eſt à Lyon, dans la patrie de ſon premier mari, qu'elle a vécu en cette qualité ſous

les yeux de la famille du fieur Dubuiffon , dont elle n'a pas craint les
regards ".

» Nous dirions encore que le mariage de la dame & du fieur de Holleterre eft conftant. Nos Adverfaires en
conviennent eux-mêmes expreffément
dans une Requête du 15 Décembre
1769 ; ils difent feulement que le premier mari de la dame de Holleterre
n'étoit pas encore décédé , parce qu'elle
n'avoit par juftifié de fon décès. Ainfi
toute la queftion fe réduiroit à favoir
fi la dame de Holleterre étoit bigame
où ne l'étoit pas. Après avoir fait valoir
toutes ces circonftances , la demoifelle
de Holleterre finiroit par invoquer en
fa faveur le teftament fait par fon pere,
ce teftament qui lui affure fa fubfiftance,
que des collatéraux cruels veulent dé-
vorer..... Mais il n'eft point encore
queftion de fon état. Elle exifte ; cette
preuve lui fuffit. Elle trouve dans le
teftament de fon pere de quoi fournir
à fa fubfiftance. Elle en demande l'exécution. Il eft inattaquable , & l'on n'ofe
l'attaquer. En vain l'on prétend qu'il
a été fuggéré par la dame de Holleterre : on n'en rapporte aucune preuve;

G vj

on ne demande pas même à la faire ;
on ne pourroit pas y réuffir ; on y feroit d'ailleurs non-recevable. On ne
pourroit donc pas fe refufer à l'éxécu-
tion du teftament.

» Mais nous allons plus loin : nous
fuppofons que la demoifelle de Holleterre n'eft que fille naturelle ; que le
fieur de Holleterre n'étoit point marié
avec fa mere. Certainement, fi l'on
ne veut pas qu'elle foit fille légitime,
on ne lui refufera pas la qualité de
fille naturelle. Cètte qualité eft au
moins établiè par fon extrait de baptême, par fa poffeffion d'état, par le
teftament de fon pere. Eh bien, fous ce
point de vue, les héritiers de fon pere
lui devroient des alimens, fi d'ailleurs
fon pere n'y avoit pas pourvu. C'eft ici
principalement que la Loi vient à fon
fecours «.

C'eft un principe d'équité naturelle,
que les peres doivent des alimens à leurs
enfans, comme les enfans en doivent à
leurs peres. Les Romains en ont fait
une Loi pofitive au code, liv. 5, tit.
25., *de alendis liberis ac parentibus.*
Voici comme s'explique l'Empereur An-
tonin dans la loi première.

» *Parentum neceffitatibus liberos ſuccurrere juſtum eſt* «. Cette Loi eſt puiſée, comme on le voit, dans la Loi naturelle. Il ſeroit affreux de laiſſer périr, faute de ſecours, ceux qui nous ont donné l'être.

» *Competens judex*, dit la Loi ſeconde au même titre, *à filio te ali jubebit, fi in eâ facultate eſt, ut tibi alimenta præſtare poſſit* «.

Mais le devoir eſt réciproque. » *Si competenti Judici*, dit la Loi III, *de alendis liberis, eum quem te ex Claudio enixam eſſe dicis, filium ejus eſſe probaveris, alimenta ei, pro modo facultatum, præberi jubebit. Idem an apud eum educari debeat æſtimabit.*

» *Si patrem tuum*, porte la Loi IV au même titre, *officio debito promueris;* ſi vous n'avez point été ingrat envers votre pere; ſi vous lui avez rendu les devoirs que la Nature vous impoſe, *pater paternam pietatem tibi non denegabit.* La Loi ne ſuppoſe pas qu'un pere ſoit aſſez dur pour refuſer de venir au ſecours de ſon enfant; mais s'il le refuſe, *quòd ſi ſpontè non fecerit, aditus competens Judex, alimen-*

ta , pro modo facultatum , præstari jubebit. Quòd si patrem se negabit, ajoute la Loi, *quæstionem istam imprimis idem Judex examinabit* «.

Nous pourrions (ajoutoit le Défenseur de la demoiselle Holleterre) citer encore plusieurs Loix, en vertu desquelles les enfans naturels étoient regardés comme enfans légitimes, quand il n'y avoit pas d'enfans légitimes, & jouissoient absolument des mêmes droits & des mêmes prérogatives, qui autorisoient les peres à leur laisser toute leur fortune, soit par testament, soit par donation entre vifs, soit de toute autre maniere : *propriasque substantias ad eos , vel per ultimas voluntates , vel per donationes , seu alios legi cognitos titulos , si voluerint , transferre ;* qui veulent même qu'ils succédent *ab intestat ,* & qu'on ne puisse leur susciter aucune difficulté : *ab intestato quoque ad eorum hæreditatem vocandos , nec aliquas quæstiones seu altercationes exercendi sub qualibet astutiâ , subtilique Legum vel Constitutionum occasione superesse facultatem ; & ce , per beneficium hujus providentissimæ nostræ Legis ,* ainsi que le Législateur l'ap-

pelle lui-même. Nous nous contente-
rons de citer la Novelle 89 , chap 12
de l'Empereur Juſtinien , au ſujet des
bâtards.

Le Légiſlateur confirme d'abord ce
qu'il avoit ordonné à l'égard de ceux
qui avoient des enfans légitimes & des
bâtards en même-temps. *Ut ſi quidem ,*
dit-il , *quiſpiam habuerit filios legiti-*
mos , non poſſit filiis eorumque ma-
tri ultra unam relinquere unciam ,
aut donare naturalibus, aut concubinæ ;
ſed & ſi quid amplius dare tentave-
rit quolibet modo , hoc fieri filiorum
legitimorum.

Il ordonne enſuite que s'ils n'avoient
que leur pere ou leur mere, *quibus*
neceſſitas eſt Legis relinquere partem
propriæ ſubſtantiæ competentem , ils
puiſſent laiſſer tous leurs biens à leurs
enfans naturels , à la réſerve de la légitime due aux pere & mere ; mais s'ils
ne laiſſoient aucun de ceux à qui la légitime eſt due, l'Empereur leur permet de laiſſer tous leurs biens à leurs
enfans naturels. Il répete enſuite , mot
pour mot, ce qu'il avoit ordonné dans
la Novelle 18 , à l'égard de ce que
les enfans naturels pourroient prétendre

dans la succession *ab intestat* de leur pere ; & enfin, poussant la prévoyance plus loin, il assure des alimens aux bâtards, quoique leurs peres eussent aussi laissé des enfans légitimes. *Si quis autem*, dit-il, *habens filios legitimos, relinquat & naturales, ab intestato quidem nihil eis existere omninò volumus ; pasci verò naturales à legitimis sancimus, ut decet eos secundùm substantiæ mensuram à bono viro arbitratam.*

Il est vrai que le même Empereur défend qu'on accorde des alimens aux bâtards nés *ex nefario coïtu*, comme s'ils eussent été les maîtres de leur naissance ; mais cette disposition contraire à l'humanité n'a été suivie, ni dans le droit canonique, ni dans notre jurisprudence.

Enfin, par le droit Romain, les bâtards *ex soluto & solutâ*, qu'on appelloit *Spurii*, pouvoient même intenter la querelle d'inofficiosité contre le testament de leur mere, qui les passoit sous silence. C'est le texte précis de la Loi 29, au dig. liv. 5, tit. 2, *de inofficioso testamento matris spurii quoque filii dicere possunt.* Voilà ce que nous lifons dans le droit Romain. Nous ne l'avons cité, que parce qu'il a des rapports avec notre Jurifprudence ancienne & moderne. Voici maintenant quels font nos principes à cet égard.

Nous avons deux époques dans notre Jurifprudence. Dans la premiere, qui ne remonte pas à plus d'un fiecle, on fuivoit abfolument le droit Romain, c'eft-à-dire, que les fimples bâtards étoient capables de difpofitions univerfelles entre vifs & teftamentaires, faites par leurs pere & mere naturels: *propriafque fubftantias*, dit le droit Romain, *ad eos, vel per ultimas voluntates, vel per alios Legi cognitos titulos, fi voluerint, transferre.* On ne penfoit pas qu'ils fuffent, à l'égard de leurs pere & mere, d'une condition pire que des gens purement étrangers. On trouve dans Brodeau, fur Louet, une infinité d'Arrêts qui atteftent cette ancienne Jurifprudence.

Nous trouvons dans Papon deux Arrêts qui atteftent qu'autrefois les bâtards étoient capables de toute forte de legs ou de donations, & même quils fuccédoient: le premier de 1528, le fecond de 1584.

Ricard, premiere partie, chap. 3, fect. 8, rapporte trois Arrêts conformes à ces principes.

Il y a même encore des provinces, comme en Dauphiné, par exemple, où les bâtards fuccedent. Cette vérité nous eft atteftée par Baffet, Expilly, Salving, Chorier. Il y a auffi quelques coutumes, comme celle de Valenciennes, qui admettent les bâtards à la fucceffion de leur mere. L'ancienne coutume de Saint-Omer en contenoit une difpofition précife ; mais on l'a retranchée dans la nouvelle. Voilà quels étoient autrefois les principes abfolument conformes, comme on le voit, aux Loix Romaines, qui ne puniffoient pas, fur les enfans, les fautes de leurs perés.

Mais l'intérêt des mœurs a fait introduire une Jurifprudence nouvelle dans le dernier fiecle. Aujourd'hui, on ne fouffre plus que des enfans naturels reçoivent de leur pere ou de leur mere des difpofitions univerfelles, ni même des donations ou legs, qui, quoique particuliers, ont l'effet des difpofitions univerfelles. On les réduit à une penfion honnête & proportionnée au bien

& à la qualité de celui qui donne ; & dans tous les cas on leur accorde des alimens.

Nous voyons dans Denisart, que M. l'Avocat Général Gilbert, portant la parole dans une Cause jugée par Arrêt du 28 Mai 1731, dit que les alimens étoient dus aux enfans naturels jusqu'à l'âge de vingt ans, & qu'alors le pere étoit obligé de leur faire apprendre un métier, ou de leur donner un état convenable.

Le même Compilateur, au mot *bâtard*, rapporte un Arrêt rendu en 1752, par lequel la Cour, en confirmant une Sentence du Châtelet, a adjugé une pension alimentaire de huit cents livres à une fille naturelle du feu sieur Bonnier de la Mosson, Trésorier des Etats de Languedoc, âgée de 15 ans, qui se trouvoit sans secours, & qui avoit été oubliée dans le testament de son pere. Cette Arrêt lui adjuge même une somme de vingt mille livres, payable lors de son établissement, par les héritiers du sieur de la Mosson.

C'est aussi le sentiment de Mainard, p. 433 de ses questions notables. » Le simple bâtard, dit-il, est incapable de

tout legs, excepté pour ſes nourritures
& alimens, deſquels, par la diſpoſition
canonique ſuivie quant à ce en France,
tous bâtards ſont capables, encore qu'il
y ait des fils légitimes & ſuccédans ;
tellement que combien que pluſieurs
aient été d'avis, toutes donations, avantages & legs faits par les pere & mere
naturels à leurs enfans, être viagers &
finir par mort, néanmoins il y en a,
ſuivis le plus communément, qui, avec
grande raiſon, auroient ſoutenu leſdites
donations & avantages ainſi faits aux
bâtards *ex ſoluto & ſolutâ*, pour eux,
leurs hoirs & ayans cauſe, pourvu qu'ils
n'excedent la troiſieme ou quatrieme
partie des biens deſdits pere & mere,
& d'un chacun d'eux, & qu'iceux
n'aient de loyal mariage enfans légitimes, attendu, dit-il, que tels enfans bâtards peuvent être légitimés &
confirmés en leur état d'enfans par le
Prince ou par mariage ſubſéquent; ce
faiſant entiérement ſuccédera leurs pere
& mere.

   » La Nature, dit Argou, liv. 3,
chap. 21, oblige les peres & les meres
de pourvoir à la nourriture & à l'é-
ducation de leurs enfans, même des

bâtards & de ceux qui sont nés d'une conjonction illicite, jusqu'à ce qu'ils soient en âge de pouvoir s'entretenir eux-mêmes ; & quand les peres & les meres refusent de s'acquitter de ce devoir, les Loix les traitent de meurtriers, & obligent les Juges de les y contraindre, en connoissance de cause.

» Les peres & les meres, dit encore Argou, liv. premier, chap. 10, peuvent faire des donations ou des legs modérés aux simples bâtards «. C'est aussi le sentiment de Charondas, liv. 2, chap. 6.

M. d'Aguesseau, que nous aurions dû placer à la tête de toutes ces autorités, rapporte dans sa dissertation sur les bâtards, l'art. 4-8 de la Coutume de Bretagne, qui porte » que les » bâtards doivent être pourvus sur les » biens de leurs peres ou de leurs me- » res « ; & cet illustre Magistrat dit que cette conséquence supplée à la négligence des pere ou mere qui n'auroient pas laissé des alimens à leurs bâtards, jusqu'à ce qu'ils soient en état de gagner leur vie ; & que sa disposition doit être étendue à toutes les Coutumes qui n'en parlent point. C'est en-

core le fentiment de Dupleffis dans une
de fes confultations.

Enfin Ricard, à l'endroit déjà cité,
après avoir rapporté trois Arrêts qui
établiffent l'ancienne Jurifprudence,
dit enfuite que la Jurifprudence a changé; & il rapporte trois autres Arrêts
qui ont jugé les bâtards incapables de
difpofitions univerfelles, mais qui les
ont réduits à des difpofitions modiques
ou a des alimens. Ces autorités fuffifent pour prouver qu'un fimple bâtard
a le droit de demander des alimens à
fon pere ou à fes héritiers, quand fon
pere n'y a pas pourvu.

Mais fuppofons que la demoifelle de
Holleterre eft bâtarde adultérine (difoit
fon Défenfeur); fuppofons que le premier mari de fa mere vivoit encore
quand elle a époufé le fieur de Holleterre; dans ce cas-là même il lui eft
auffi dû des alimens.

C'eft encore ici un principe d'humanité & de juftice; car il ne dépend
pas plus de nous de naître bâtards adultérins, que fimples bâtards. Ce principe eft établi par un paffage du droit
Romain, que nous avons déja cité:
Si quis habens filios legitimos, re-

*linquat & naturales , ab inteſtato qui-
dem nihil eis exiſtere omninò volumus ; paſci verò naturales à legitimis
ſancimus , ut decet eos ſecundùm ſubſtantiæ menſuram à bono viro arbitratam.* Il eſt particuliérement établi par
les mêmes Auteurs. » Tous bâtards
» ſont capables de legs pour leurs nour-
» ritures & alimens , & par le droit
» canonique., & par le droit civil,
» encore qu'il y ait des enfans légitimes
» & ſuccédans «. Ce ſont les propres termes de Mainard ; ce qui ſignifie bien
poſitivement que les enfans adultérins
ſont auſſi capables de legs pour leurs
nourritures & alimens. Nous nous con-
tenterons de rapporter les expreſſions de
deux Juriſconſultes.

   » Comme , en qualité de Chrétiens ,
dit Ricard , la vengeance que nous
tirons des crimes eſt particuliérement
animée de charité , nous autoriſons les
donations modiques , quoique faites
entre perſonnes tachées d'adultere ,
pourvu qu'elles ſoient deſtinées pour
ſervir d'alimens aux donataires ; ce que
nous avons admis , afin que le donataire ait moyens de vivre hors du vice ,
& non pas pour autoriſer ſon crime.

Cela, dit-il, eſt fondé ſur la diſpoſition du Droit Canon : *capite cùm ha-*
beret de eo qui duxit in matrimo-
nium, qui veut que les alimens ſoient
donnés aux enfans adultérins «. C'eſt
en effet la diſpoſition du Droit Canon.

Ricard rapporte enſuite l'eſpece d'un
Arrêt rendu en la Grand'Chambre,
par lequel le legs fait par Renaut Be-
noît de Poiſſy, à Perrette Bailly, ſa
ſervante, qu'il avoit entretenue pendant
ſon mariage, d'une ſomme de 600 livres, fut confirmé.

» Au ſurplus, dit-il encore, partie
premiere, chap. 3, ſect. 8, non ſeulement les bâtards, même les adultérins & inceſtueux, ſont capables, par
notre uſage, de recevoir des donations
de leurs pere & mere, juſqu'à la concurrence de leurs alimens, mais même
les peres peuvent être contraints à leur
fournir les moyens de ſubſiſter, lorſqu'ils ne le peuvent pas par eux-mêmes ; les Loix du Chriſtaniſme ne ſouf-
frent pas que perſonne périſſe par la
la faim : tellement que nous ſuivons
la diſpoſition du chapitre *cùm haberet*,
parag. ſub fine, de eo qui duxit in
matrimonium. Outre les Arrêts, ajoute-t-il,

re-t-il, qui font rapportés à ce fujet par Bacquet, en fon Traité de bâtardife, partie premiere, chap. 3, par lefquels la Cour a confirmé les legs & les do-nations faites aux bâtards adultérins & inceftueux, quand ils n'excédoient pas les alimens, ou les a réduits à ce qu'elle a eftimé néceffaire pour les faire fubfifter, quand elle les a trouvés exceffifs : j'en ai encore vu prononcer deux autres à la Grand'Chambre «.

» Le premier eft du 13 Mars 1646, par lequel » la Cour confirma un legs de peu de conféquence, fait par M. Charles le Chien, Prêtre, à une fille, fans s'arrêter à ce que Romain Fleuret, fieur de Foreftel, donataire du Roi, fou-tenoit que la légataire étoit fille du tefta-teur, & par conféquent incapable de re-cevoir aucune chofe de fa libéralité «.

» Le fecond, intervenu en la Grande Audience, le Lundi 3 Février 1661, a maintenu les héritiers collateraux d'un défunt en la poffeffion des biens de la fucceffion, fans avoir égard à une do-nation ni à un legs univerfel qu'il avoit fait au profit de fa fille bâtarde adul-térine ; & néanmoins la Cour ordonna que fur les biens il feroit pris la fomme

Tome VII. H

de 300 livres, qui feroit mife entre les mains d'un notable Bourgeois, pour fervir à faire apprendre un métier à la fille.

» On trouve encore, continue Ricard, un Arrêt du premier Août 1653, au fecond tome du Journal des Audiences, liv. premier, chap. 25, qui confirme un legs de 2000 livres au profit de deux filles adultérines, pour les marier quand elles feroient en âge, & jufqu'à ce, d'une penfion viagere de cinquante livres. La raifon, dit-il, eft que celui qui doit les alimens, doit auffi la dot, de peur que le défefpoir ne porte les filles à fe proftituer.

» Mais dans le doute de favoir, ajoute-t-il, & ceci eft bien précieux pour la demoifelle de Holleterre, fi le bâtard eft né dans un fimple concubinage, ou dans l'adultere ou l'incefte; quand le fait eft incertain, pour réduire la difpofition aux alimens dans le dernier cas, ou pour lui donner une plus grande étendue dans le premier, il eft jufte de prononcer en faveur de la liberté, & de préfumer le moindre mal, quand le plus grand n'eft pas évidemment vé-

rifié ; ç'a été fur ce principe que le
legs fait par le nommé Poftel, Maître
Paveur à Paris, de la fomme de fix
cents livres, à fa fille naturelle, qui fe
prétendoit née *ex foluto & ex folu-*
tâ, & que les héritiers du teftateur
foutenoient au contraire être adultérine
fur des circonftances qui recevoient
quelque vraifemblance, & qui don-
noient lieu de douter qu'elle fût venue
au monde depuis le mariage de Poftel,
n'a pas laiffé d'être confirmé pour la
propriété de la fomme léguée, au préjudice de ce que les héritiers préten-
doient que le legs devoit être réduit
à l'ufufruit pour fervir d'alimens, par
Arrêt intervenu en la Grand'Chambre,
le 16 Avril 1656, fur ce que la preuve
du fait mis en avant par les héritiers,
ne fe trouvoit pas fuffifamment établie «. Ce feroit donc aux Adverfaires
de la demoifelle de Holleterre à prouver qu'elle eft bâtarde adultérine ; &
il s'en faut bien que ce fait foit prouvé.

Citerons-nous après cela ce que dit
Argou ? Nous craignons d'affoiblir
l'autorité de Ricard : voici comme il
s'exprime, liv. premier, chap. 10, des
bâtards.

H ij

» Leurs peres & leurs meres, dit-
il, ne peuvent leur faire ni des donations, ni des legs immenfes; mais ils
peuvent faire des donations ou des legs
modérés aux fimples bâtards; & à l'égard
des adultérins & des inceftueux, ils ne
leur peuvent laiffer que des alimens.
Cette regle, ajoute-t-il, n'eft pourtant
pas fuivie à la derniere rigueur. On
étend ou l'on reftreint ces legs & ces
alimens, fuivant que les circonftances
font plus favorables ou plus odieufes;
mais les uns & les autres, jufqu'à ce
qu'ils aient appris un métier, & qu'ils
aient été reçus maîtres, peuvent demander des alimens à leur pere durant fa vie, & à fes héritiers après
fa mort, s'il n'y a pas pourvu lui-
même «.

A ces principes & à ces autorités,
les Adverfaires de la demoifelle de Holleterre lui oppofoient la Sentence rendue contre fa mere. Tout eft jugé (difoit leur Défenfeur) (a); la Sentence
eft même exécutée. Cette Sentence éleve
donc une barriere infurmontable contre
la demande en alimens.

(a) M. le Gentil de Kermoifan.

» D'abord, répondoit M. Girouſt, que la Sentence qui a été obtenue contre la mere de la demoiſelle de Holleterre ſoit exécutée ou ne le ſoit pas, cette circonſtance eſt abſolument indifférente.

» En ſecond lieu, l'on n'a obtenu cette Sentence contre la mere de la demoiſelle de Holleterre & ſon premier mari, que l'on ſuppoſoit vivant encore, qu'en le faiſant aſſigner à un domicile qu'il n'avoit pas & ne pouvoit pas avoir ; par conſéquent cette Sentence eſt irréguliere.

» En troiſieme lieu, c'eſt une Sentence par défaut, faute de comparoir. La demoiſelle de Holleterre y a formé, en tant que de beſoin, une tierce oppoſition. Sa mere a trente ans pour y former la ſienne ; & quand il ſera queſtion de l'état de la demoiſelle de Holleterre, elle n'aura pas de peine à la faire réformer.

» Tout eſt jugé ! Mais on le ſuppoſe. Qu'auroit-on jugé ? Que la demoiſelle de Holleterre eſt bâtarde adultérine ; car il eſt abſurde de conclure qu'elle eſt fille du ſieur Dubuiſſon, premier mari de ſa mere, en ſuppoſant

qu'il vécût encore alors. C'est lui donner
un fantôme de pere, un être imaginaire ; c'est abuser du principe, *Is pater
est*. Le sieur Dubuisson demeurant aux
Isles, toujours en supposant qu'il vécût
encore, ne peut pas être le pere de la
demoiselle de Holleterre, puisque sa
mere demeuroit à Lyon. Cette idée
est dérisoire ; des époux ne communi-
quent pas de si loin. Il seroit donc jugé
tout au plus qu'elle est bâtarde adultérine. Eh bien, nous avons démontré
qu'à ce titre on ne peut lui refuser des
alimens.

» Nous pourrions (disoit M. Giroust
à la fin de son Mémoire) faire valoir
des considérations. En supposant que la
demoiselle de Holleterre soit bâtarde,
& bâtarde adultérine, elle n'a pas demandé à naître ; elle existe sans son
aveu ; elle n'a qu'une malheureuse existence. Par-tout rejetée, rebutée, avi-
lie, elle ne fait pas même partie de la
Société ; elle porte la peine d'un crime
qui n'est pas le sien, & dont les Loix
la punissent à regret. Elle pourroit s'écrier
dans sa douleur : O mon pere ! ô manes
sacrés que je révere, pardonne si je trouble ta cendre ! Ne m'as-tu donc laissé

après toi que la profcription & le néant ?
Tu t'étois occupé du fort de ta fille au
delà du tombeau ; tu lui avois affuré,
autant qu'il étoit en toi, fon état & fa
fubfiftance ; on veut tout lui ravir ; on
veut la dévouer à l'opprobre & à la mifere ! Des collatéraux cruels veulent
m'enlever ta trifte dépouille, & rendre
fans effet le monument de ta piété paternelle. Ta malheureufe fille, fans appui, fans fecours, fans famille, lutte
depuis ta mort contre tous les genres
d'infortunes.... Mais nous ne voulons
point intéreffer la pitié, nous ne voulons
intéreffer que la juftice ; c'eft le droit
que la demoifelle de Holleterre invoque
en fa faveur. Heureufement la Loi veille
fur elle. Nous avons prouvé dans le
droit, que, foit comme fimple bâtarde,
foit comme bâtarde adultérine, il lui
eft dû des alimens : fon pere y a pourvu ;
elle ne demande que l'exécution de fon
teftament «.

Ces confidérations étoient fans doute
très-fortes ; mais elles venoient fe brifer
contre un fait important & décifif, celui de l'exiftence du fieur Dubuiffon,
mari de la mere de la demoifelle de Holleterre. La Loi fuppofoit ce mari vivant,

H iv

jufqu'à ce qu'on eût rapporté la preuve de fa mort. La demoifelle de Holleterre ne rapportoit point cette preuve. Ainfi, aux yeux de la Juftice, le premier mariage de fa mere étoit regardé comme fubfiftant.

Ces raifons avoient déterminé la Sentence qui avoit été rendue contre la mere. Cette Sentence avoit été exécutée. La demoifelle de Holleterre ne pouvoit donc réuffir dans fa demande, dans l'état où étoit la procédure. Auffi la Caufe ayant été portée aux Requêtes du Palais, au mois de Février 1777, elle a été déboutée de fa demande.

Accufation de crime de plagiat ; enfant
réclamé par deux peres.

DÉROBER un enfant à fon pere,
dans un afile confacré à la piété; l'enlever à une famille, qui, par une longue fuite d'actes & de reconnoiffances,
en a la poffeffion publique & non in-
terrompue ; le porter dans une famille
étrangere, qui le reçoit comme s'il lui
appartenoit véritablement, & qui croit
même le reconnoître ; le rendre par-là
tellement incertain de fon état & de fa
naiffance, qu'il foit agité par des paffions qui fe croifent, ne fachant qui
font ceux à qui il doit le jour, qui font
fes parens ou fes perfécuteurs, qui font
ceux enfin qu'il doit aimer ou haïr ;
c'eft une de ces entreprifes hardies,
qui fcandalifent la Nature & révoltent
l'humanité. Ces forfaits atroces, qui
portent le trouble dans les familles,
& qui, par la contagion de l'exemple,
pourroient devenir funeftes à la Société,
ne peuvent être trop févérement répri-
més par la Juftice, & doivent être punis
avec cette éclatante rigueur, qui raffure

H v

l'innocence effrayée en lui donnant la paix.

Cet attentat horrible, qui décele toute la fcélérateffe de fon auteur, donne lieu à plufieurs queftions qui font l'objet de cette Caufe.

Qu'une femme intrigante, abufant de la crédulité d'un étranger qui lui avoit confié fon enfant, en quittant la Capitale où il l'avoit amené, pour aller à l'une des extrémités du Royaume, le jette, à fon infçu, dans cet afile refpectable, où la charité compatiffante accueille également les fruits de la foibleffe & les dépôts de l'infortune; qu'elle aille enfuite dans cet autre afile, non moins refpectable, où l'on reçoit fans curiofité comme fans examen, tout ce qui fe préfente à fecourir; qu'elle y arrache à un pere fon unique enfant, pour le donner à cet étranger voyageur, en lui perfuadant à fon retour que c'étoit-là le dépôt qu'il lui avoit confié; qu'également cruelle & perfide, elle fe joue à la fois, fans pitié & fans remords, de la Nature & de la vérité, dont elle ofe fouler aux pieds tous les droits; & que, fans redouter les fuites funeftes de fa perfidie, elle se rende ainsi coupable du double crime de plagiat (a) & de supposition d'enfant ; ces événemens inattendus surprennent d'autant plus, qu'on y trouve le merveilleux de la fiction , & que la vérité n'est pas vraisemblable.

Hâtons-nous de rendre compte des faits qui ont donné lieu à cette étrange affaire.

Michel Richer épousa Marguerite Lerouge en 1762 : sept enfans furent le fruit de leur union ; de ces sept enfans, cinq ont été successivement enlevés par la mort : deux restoient encore au mois d'Avril 1773 ; Pierre-François - Alexandre , & Etiennette-Marguerite.

Pierre François-Alexandre étoit l'enfant que l'on contestoit.

Il naquit, pour le malheur de ses parens, le 29 Septembre 1768. Depuis ce moment il n'a pas cessé d'être infirme ; il semble (disoit le Défenseur du sieur Richer (b)) ne vivre que pour souffrir : un sang impur circule dans

_____

(a) Plagiat vient du mot latin *plagium*, vol ; enlevement d'une personne libre.
(b) M. Truchon.

fes veines ; des humeurs froides le
minent infenfiblement , & quelquefois le dévorent : très-fouvent la maladie fe manifefte au dehors par des
plaies fans ceffe renaiffantes : au moment même où il fut enlevé , treize
larges plaies couvroient plufieurs parties de fon corps. Le fieur Richer &
la demoifelle Lerouge , qui aiment
tendrement ce fils , & qui partagent
fes fouffrances , ont épuifé tous les
moyens qu'a pu leur fuggérer l'amour
paternel , pour procurer au moins un
adouciffement à fes maux ; mais ils
voient avec douleur que tous les traitemens imaginables , tous les fecours
de la Médecine ont été jufqu'ici im-
puiffans : les maux de cet enfant infortuné font jugés incurables , & fa
guérifon impoffible à l'Art.

Un des effets de la dégoûtante maladie dont cet enfant eft attaqué , eft
de fe communiquer. Le fieur Richer
crut devoir prendre la précaution de
féparer fes deux enfans , pour éviter
que fa fille en fût atteinte , par la fré-
quentation continuelle que fon âge &
fes amufemens pouvoient lui permettre
avec fon frere ; Pierre-François-Alexan-

dre fut donc mis en penſion à Vau-
girard, chez le nommé Bechet, Concierge du ſieur d'Angeville : il n'y
reſta que peu de temps : Etiennette-
Marguerite étant morte, il fut ramené
à la maiſon paternelle.

Le ſieur Richer demeure rue du
Four, fauxbourg Saint-Germain, dans
une maiſon de François Prevoſt, Huiſ-
ſier-Priſeur : tous les locataires de cette
maiſon, tous les voiſins connoiſſoient
parfaitement Pierre-François-Alexandre
ſon fils, & ſes infirmités.

Les hommes croient facilement ce
qu'ils déſirent; la Providence ſemble
leur avoir donné, pour les conſoler de
la privation du bien qu'elle leur refuſe,
l'eſpoir qu'elle le leur rendra un jour
avec uſure; s'ils n'en ſont pas convain-
cus, ils agiſſent toujours comme s'ils
en étoient perſuadés. Le ſieur Richer
ſe laiſſa donc perſuader qu'il ne devoit
pas déſeſpérer de la guériſon de ſon
fils, mais qu'elle ne pourroit lui être
procurée qu'à l'Hôtel Dieu, parce qu'il
ſeroit là, diſoit-on, à portée de recevoir des ſecours qu'on ne trouve
point ailleurs : ces raiſons le décide-
rent à l'y conduire.

On a dit, il y a long-temps, que l'amour, celui sur-tout d'un pere pour un enfant unique, pour un fils tendrement chéri, est ingénieux : cette Cause en fournir un exemple.

Le sieur Richer & sa femme n'avoient point d'amis à l'Hôtel-Dieu ; ils n'y avoient même aucune connoissance : mais à force de recherches, de démarches & de soins, ils parvinrent à s'en procurer.

Le Mardi de la semaine de Pâques, 5 Avril 1774, fut le jour pris pour conduire l'enfant ; la mere seule, accompagnée de la demoiselle Beaufort, fit la conduite. Comme cet enfant est doué d'une physionomie douce & d'une figure agréable, plusieurs Religieuses y prirent intérêt ; son état de souffrance excita leur compassion.

Depuis l'événement désastreux de l'Hôtel-Dieu, depuis ce moment où nous avons vu ce monument de la piété de nos peres, & du plus saint de nos Rois, devenir en un instant la proie des flammes, la Charité a su se multiplier en quelque sorte pour porter, en plusieurs lieux à la fois, aux pauvres les secours dont ils peuvent avoir befoin ; l'Hôpital Saint-Louis eft devenu une partie intégrante de l'Hôtel-Dieu, deftinée fpécialement à recevoir céux des pauvres qui font atteints des différentes maladies qui peuvent fe communiquer. La maladie de l'enfant Richer étoit de cette efpece ; fa na-ture, qui ne permettroit point qu'il reftât à l'Hôtel-Dieu, exigeoit qu'il fût tranfporté à l'Hôpital Saint-Louis. La Sœur Sainte-Luce, qui eft en office dans le premier, écrivit auffi-tôt à la Sœur Sainte-Claire, qui étoit, dans le fecond, *Cheftaine* de la falle Sainte-Marthe, où l'enfant devoit être dé-pofé, pour le lui recommander. Sur cette recommandation, l'enfant fut couché feul dans une manne. La dame Richer laiffa donc dans ce lieu de dou-leur fon fils, le feul enfant qui lui reftoit ; mais ce ne fut qu'après l'avoir arrofé de fes larmes. Mere infortunée ! elle ne prévoyoit pas qu'elle dût en être fi-tôt privée.

Le Dimanche fuivant, le fieur Ri-cher alla vifiter l'enfant. Il le trouva toujours fouffrant, toujours couvert de plaies fans ceffe renaiffantes, fuccom-bant fous le poids de fes infirmités,

& mêlant ses cris à ceux qu'arrachoit pareillement la douleur à cinq cents infortunés qui l'environnoient.

La tendresse de ce pere pour cet enfant malheureux, semble s'accroître en raison de ses souffrances, qu'il partage avec lui. Mais le jour baisse, & il faut se séparer; il le presse entre ses bras, & sort enfin pour aller retrouver son épouse. Il arrive, & lui fait en pleurant la peinture des maux qu'il a vu souffrir, & des sentimens qu'il a éprouvés à leur aspect.

Mais, tandis que le sieur Richer & son épouse dévoroient, dans l'intérieur de leur maison, leurs chagrins & leurs peines, tandis qu'ils mêloient leurs larmes que ce fils chéri faisoit répandre, une femme intrigante ourdissoit sourdement une manœuvre affreuse, dont cet enfant alloit être la victime.

Au mois de Février 1773, le nommé Jacob Beaumann, Allemand, & Batelier à Strasbourg, demeuroit à Paris, rue des Cinq-Diamans, avec une personne qu'il disoit être sa femme, & un enfant dont il croyoit être le pere; la Loi l'entretenoit dans cette erreur, *Ille pater est*, &c.

La nommée Marguerite d'Oppinchemitz, native de Sarbourg en Al-
face, femme de Guillaume-Roch Lejeune, Officier de maifon, tenoit ci-
devant taverne, ou plutôt tabagie, rue
& porte Saint-Martin; elle y recevoit
fpécialement des Alfaciens & des Allemands, & logeoit des filles de ces mêmes Provinces. Le myftere profond
dont eft enveloppé le mariage de Beaumann avec une de ces filles, nous dérobe des lumieres qui pourroient répandre le plus grand jour fur la conduite de la femme Lejeune, & fur
toute cette affaire.

Beaumann, après fon mariage, étoit
allé à Strasbourg avec fa femme, qui y
accoucha d'un garçon, le 2 Novembre
1770 : feize mois après, c'eft-à-dire, à
la fin de Février 1772, il revint à Paris
avec fa femme & fon enfant, & retourna à Strasbourg au mois de Février
1773, laiffant à Paris fa femme, qui
le fuivit peu de jours après, c'eft-à-
dire, auffi-tôt après qu'elle eut confié
en dépôt fon enfant à la Lejeune.

Cette femme intrigante fait à Paris,
publiquement, métier de charlatanerie.
En quittant fa tabagie, elle crut qu'elle

accroîtroit plus facilement fa fortune, fi elle mettoit en pratique un-fecret qu'elle croit merveilleux pour guérir les hémorroïdes & les rhumatifmes. Elle s'eft fait annoncer dans les *Petites-Affiches* , comme poffédant feule ce rare & merveilleux fecret.

La Lejeune fe trouva donc dépofi-taire de l'enfant Beaumann. Cet en-fant étoit, dit-on , attaqué d'humeurs froides : nous ignorons ce fait; mais en admettant cette fuppofition , l'on peut préfumer que la femme Beaumann avoit confié fon enfant au charlatanifme de la Lejeune pour le guérir : cepen-dant , foit défaut de confiance en fon merveilleux fecret , foit crainte de fe conftituer en frais , elle ne tenta pas de guérir l'enfant , ni même d'entre-prendre aucun traitement : il lui parut plus commode & moins difpendieux de s'en débarraffer auffi-tôt après le dé-part de la mere. Elle le porta donc chez le Commiffaire Boulanger , le 2 Mars 1773. Le même jour il fut reçu en la maifon des Enfans-Trouvés, & tranfporté le lendemain à la Salpêtriere : de-là il fut conduit malade à l'Hôtel-Dieu , le 22 Décembre de la même année. Il eſt mort à l'Hôpital Saint-Louis, le 25 Mars 1774. Tous ces faits ſont atteſtés par les regiſtres de ces différentes maiſons.

L'enfant Richer fut conduit au même Hôpital Saint-Louis, le Mardi de Pâques 5 Avril ſuivant, c'eſt-à-dire, onze jours après la mort de l'enfant Beaumann, & dans une ſalle autre que celle où étoit mort cet enfant.

Il paroît que Jacob Beaumann étoit de retour à Paris à la fin de Mars 1774, & qu'il ſe propoſoit de retirer ſon enfant de la Salpêtriere, où on lui dit qu'il avoit été porté, pour l'emmener à Strasbourg ; on l'apprend par la dépoſition de Leibert, Boulanger à Scheleſtat en Alſace. Beaumann ſut bientôt que ſon enfant avoit été tranſporté de la Salpêtriere à l'Hôpital Saint-Louis. La Lejeune ne fut pas ſans inquiétude, lorſqu'elle vit, à ſon arrivée, qu'il lui redemandoit ſon enfant : elle n'ignoroit certainement pas ſa mort. Pour couvrir l'énorme abus de la confiance de ce pere infortuné, pour paroître moins coupable à ſes yeux, elle crut devoir haſarder l'exécution d'une

entreprife dans laquelle tout autre qu'elle
auroit certainement échoué : nous difons plus ; loin d'entreprendre de l'exécuter , nul autre n'auroit ofé en former le deffein ; il ne tombera en effet
dans l'efprit de perfonne , d'enlever
un enfant à fon pere , pour le donner
à un étranger , fans y avoir un intérêt
quelconque. Nous ignorons quel pouvoit être l'intérêt de la Lejeune.

Le 19 Avril , cette femme avoit pris
toutes les mefures pour enlever l'enfant
Richer & le donner à Beaumann ; elle
alla à cet effet à l'Hôpital Saint-Louis,
entra dans la falle Sainte-Marthe , vit
l'enfant , & demanda à une domeftique
à qui elle devoit s'adreffer pour avoir
la permiffion de l'emporter : cette fille
lui indiqua la Sœur Sainte-Claire, Religieufe *Cheftaine* de la falle ; mais pendant que l'on fut avertir cette Religieufe , la Lejeune fit femblant d'ôter
du bras de l'enfant le billet qui fervoit
à le faire connoître , & dit après l'avoir
lu , » qu'elle ne s'étoit pas trompée ;
» que ce billet annonçoit l'enfant qu'elle
» cherchoit, fans dire cependant le nom
» écrit fur le billet « , qu'elle ferra dans
fa poche.

On dit qu'elle feignit d'*ôter le billet*, parce qu'en effet elle ne l'ôta pas : la Sœur Sainte-Marie l'avoit ôté à l'enfant lorsqu'on l'apporta de l'Hôtel-Dieu, & le conservoit dans un tiroir de sa chambre, comme cela se pratique lorsque le malade a des plaies au bras. Cette ruse, cette coupable simulation de la Lejeune avoit donc pour objet d'en imposer aux personnes qui étoient auprès de la manne où l'enfant étoit couché : elle a réussi ; elle s'y est prise si adroitement, que plusieurs ont été trompés.

L'enfant, qui ne connoissoit pas la Lejeune, ne vouloit point d'abord consentir à sa sortie : il crioit, il se débattoit pour ne point aller dans ses bras, & rejetoit les caresses qu'elle vouloit lui faire ; mais elle sut l'appaiser en lui donnant un petit pain & des œufs rouges. La Sœur Sainte-Claire, qui survint, lui demanda ce qu'elle souhaitoit ; elle répondit » qu'elle venoit retirer cet enfant, qui ap- » partenoit à un homme arrivé de cent » lieues, pour le chercher «. La Religieuse lui dit qu'elle ne la connoissoit point ; qu'elle ne croyoit pas qu'elle en fût la mere, & *qu'elle ne le remettroit*

qu'au pere. Là-deffus la Lejeune fortit
de la falle pour aller, difoit-elle, chercher le pere. Quelques inftans après, elle
revint *avec un particulier qui avoit*
l'air d'un payfan étranger, qu'elle
dit être le pere de l'enfant qu'elle ré-
clamoit. Ce payfan étranger étoit Jacob Beaumann; » elle l'avoit, difoit-
» elle, rencontré fur fa route en allant
» le chercher «; mais c'étoit une impofture; il étoit venu avec elle; elle
l'avoit fait attendre dans la cour de
l'Hôpital, après lui avoir appris fans
doute le rôle qu'il devoit jouer.

Beaumann, appercevant l'enfant,
l'embraffa & fe mit à pleurer. La Sœur
Sainte-Claire voulut lui parler; mais
elle en fut empêchée par la Lejeune,
qui lui dit qu'il n'entendoit pas le françois. Cette femme qui ne vouloit que
hâter les momens de confommer fon
crime, étoit fi preffée d'emporter l'enfant, qu'elle ne vouloit pas même attendre qu'on lui en remît les habillemens. La Sœur Sainte-Claire lui fit obferver qu'il ne feroit pas convenable
qu'elle laiffât ces habillemens: elle at-
tendit donc, mais avec peine, qu'ils fuffent apportés; & auffi-tôt qu'elle les eut

reçus, elle fortit avec Beaumann & l'enfant : il étoit alors midi.

Le 21 du même mois d'Avril, le fieur Richer alla à l'Hôpital Saint-Louis pour voir fon enfant ; il lui portoit une robe de chambre, quelques hardes, & des joujoux pour l'amufer : il demanda où il étoit. Hélas ! il ne fut que trop tôt inftruit de fon malheureux fort : on lui dit que depuis deux jours on l'avoit enlevé. A ces mots il refta pendant quelques inftans immobile. La Sœur Sainte-Claire apperçut aifément, à la douleur profonde où elle le vit plongé, & à l'agitation que lui caufa enfuite cette nouvelle inattendue, qu'il étoit le veritable pere ; elle reconnut alors, mais trop tard, qu'elle avoit été trompée, qu'on avoit abufé du nom du fieur Abbé Defchamps, Prêtre de fervice à l'Hôpital Saint-Louis, pour enlever l'enfant. Elle écrivit à l'inftant même à cet Abbé, pour l'informer de l'enlévement & de ces circonftances. Le fieur Richer porta la lettre.

L'Abbé Defchamps fe rappela, après avoir lu la lettre, qu'étant habitué dans l'Eglife Saint-Laurent, il avoit bien ouï parler d'une femme de la Paroiffe qui s'étoit fait annoncer dans les *Petites-Affiches*, comme possédant seule un secret pour guérir les hémorroïdes & les rhumatismes : par ses recherches il parvint à découvrir qu'elle demeuroit grand rue du fauxbourg Saint-Martin, & logeoit chez un Aubergiste ; il y alla, la trouva chez elle, & par les questions qu'il lui fit, & les indications qu'il lui donna sur l'enfant & sur les circonstances de son enlévement, il l'amena à faire l'aveu que c'étoit elle qui avoit fait l'enlévement.

Le sieur Richer, qui avoit accompagné l'Abbé Deschamps, n'étoit pas monté chez la Lejeune ; il attendoit dans la rue l'effet que produiroit cette visite. L'Abbé Deschamps, après avoir tiré de la Lejeune l'aveu qu'il souhaitoit, appela de la croisée le sieur Richer, qui monta : la Lejeune lui répéta tout ce qu'elle venoit de dire à l'Abbé Deschamps sur l'enlévement ; & comme elle s'apperçut alors que son crime pourroit avoir des suites fâcheuses, elle fit tous ses efforts, en exposant de nouveau toutes les circonstances de cet enlévement, pour se justifier du reproche de l'avoir favorisé & d'y avoir coopéré.

coopéré. Elle raconta ensuite tout ce qu'elle avoit fait pour garantir du froid l'enfant qui avoit été conduit à Strasbourg ; qu'elle lui avoit donné une robe de chambre d'un de ses enfans, pour laquelle Beaumann lui avoit laissé la redingote de son enfant. A la vue de cette redingote, » Voilà l'habille- » ment de mon enfant, s'écria-t-il ; » on a enlevé mon enfant ; c'est cet » Allemand qui l'a volé « !

Ce cri de la Nature, poussé avec impétuosité, alarma la Lejeune. Le sieur Richer ne put retenir son indignation, ni s'empêcher de lui reprocher d'avoir trempé elle-même dans l'enlévement. Ces reproches, le ton dont ils étoient accompagnés, échaufferent tellement la bile de cette femme criminelle, qu'elle se répandit en injures : pressée enfin par les plus vives sollicitations, elle feignit de sortir pour chercher Baumann & l'enfant, & savoir, disoit-elle, si on pourroit le lui indiquer à son auberge. Cette auberge est à sa porte : elle fut néanmoins près d'une heure absente, & ne revint que pour dire qu'elle n'avoit pu découvrir aucune nouvelle. Cette premiere sortie avoit-

Tome VII.   I

elle pour objet de favoir véritablement
où étoit Beaumann, ou n'étoit-elle faite
qu'à deffein de prévenir l'Aubergifte
qu'il ne la compromît point, dans le
cas où l'on viendroit lui demander des
renfeignemens fur Beaumann ? Ce n'eft
qu'un doute ; quoi qu'il en foit, toujours
eft-il vrai qu'elle ne voulut point que
le fieur Richer l'accompagnât la premiere fois, & qu'elle l'emmena la
feconde.

Il paroît que l'auberge où il fut conduit
eft tenue par des Allemands : la Lejeune
parla à l'Hôte en allemand ; l'Hôte
répondit dans cette même langue, que
le fieur Richer n'entend pas ; la Lejeune
termina la converfation par dire en françois, que Beaumann étoit parti la veille,
20 Avril, de grand matin, avec l'enfant,
fans rien dire.

De retour chez la Lejeune, le fieur
Abbé Defchamps, qui y étoit refté,
parla de faire courir après Beaumann ;
cette femme propofa pour la courfe
un foldat de la Milice de Paris,
jeune & lefte, qui demeuroit chez elle ;
elle alla le chercher elle-même : on
lui traça la conduite qu'il devoit tenir ;
on lui remit une lettre de la Sœur Sainte-

Claire, & on lui donna de l'argent :
on lui promit en outre de le récom-
penser à son retour, en lui imposant
pour toute condition, de faire consta-
ter sa route sur la lettre, soit par les
Brigadiers de Maréchaussée, soit par les
Directeurs des Postes des villes par où
il passeroit. Le soldat promit de remplir avec zele tout ce qui lui étoit prescrit, & il n'a rien tenu : il n'est pas
même sorti de Paris ; la preuve en est
que quatre jours après, étant allé demander au sieur Richer la récompense
promise, elle lui fut refusée, par la
raison qu'il ne rapportoit point la lettre
de la Sœur Sainte-Claire. Il l'avoit remise, disoit-il, à la Lejeune ; mais cette
femme a refusé constamment de la
représenter, parce que le soldat n'étant
point sorti de Paris, la lettre n'avoit
pu être paraphée d'aucun Brigadier de
Maréchaussée, ni d'aucun Directeur
des Postes ; & que d'un autre côté
elle auroit manifesté toute l'intrigue &
toutes les menées de la Lejeune, &
la connivence du soldat dont elle s'étoit
servie pour les masquer.

Pendant que le sieur Richer & sa
femme attendoient avec la plus grande

inquiétude & la plus grande impatience
des nouvelles de leur enfant, la Sœur
Sainte-Claire employoit tous les moyens
que la prudence pouvoit lui suggérer,
pour prvenir à faire quelque nouvelle
découverte qui pût être plus utile : elle
fit promettre à la Lejeune qu'elle lui
rendroit l'enfant sous quatre jours ; mais
l'enfant ne fut pas rendu ; il étoit même
impossible qu'il le fût dans un si court
espace de temps : cette Religieuse écrivit au Magistrat qui préside à la Police,
pour l'informer de l'enlévement de l'enfant, & du lieu où il pouvoit être : le
Magistrat en donna avis au Préteur de
Strasbourg, qui parvint à découvrir
Beaumann, à qui il fit subir plusieurs
interrogatoires pour savoir de lui la vérité : mais Beaumann étoit tellement
persuadé qu'il étoit le pere de l'enfant,
il le disoit d'une maniere si affirmative, que la garde qui avoit pris soin
de sa femme pendant ses couches,
& quelques soldats à qui il l'avoit
souvent répété, en étoient également
persuadés ; leur imagination en fut si
frappée, qu'ils crurent reconnoître l'enfant : ils allerent même jusqu'à dire,
dans les dépositions qu'ils firent devant

le Préteur, qu'ils le reconnoissoient parfaitement ; qu'ils se souvenoient de l'avoir vu ; qu'il étoit celui là même auquel ils avoient appris à faire l'exercice deux ans auparavant.

Tandis que le Préteur cherchoit ainsi à découvrir la vérité au travers des nuages dont les dépositions des soldats & de la garde-malade l'avoient enveloppée, le sieur Richer & son épouse, placés entre la crainte & l'espérance, étoient dévorés d'inquiétudes.

La tendresse paternelle toujours ingénieuse, fait trouver des moyens qu'elle seule peut suggérer : parmi ceux qu'elle suggéra au sieur Richer, il se rappela qu'il avoit connu autrefois un sieur Delile, Maître Tailleur à Strasbourg ; il lui écrivit aussi-tôt pour le prier d'aller voir son enfant, dont il fit dans sa lettre un portrait, une description détaillée de l'ensemble de sa personne, que l'amour paternel seul pouvoit faire, & une indication exacte & si fidelle du nombre & de la nature de ses plaies, de celles qui étoient ouvertes & de celles qui étoient fermées, & de tous les endroits du corps où elles se trouvoient, qu'à la lecture

I iij

de la lettre, il étoit impoſſible de ſe
méprendre ſur la conformité parfaite
du portrait à l'original.

Le ſieur Deliſle, convaincu que l'enfant, après l'avoir vu, après avoir
conſidéré ſes plaies, appartenoit au
ſieur Richer, alla trouver le Préteur,
& lui lut la lettre : le Préteur reconnut
également la conformité, ou plutôt la
reſſemblance parfaite de l'original au
portrait, & vit qu'on avoit ſurpris ſa
religion ; mais pour s'aſſurer de plus
en plus, pour s'inſtruire d'une maniere
plus ſpéciale, il écrivit au ſieur De-
mars, Agent de la ville de Strasbourg,
à Paris, pour le charger de s'informer
de l'exiſtence du ſieur Richer, de l'enlévement de ſon enfant, & de s'aſſurer
s'il étoit véritablement pere de l'enfant
qu'il réclamoit. Cet Agent manda en
conſéquence le ſieur Richer ; il l'inter-
rogea, & dans le détail des circonſtances de l'enlévement, que le ſieur
Richer lui développa, & qui lui avoient
déjà été dites & développées, il fut
convaincu que l'enfant appartenoit véritablement au ſieur Richer. Auſſi-tôt
il donna avis des découvertes qu'il avoit
faites dans cette converſation, au Pré-

teur, en lui affurant que l'enfant con-
tefté n'étoit pas celui de Beaumann.

Pendant que le Préteur s'occupoit
ainfi à Strasbourg des moyens de découvrir la vérité au travers des nuages
qu'on avoit élevés pour la lui dérober,
M. le Lieutenant de Police s'empref-
foit, à Paris, de lui en procurer la
découverte, avec le fecours des renfeignemens qui lui étoient donnés par
la Sœur Sainte-Claire. Le fieur Richer,
qui étoit alors convaincu par tous les
éclairciffemens qu'il avoit reçus, que
la Lejeune & Beaumann, dont il ignoroit alors le nom, avoient enlevé fon
enfant, alla chez cette femme, lui propofer de le faire revenir, aux offres de
payer même la moitié des frais de
voyage : l'offre fut rejetée ; le fieur Richer fut traité d'impofteur, & éconduit
à coups de bâton.

Cette réception inattendue, igno-
minieufe & cruelle, irrita fa douleur :
alors il rendit plainte *en vol & en en-*
lévement d'enfant, nommément contre la Lejeune, & autres complices &
adhérens, le 4 Juillet 1774. Sur la
plainte, intervint une Ordonnance,
portant permiffion d'informer. Cinq

témoins furent entendus, & il réſulte
de leurs dépoſitions, que l'enfant con-
teſté eſt véritablement l'enfant du ſieur
Richer.

Sur le vu des charges contenues dans
les dépoſitions, la femme Lejeune &
Beaumann furent décrétés de priſe de
corps, & la Lejeune conduite en priſon & interrogée. Le Procès fut réglé
à l'extraordinaire, & ſuivi par récolement & confrontation. Cette femme
préſenta une premiere Requête, ten-
dante à obtenir ſa liberté ; mais elle
ne lui fut accordée que du conſentement du ſieur Richer, & ſous la condition qu'elle donneroit caution de ſe
préſenter au Greffe Criminel, ou y dé-
poſeroit une ſomme de quinze cents
livres : comme elle ne trouva perſonne
qui voulût être ſa caution, elle ſe vit
forcée de dépoſer les quinze cents livres.
En conſéquence, le décret de priſe de
corps ayant été converti en ajournement
perſonnel, elle obtint ſa liberté.

Rendue à elle-même, elle tenta de
charger Beaumann, pour ſe diſculper
& ravoir, s'il étoit poſſible, les quinze
cents livres dépoſées. Dans une Requête qu'elle préſenta à cet effet à M.

le Lieutenant-Criminel, elle demandoit premiérement à être déchargée des
demandes & accusations formées contre
elle; en second lieu, que le sieur Richer fût tenu de faire venir Beaumann
& l'enfant à ses dépens ; & troisiéme-
ment, la remise de son dépôt. On n'y
eut aucun égard. La Sentence qui intervint sur ces différentes demandes,
ordonna » que le dépôt resteroit ès
» mains du Greffier dépositaire, jus-
» qu'à ce qu'il en fût autrement or-
» donné, & qu'elle feroit venir à sa
» requête Beaumann & l'enfant ré-
» clamé «.

La Lejeune a obéi à cette Sentence :
elle l'a exécutée; elle a fait venir en
conséquence, de Strasbourg à Paris,
Beaumann & l'enfant, qui sont des-
cendus chez elle; elle les a reçus &
logés.

Le sieur Richer fut informé à l'instant même de l'arrivée de l'enfant;
mais il ignoroit où il étoit déposé. M.
le Lieutenant-Criminel étoit tellement
persuadé que cet enfant appartenoit au
sieur Richer, qu'il lui fit ordonner de
se transporter chez la Lejeune, à l'effet
d'y reconnoître son enfant, & à la Le-

I v

jeune, de le lui laisser voir. On conçoit aisément quelle joie dut causer aux sieur & dame Richer une nouvelle aussi flatteuse. Ils y accoururent, accompagnés du nommé Lamarche, leur apprentif, du sieur Prevost, fils, propriétaire de la maison où ils demeuroient, du Portier de cette même maison, & d'autres personnes. Lorsqu'ils entrerent chez la Lejeune, l'enfant s'écria, en les voyant : *Ah ! voilà maman ! voilà maman !* A ces mots, la dame Richer tomba évanouie ; elle voulut, revenue de crise, prendre sur ses bras l'enfant qui étoit assis ; mais il se roidit pour ne pas se lever. Elle lui demanda pourquoi il refusoit de venir entre ses bras ; l'enfant sourit, en lui disant, bas à l'oreille : *On ne le veut pas.*

Le sieur Richer fit de suite plusieurs questions à l'enfant, qui répondit à toutes avec justesse ; il dit qu'il connoissoit & Lamarche, & le sieur Prevost, & le Portier ; il les appela séparément par leurs noms. *C'est assez,* dit alors le sieur Richer, *allons nous-en ;* & ils s'en allerent. Lorsqu'ils sortirent, l'enfant leur dit adieu à tous, les appelant tous par leurs noms, & finissant par dire : *Adieu mon papa.*

Si la Lejeune fut sensible à ce spectacle, si elle renferma en elle-même l'inquiétude dont elle devoit être tourmentée, son mari qui étoit présent n'y fut point insensible, ni sans inquiétude pour elle ; il lui fit même de vifs reproches en présence de toute l'assemblée ; ils sont restés profondément gravés dans la mémoire du sieur Richer. » C'est mal à propos, lui dit-il avec » aigreur, que vous voulez faire croire » que cet enfant est celui de Beau- » mann. Vous voyez bien le contraire ; » l'enfant ne parle pas allemand, mais » bon françois ; il reconnoît très-bien » son pere, sa mere, & leurs voisins ; » ne lui parlez donc pas autrement que » françois. Voilà comme vous faites » toujours : voyez dans quel embarras » vous vous mettez «.

Beaumann se rendit ensuite en prison avec l'enfant, en exécution de l'Ordonnance qui l'avoit appelé à Paris. Il subit interrogatoire le 31 Octobre 1774, & on lui rendit la liberté, en le renvoyant en état d'ajournement personnel.

Le sieur Richer & son épouse étoient

I vj

accourus à la prison du Grand-Châtelet, pour revoir l'enfant, dès qu'ils furent qu'il y avoit été conduit ; l'entrevue se fit entre les deux guichets ; Beaumann étoit présent. La Concierge s'approcha de l'enfant pour le rassurer ; car il paroît que la Lejeune & Beaumann l'avoient intimidé par des menaces : il se trouva là un autre enfant, un peu plus âgé, qui savoit parler allemand. On fit parler ces enfans ensemble : celui-ci demanda à l'autre, en françois, lequel de Beaumann ou du sieur Richer étoit son pere : *Celui-là*, dit-il en montrant le sieur Richer. Quelques instans après, il lui fit encore la même demande en allemand ; alors l'enfant rougit, & regarda en tremblant s'il ne seroit point apperçu par Beaumann ; puis il détourna la vue sur le sieur Richer, en indiquant du doigt que c'étoit-là son pere ; la Concierge, frappée de ce qu'elle avoit vu, sépara de Beaumann cet enfant, qu'elle fit conduire à la salle de l'infirmerie.

Le même jour, 31 Octobre, le sieur Richer présenta une Requête, dans laquelle il demanda que l'enfant fût mis en sequestre à l'Hôpital Saint-Louis :

en exécution de l'Ordonnance qui intervint, l'enfant y fut conduit le 7 Novembre suivant, pour y rester en dépôt, à la conservation des droits des Parties, jusqu'à ce qu'il en eût été autrement ordonné.

Mais à peine l'enfant fût-il déposé dans ce pieux asile, où l'humanité souffrante reçoit d'une charité ingénieuse tous les secours dont elle a besoin, que l'on vit, de la part de la Lejeune, ce qui arrive à tous les coupables. Dans l'espérance d'échapper à la peine que mérite son crime, la Lejeune conçut le dessein d'enlever de nouveau l'enfant ; & comme il n'étoit pas facile de faire cet enlévement par elle-même, on a vu roder pendant plusieurs jours dans les cours & dans les salles de l'Hôpital Saint-Louis, des gens apostés par elle, pour épier & saisir le moment favorable. Heureusement toutes ses mesures ont été découvertes, & l'on a défendu de plus laisser voir l'enfant.

Enfin, le Procès alloit être jugé définitivement, & l'enfant rendu aux empressemens du sieur Richer & de son épouse, lorsque, pour éluder la

décision des premiers Juges, la Lejeune appela au Parlement d'une Ordonnance portant jonction, au fond,
d'une demande qu'elle avoit hasardée,
à dessein de la voir rejetée, & ensemble
de toute la procédure extraordinaire :
cette démarche nouvelle n'avoit pour
objet que d'éloigner sa condamnation.
L'Arrêt qui reçut son appel ne lui ac-
corda aucunes défenses.

Au Parlement, l'affaire fut portée à
l'Audience de la Tournelle Criminelle.
Nous savons, disoit M. Truchon, que
l'éloquent Magistrat qui porta la parole
dans la Cause, ne connoissoit point les
extraits d'entrée à l'Hôpital Saint-
Louis, & mortuaire de l'enfant Beaumann ; en sorte que, ni M. l'Avocat-
Général Séguier qui donna les conclusions, ni le Parlement qui a rendu
l'Arrêt, n'en ont aucune connoissance.
C'est-là sans doute un des motifs qui
ont déterminé le Parlement à renvoyer
les Parties » à fins civiles ; & à cet effet,
» à convertir les informations en en-
» quêtes, & de permettre de les con-
» tinuer & d'en faire de contraires, si
» bon le semble aux Parties (la femme
» Lejeune & Beaumann), sauf à re-

» prendre la voie extraordinaire, s'il y
» échet, tous dépens, dommages-in-
» térêts entre les Parties réservés, fur
» lefquels les premiers Juges pourront
» ftatuer «. Cet Arrêt eft du 22 Février 1775.

Le fieur Richer, difoit M. Truchon, eft aujourd'hui muni de ces
extraits; appuyé fur une piece auffi vic-
torieufe, il n'a pas cru devoir fuivre
la voie qui lui étoit tracée par l'Arrêt,
ni continuer l'enquête: il s'eft contenté
de joindre à ces extraits, & autres pieces
de la procédure, quelques certificats de
Religieufes de l'Hôtel-Dieu; ceux d'un
oncle, de la marraine de l'enfant, &
de quelques autres particuliers : ces
certificats deviennent même en quelque forte inutiles ; les preuves font
complettes dans la procédure.

La Lejeune, qui avoit été autorifée
par l'Arrêt à retirer les quinze cents
livres qu'elle avoit été forcée de dépofer au Greffe Criminel, prétendoit que
le fieur Richer l'avoit accufée fauffe-
ment : c'étoit en cet état que la Caufe
a été jugée.

M. Truchon divifa les moyens de
fon Client en plufieurs propofitions.

1°. Difoit-il, » le fieur Richer a la
» poffeffion publique de l'enfant ré-
» clamé «.

» Rappelons d'abord les principes qui
doivent fervir de guides dans les queftions d'état.

» Dans ces conteftations fingulieres,
formées par les paffions les plus fortes
qui puiffent agiter le cœur humain, la
vérité prefque toujours cachée, fe laiffe
à peine entrevoir, & échappe quelquefois aux recherches les plus laborieufes
& les plus opiniâtres; fi elle préfente
à la Juftice un crime certain à punir,
elle lui dérobe fouvent la connoiffance du coupable qu'elle doit frapper:
comme il n'eft point de barriere capable d'arrêter la fougue impétueufe
des paffions, ne feroit-il pas à fouhai-
ter que la Nature au moins pût prévenir ces fcandaleufes conteftations qui
la déshonorent, ou fournir des preuves
infaillibles, qui puffent fervir à autorifer une jufte réclamation, ou à confondre une fuppofition puniffable? Hélas ! fa voix même eft devenue en quelque forte fufpecte; tant les circonftances qui varient à l'infini, rendent
douteufe & incertaine l'application des

principes les plus sûrs dans d'autres matieres.

» Les Jurifconfultes nous apprennent qu'il y a deux genres de preuves deftinées à fixer l'état des hommes ; l'un fondé fur le droit naturel , l'autre fur le droit civil & politique. Tous deux fe réuniffent , ou pour confirmer l'état de celui qui eft troublé , ou pour repouffer celui qui réclame un état. Tout autre genre de preuve eft abfolument impuiffant. La Loi naturelle a établi la preuve qui naît de la poffeffion publique ; elle eft la plus ancienne : la Loi civile & politique a établi la preuve qui naît des regiftres ; celle-ci eft plus nouvelle & plus authentique ; c'eft fur ces deux genres de preuves feulement que porte l'état des hommes : l'autorité formée par le concours de ces preuves eft inébranlable , rien ne peut la détruire. Quand elles ne font pas unies , les queftions peuvent bien dépendre de la variété des efpeces & des circonftances ; mais quand elles fe prêtent un fecours mutuel , alors l'erreur fe diffipe comme l'ombre , l'artifice qui lui fervoit de mafque tombe , tous les doutes difparoiſſent , & la vérité reprend ſes droits.

» Eſt-on attaqué dans un état dont on jouiſſoit ? la poſſeſſion ſuffit à celui qui eſt attaqué. Il n'a pas beſoin de recourir aux monumens publics , ni à aucun autre genre de preuves : il poſſede , & à ce titre ſeul on ne peut pas héſiter à le maintenir. La poſſeſſion a toujours conſervé ſon ancien empire ; elle forme encore aujourd'hui la preuve la plus éclatante & la plus déciſive.

» L'état , diſoit M. Cochin, tome 1, page 590 , n'eſt autre choſe que le rang & la place que chacun tient dans la Société générale des hommes , & dans la Société particuliere que la proximité du ſang forme dans les familles : & quelle preuve plus déciſive pour fixer cette place , que la poſſeſſion publique où l'on eſt d'en occuper une depuis que l'on eſt au monde ?

» Les hommes ne ſe connoiſſent entre eux que par cette poſſeſſion : celui-ci a toujours connu un tel pour ſon pere , une telle pour ſa mere , celui-là pour ſon frere , les autres pour des couſins ; il a été de même reconnu par eux ; le Public a été inſtruit de cette relation. Comment , après trente ou quarante ans , changer toutes ces idées , détacher un homme d'une famille dans laquelle il eſt , pour ainſi dire , enra- ciné par tant d'actes & de reconnoiſ- ſances géminées ? C'eſt diſſoudre ce qu'il y a de plus indiſſoluble ; c'eſt en quelque maniere rendre tous les hom- mes étrangers les uns aux autres. On ne ſe repoſera plus ſur la foi publi- que , & ſur une longue habitude de ſe reconnoître dans un certain degré de parenté. Le frere ſe tiendra en garde contre ſon frere , qui dans peu pourra ceſſer de l'être , ſi la poſſeſſion publique ne le raſſure plus contre de telles révo- lutions ; en un mot , c'eſt ébranler les fondemens de la tranquillité publique , que de ne pas reconnoître l'autorité de la poſſeſſion publique de l'état.

» Celui qui l'a en ſa faveur n'eſt point obligé de remonter à d'autres preuves «. Mais ſi l'on y joint encore l'autorité des actes publics , il ſe forme alors de leur réunion un rempart in- ſurmontable , & tel que rien n'eſt ca- pable de l'ébranler.

Appliquons à cette Cauſe les notions

que nous avons données sur la possession publique.

» Dabord, *le sieur Richer a la possession publique de l'enfant réclamé.* Ses parens, les voisins, ses amis, le parrain & la marraine de l'enfant ont toujours reconnu que cet enfant lui appartenoit. Le rang & la place qu'il a tenu dans sa maison & dans sa famille, a toujours été de notoriété publique ; la mere de l'enfant l'a reconnu pour son fils, l'oncle pour son neveu, le Public a été instruit de cette relation. Comment auroit-on pu former des doutes sur la possession du pere & sur l'état de l'enfant ? D'ailleurs cet état est constaté par un extrait baptistaire en forme. L'enfant est né, il a été baptisé sur la Paroisse Saint-Sulpice, le 29 Septembre 1768, le sieur Richer en rapportoit l'extrait authentique.

» Ce premier monument de l'état de Pierre-François-Alexandre Richer, n'a-t-il pas tous les caracteres propres à attirer la confiance des Magistrats, & à faire le fondement de la possession la plus solennelle & la plus respectable ?

» Sa conduite à l'Hôtel-Dieu vient

encore à l'appui de cette preuve. L'enfant y eft mené par fa mere & la demoifelle Beaufort, fa marraine ; fon entrée y eft conftatée par les regiftres de la maifon. Ajoutez à cela toutes les précautions que le fieur Richer a prifes pour s'affurer que l'enfant y feroit bien traité, la recommandation de la Sœur Sainte-Luce qu'il a follicitée, la déférence de la Sœur Sainte-Claire à cette recommandation qu'il a lui-même demandée ; tout fe réunit, tout concourt à prouver que cet enfant appartient véritablement au fieur Richer.

» Et quelles preuves plus fortes peut-on apporter de la poffeffion d'état d'un enfant, que celle qui fe tire de l'éducation ? Le pere, depuis la naiffance de fon fils, l'a toujours reconnu pour tel, l'a fait voir à fes proches, à fes amis, l'a élevé de fon autorité, au vu & au fu de tout le monde. De cette fuite de reconnoiffances qui fe réiterent journellement, fe forme la poffeffion d'état : à cette conduite, au caractere qu'elle imprime, en quelque maniere, fur l'enfant ; à ces marques certaines, à tous ces traits de lumiere, toute la famille le reconnoît & le reçoit.

» Au surplus, disoit M. Truchon, ce faisceau de témoignages, ce concours de preuves de toute espèce, d'une double possession publique, devient en quelque sorte inutile. La Lejeune & Beaumann n'élevent aucun doute sur la paternité légitime du sieur Richer, ni sur la possession publique de l'état d'un fils qui lui appartient ; ils prétendent seulement que ce fils n'est pas l'enfant actuellement déposé à l'Hôpital Saint-Louis, & celui dont il s'agit.

» Or nous soutenons, ajoutoit-il, que tous les faits de la Cause, soit ceux qui sont constatés juridiquement dans l'information & dans les autres actes de la procédure, soit ceux qui sont reconnus & certains entre toutes les Parties, tendent à prouver que l'enfant porté à l'Hôtel-Dieu, le 5 Avril 1774, par la dame Richer & la demoiselle Beaufort, est le même individu que l'enfant aujourd'hui réclamé.

» Une seconde preuve se tire des recherches & des empressemens du sieur Richer, pour ravoir son enfant.

» Que n'a pas fait le sieur Richer, pour apprendre des nouvelles de son

fils ? Que n'a pas fait son épouse elle-
même ? Quels soins il a pris pour découvrir la ville, le lieu où il avoit été
emmené, la route par où il avoit passé,
par qui, comment il avoit été conduit, & pour aviser aux moyens les
plus prompts & les plus efficaces de le
ravoir ! L'empressement du sieur Richer, pour savoir de la Sœur Sainte-
Claire tous les renseignemens qu'elle
pouvoit lui donner, ses courses chez
M. le Lieutenant de Police, chez
l'Abbé Deschamps, chez la Lejeune,
chez l'Inspecteur, font des marques
non équivoques qu'il possédoit un fils
qu'on lui a ravi. On ne cherche point,
avec tant d'ardeur & d'empressement,
un enfant qui ne nous appartiendroit
pas. Toutes ces recherches ne sont pas
infructueuses : il apperçoit enfin des
traces, quelques vestiges de l'enlévement de son enfant, il conçoit même
l'espoir flatteur de le revoir ; lorsqu'il
voit un reste de ses dépouilles, il appelle la Lejeune chez un Inspecteur de
Police. Le sieur Richer continue ses
courses ; des lettres s'écrivent en conséquence de Paris à Strasbourg, & de
Strasbourg à Paris : mais il est inquiet

de la santé de son fils, il écrit lui-
même pour savoir comment il a pu
soutenir la fatigue du voyage; enfin il
rend plainte de vol & de l'enlévement
de son enfant, & poursuit avec la
plus grande activité la procédure contre la Lejeune & Beaumann, & tous
les autres complices & adhérens.

》Toute cette conduite ne manifeste-
t-elle pas la continuité de sa possession?
Sa douleur, ses larmes, ses recherches,
ses démarches, ses empressemens, son
zele, ses courses infatigables, tout annonce, tout concourt à prouver qu'il
est le pere & le véritable possesseur de
l'enfant.

》Une troisieme preuve se tire de la
reconnoissance de l'enfant.

》Mais veut-on une autre preuve naturelle & non équivoque de cette possession publique, de la paternité que
le sieur Richer invoque à l'appui de sa
demande? on la trouve dans sa premiere entrevue qu'il eut avec l'enfant,
le lendemain de son arrivée de Strasbourg à Paris. Cette entrevue, qui se
fit chez la Lejeune en présence de
plusieurs personnes, étoit bien propre
à faire impression & à remuer le cœur.

Ce

Ce fut pour toute l'affemblée un fpectacle vraiment attendriffant; le langage
des enfans a toujours paru facré, d'autant plus qu'ils ne font agités par aucune des paffions qui troublent les
hommes ; leurs levres font amies de
la vérité, parce que leur cœur eft incapable de menfonge. Ecoutons donc
l'enfant, lorfqu'il voit fa mere après
huit mois d'abfence ; fuivons la marche du fentiment.

» *Ah ! voilà maman, voilà maman !*
s'écrie-t-il en l'appercevant. Tel eft le
cri de la Nature ; ce fentiment s'é-
chappe avec impétuofité à la vue de
celle qui l'a porté dans fon fein. Il
femble par ces mots lui ouvrir fon
cœur, lui exprimer tous les mouvemens de fon ame, lui apprendre les
douleurs qu'il a reffenties de fon abfence, & toutes les violences qu'il a
fouffertes.

» Une autre circonftance de cette entrevue, c'eft la reconnoiffance des voifins. L'enfant reconnoît le fieur Prevoft
fils, le nommé Lamarche, & le Portier
de la maifon ; il les appelle tous par
leurs noms, quoiqu'il n'eût vu l'un
d'eux que rarement, & qu'il ne lui

Tome VII.   K

eût peut-être jamais parlé. Or on ne
dira pas que le fieur Richer lui avoit
fuggéré ce qu'il a dit dans cette entrevue ; il étoit impoffible de prévoir
ce qui s'y pafferoit : ajoutez qu'aucun
de ceux qui y avoient été amenés,
n'avoit vu l'enfant depuis plus de huit
mois.

» Cette preuve acquerroit encore de
la force, s'il étoit poffible, par la reconnoiffance des habits de l'enfant, &
de fa large plaie au talon. Une bague,
un bracelet, une épée furent autrefois
des titres fuffifans pour obliger des
peres à reconnoître, à recevoir pour
enfans, des perfonnes qui leur étoient
inconnues : ici le fieur Richer & fon
époufe, & l'oncle & la marraine de
l'enfant, & le nommé Lamarche, &
le fieur Prevoft, & le Portier de la
maifon, tous reconnoiffent l'enfant réclamé, quoique revêtu d'habillemens
étrangers, & indépendamment de fa
plaie au talon ; les Religieufes Sainte-
Claire, Sainte-Marie, Sainte-Luce &
Saint-Charles ; les garçons de falle, les
filles de l'Hôtel-Dieu, le reconnoiffent
pareillement à fes plaies, à fa figure
qui les avoit frappés, à fes habillemens

qui, par leur élégance, l'avoient fait distinguer de tous les autres enfans, lorsqu'il fut conduit à l'Hôtel-Dieu : enfin toutes ces marques réunies, ou quelques-unes seulement, servirent à rappeler à plusieurs autres encore, qu'il étoit véritablement l'enfant enlevé le 19 Avril précédent. Si toutes ces preuves géminées, si toutes ces reconnoissances suffisent pour éclaircir tous les doutes, pour dissiper tous les nuages que la Lejeune avoit amassés, à dessein de cacher son crime & d'en dérober la connoissance à la Justice, quel effet ne doivent pas produire les traits de ressemblance parfaite du pere & du fils ? Il semble que la Providence, toujours sage, voulant prévenir ce funeste différent, s'est étudiée à graver de ses doigts, sur la face de l'enfant, des marques qui le fissent reconnoître pour être véritablement le fils du sieur Richer.

» Résumons enfin, disoit M. Truchon, les preuves qui fortifient le moyen que nous avons invoqué seul à l'appui de la demande du sieur Richer, parce qu'il suffit seul pour repousser toutes les attaques de la Lejeune & de Beaumann,

K ij

& concluons qu'une poffeffion publique
d'état, qui porte fur un titre auffi authentique qu'un extrait baptiftaire qui eft
appuyé fur des preuves naturelles, mo-
rales & civiles, auffi fortes, auffi mul-
tipliées, eft inébranlable ; c'eft une barriere qu'on ne peut franchir, un triple
mur d'airain, contre lequel viennent fe
brifer toutes les forces réunies de la fcélérateffe & de l'impofture.

» Et qu'apporte-t-on pour la détruire
cette poffeffion publique ? D'une part,
une fauffe perfuafion, une méprife de
la Nature; de l'autre, l'impofture & le
menfonge.

» Beaumann prétend qu'il eft le pere
de l'enfant ; il a foutenu dans fon interrogatoire, à l'appui de cette prétention,
» que lui, ainfi que la dame Lejeune,
ont reconnu l'enfant fi-tôt qu'on le leur
a repréfenté ; qu'il peut produire cinq
à fix témoins, qui attefteront que c'eft
le même enfant qu'il avoit remis à la
femme Lejeune, & qui conféquemment
eft le fien ; qu'il peut prouver encore
qu'auffi-tôt qu'il eft arrivé à Strasbourg
avec fon enfant, celui-ci a reconnu
toutes les perfonnes & tous les lieux
qui lui avoient été familiers auparavant;

obſerve même que les Soldats de ſa connoiſſance à Strasbourg, s'étoient amuſés, avant ſon voyage de Paris, à faire faire l'exercice à ſon enfant, & qu'auſſi-tôt qu'il a été revenu à Strasbourg avec ledit enfant, cet enfant a été de lui-même trouver les mêmes Soldats, & a fait l'exercice «.

» Cette objection renferme cinq aſſertions, que nous allons diſcuter ſéparément. La premiere, que Beaumann reconnut à l'Hôpital Saint-Louis l'enfant dont il s'agit, pour ſon fils ; la ſeconde, que cinq ou ſix perſonnes atteſteront que cet enfant eſt le même qu'il a remis à la femme Lejeune ; la troiſieme, qu'auſſi-tôt qu'il eſt arrivé à Strasbourg, l'enfant a reconnu tous les lieux qui lui avoient été familiers ; la quatrieme, que les Soldats Suiſſes de ſa connoiſſance, qui s'étoient amuſés avec l'enfant à faire l'exercice, avant ſon voyage de Paris, l'ont reconnu auſſi-tôt qu'il a été arrivé à Strasbourg ; la cinquieme enfin, que l'enfant a été de lui-même trouver ces mêmes Soldats, & a fait l'exercice qu'il avoit appris d'eux.

» Mais ces aſſertions ne ſont appuyées ſur aucunes preuves ; elles ſont ſeule-

K iij

ment mifes en avant par un pere malheureux, qui eft dans la bonne foi
que l'enfant dont il eft détenteur lui
appartient véritablement ; elles ne mé-
ritent aucune réponfe. Cependant ré-
pondons à ces cinq affertions, pour
éviter du moins le reproche de vouloir
éluder l'objection, & comme fi cette
objection, & les affertions qui l'étayent,
portoient fur des preuves folides, où
fur des adminicules que la Juftice pût
avouer.

» 1°. Que Beaumann croye avoir reconnu l'enfant à l'Hôpital Saint-Louis
pour être fon fils ; qu'il en foit actuellement encore perfuadé, cette perfuafion ne fera jamais une preuve, il n'en
eft pas moins vrai que l'enfant appartient au fieur Richer ; cette perfuafion
eft l'effet feulement des manœuvres &
de l'impofture de la Lejeune, qui par
l'effet de fes fcéleratéffes eft parvenue
à la lui infpirer. C'eft un malheur de
plus pour Beaumann ; le fieur Richer,
en partageant fon infortune, plaint véritablement fon fort ; il eft en effet déplorable : mais donner pour preuve de
fa paternité & de fa poffeffion de l'enfant, fa bonne foi & la croyance où

il eft que cet enfant lui appartient ; vouloir en être cru, pour ainfi dire, fur fa parole, c'eft fe jouer de la crédu- lité publique, fe moquer du fens commun, & vouloir en impofer à la Juftice.

» 2°. Il dit qu'il peut produire cinq à fix témoins, qui attefteront que cet enfant eft le même qu'il a remis à la Lejeune. Mais ce n'eft-là qu'une fim- ple allégation ; pourquoi ne les avoir pas fait entendre en témoignage, s'il étoit vrai que leurs dépofitions puffent lui affurer des preuves ? L'Arrêt qui a civilifé le Procès en convertiffant les informations en enquêtes, lui avoit per- mis d'en faire de contraires, & il eft refté froidement dans l'inaction. Le fieur Richer lui a fait cependant fignifier l'Arrêt, & une copie en forme des in- formations ; il a donc vu les charges : elles font, il faut l'avouer, de la plus grande force, & voilà pourquoi il a cru devoir refter tranquille ; voilà pourquoi il n'a pas ofé fe fervir de l'u- nique moyen que la Juftice lui préfen- toit de découvrir la vérité ; il défef- péroit fans doute d'acquérir jamais des preuves capables, nous ne difons pas

K iv

de détruire, cela est impossible, mais d'affoiblir celles qui sont constatées par les informations, & soutenues d'adminicules de toute espece.

» 3°. Mais quelles preuves, quels indices même peut-il donner que l'enfant a reconnu, à Strasbourg, toutes les personnes & tous les lieux qui lui avoient été familiers? Il dit bien *qu'il peut prouver*, mais il ne cite ni ne rapporte aucunes preuves. Il paroît seulement que quelques Soldats Suisses & la garde qui avoit eu soin de sa femme lors de sa couche, entendus en témoignage devant le Préteur, ont déclaré avoir reconnu l'enfant pour être celui de Beaumann; nous demandons de quel poids peut être un pareil suffrage. D'abord on ne le produit pas; ce qui fait présumer que Beaumann, & la Lejeune qui dirige toutes ces démarches, ne le croient pas avantageux; mais quand il seroit produit, quand il seroit même tel qu'ils pourroient le souhaiter, il resteroit toujours, indépendamment de l'invraisemblance, du doute & de l'obscurité. Comment est-il possible que cette garde ait reconnu, après une absence de trois ans & demi, un en-

fant qu'elle n'a connu qu'au moment
où elle le reçut du sein de sa mere ?
Suppofons pour un inftant qu'elle l'ait
vu pendant les seize mois qu'il eft refté
à Strasbourg avant d'être apporté à
Paris ; deux ans & demi d'abfence
n'auroient-ils pas été capables , finon
d'effacer, du moins de changer les traits
du visage ? D'ailleurs l'enfant de Beaumann n'auroit eu que trois ans & demi ;
l'enfant du sieur Richer en avoit alors
six ; cette différence eft telle qu'on ne
pouvoit pas s'y méprendre ; auffi , ni
les parens , ni le parrain , ni la marraine n'ont pu le reconnoître. Suppofons encore , contre toute vraifemblance , que l'enfant ait reconnu les
lieux & les perfonnes qui lui auroient
été familiers ; mais en ce cas il n'y auroit rien qui ne pût être l'effet de la
fuggeftion. De quoi Beaumann peut-il
l'avoir entretenu pendant huit mois ?
Ne lui aura-t-il pas parlé de ces prétendus parens , des voifins & des
lieux où il fe perfuadoit qu'il pouvoit
avoir été ?

» 4°. Il en faut dire autant de la reconnoiffance des Soldats Suiffes que

K v

l'on prétend lui avoir appris à faire l'exercice.

» 5°. Enfin la patience échappe, lorſqu'on voit avancer, avec tant de confiance & de ſécurité, que l'enfant *eſt allé de lui-même trouver les mêmes Soldats & faire l'exercice.*

» Mais outre le peu de certitude qu'il y auroit dans des preuves de cette nature, qui, quand elles ſeroient acquiſes, expoſeroient tous les jours l'état des hommes à d'étranges mutations, il y a dans la Cauſe un fait bien poſitif qui diſſipe tous ces fantômes ; c'eſt la mort de l'enfant de Beaumaun, que l'on cherche en vain dans la perſonne de l'enfant Richer, mort dont on rapporte les circonſtances & les extraits en forme, & dont il ſeroit aiſé d'éclaircir davantage la vérité, s'il reſtoit encore quelques nuages. Qui pourroit après cela réſiſter à la vérité ? L'erreur d'un ſonge peut bien tromper quelque temps l'imagination, les illuſions du preſtige peuvent bien faſciner les yeux, & faire paſſer des fantômes pour de véritables objets; mais quand une auſſi vive lumiere frappe nos ſens en plein jour, il n'y

a plus de machine qui puiffe les tromper ; il n'y a que des yeux malades qui
puiffent s'obftiner à ne les pas voir ; on
ne fe refufe pas à l'évidence.

» Il eft vrai qu'on s'eft permis, de la
part de la Lejeune & Beaumann, de
jeter des doutes fur ces extraits & fur
la foi due aux regiftres de l'Hôtel-Dieu,
& de dire qu'ils font confus & inexacts :
mais ce moyen n'a été invoqué qu'en
défefpoir de Caufe ; & ce n'eft point affez
d'avancer un fait auffi grave & auffi
important, il faut le prouver d'une maniere invincible. L'ordre public l'exige,
indépendamment de l'intérêt particulier qui le provoque : ces regiftres
font le dépôt public de l'état & du
fort d'une foule de citoyens ; la foi publique leur eft due à ce titre ; il n'y a
que l'infcription de faux par laquelle ils
puiffent être attaqués ; & cette voie unique, on ne l'a point prife. Et que portent ces regiftres ? que Jean-Jacques
Beaumann, âgé de trois ans, venant
de la couche de la Salpêtriere, eft entré
à l'Hôtel-Dieu le 22 Décembre 1773,
où il eft mort en la maifon de Saint-
Louis le 25 Mars 1774.

» Or il eft prouvé par les informa-

tions, d'accord en cela avec les regiftres de cette maifon, que François-
Alexandre Richer, de la Paroiffe Saint-
Sulpice, n'eft entré à l'Hôpital que le
5 Avril fuivant, c'eft-à-dire, onze jours
après la mort de Jean-Jacques Beaumann, & qu'il en eft forti par l'enlévement qu'en a fait la Lejeune, le
19 du même mois d'Avril. Donc François-Alexandre Richer eft le même individu que l'enfant que nous réclamons,
& qui appartient véritablement au fieur
Richer.

» Il réfulte, difoit M. Truchon, de
tous les faits & des preuves, que la Lejeune eft coupable de plagiat & de fuppofition d'enfant.

» Le crime de plagiat fut de tout temps,
chez les peuples policés, au nombre
des crimes atroces : la Nation qui paffe
pour avoir été la plus fage, l'avoit mis
dans la claffe de ceux que tout particulier pouvoit déférer aux Tribunaux. Chez
les Hébreux, à Athenes, à Rome, chez
les Gaulois, chez les Francs, le plagiaire
& l'homicide étoient vus du même œil;
foumis à la même Loi, ils fubiffoient
la même peine. Cette févérité rigoureufe avoit l'équité pour bafe, & pour

appui la Nature elle-même ; la raison
l'avoit inspirée. Celui qui fait souffrir
à un pere, dans le larcin barbare & inhu-
main de son fils, la même douleur qu'il
auroit ressentie de sa mort, est-il en effet
moins coupable, doit-il être traité moins
rigoureusement que l'homicide & l'as-
sassin dont il imite la cruauté ?

» Parmi nous, ce crime est quelquefois
puni de mort, selon les circonstances ;
ordinairement on le punit par les galeres, & c'est, en ce cas, au Ministere
public à en poursuivre la vengeance ;
la Partie civile, à qui l'action est accordée par la Loi, ne peut réclamer que
des dommages & intérêts.

» Ecoutons M. l'Avocat-Général Bi-
gnon, développant la nature de l'action qui naît du plagiat, dans la fa-
meuse Cause du gueux de Vernon ,
c'est-à-dire, dans une espece qui est, à
certains égards, semblable à cette Cause.

» Lorsque la plainte commence , disoit-il , par l'action publique de l'enlévement d'un enfant , qui se trouve actuellement entre les mains de celui que
l'on accuse de ce crime, ce n'est plus
l'état d'un enfant que l'on conteste, il
ne s'agit pas même de la possession cor-

porelle prife toute feule & en elle
même ; c'eft la maniere & la forme de
la poffeffion *cum dolo* que l'on difpute;
c'eft la malice & l'intention qui fe trouvent dans cette poffeffion que l'on accufe, & qui fait en effet le crime. Tout
le monde eft bien recevable à la découvrir & à la faire ceffer.

» Alors celui qui eft accufé parce
qu'il poffede & qu'il retient injuftement, n'eft pas abfous en difant qu'il
eft le pere de l'enfant; la faveur de ce
nom ne défarme pas la Juftice un moment, elle retarde feulement fon jugement.

» C'eft donc feulement une défenfe
qui fait naître à la vérité une autre
queftion ; favoir, celle de la paternité,
que l'on appelle pour juftifier cette poffeffion dont on fe plaint.

» Cette queftion incidente ne fait
pas ceffer l'autre, qui eft principale;
mais elles fe mêlent toutes deux enfemble , & il faut toujours les inf-
truire , & le plus fouvent les juger
conjointement.

» Il eft donc vrai que la premiere
queftion qui fubfifte encore (celle du
vol de l'enfant), eft celle d'un crime

public, laquelle eſt *publici juris*, & qui pourroit être pourſuivie en droit par toutes ſortes de perſonnes «.

» Telle eſt la maniere dont ce ſavant Magiſtrat expliquoit, en 1657, la nature de l'action qui naît du crime de plagiat.

» Monrouſſeau étoit accuſé du crime d'avoir volé un enfant pour ſe l'approprier ; Jacob Beaumann eſt accuſé aujourd'hui du même crime. Le premier n'étoit point coupable, & néanmoins l'action fut ſuivie avec la plus ſévere rigidité ; le ſecond l'eſt devenu ſans ſe douter qu'il le fût ; ſon erreur eſt tout ſon crime. Auſſi le ſieur Richer, qui partage ſa douleur, a dirigé principalement l'action de plagiat contre la d'Oppinchemitz, femme Lejeune, parce qu'elle eſt la plus coupable. C'eſt elle ſeule qui a formé le deſſein d'enlever l'enfant, & qui a conſommé le double crime à la fois de plagiat, à l'égard du ſieur Richer, & de ſuppoſition d'enfant envers Beaumann. Mais il ne s'agit ici, dans la Cauſe, que du plagiat & de la réclamation de l'enfant volé ; le ſecond crime nous eſt étranger, il n'y a que

Beaumann qui y ait intérêt ; la Loi lui
accorde une action pour en pourfuivre
la vengeance, c'eſt à lui ſeul qu'il appartient de ſuivre cette action.

» La Lejeune eſt donc coupable d'a-
voir volé, à l'Hôpital Saint-Louis,
François-Alexandré Richer à ſes parens, qui l'y avoient dépoſé. Les preuves de ce crime ſont complettes dans
l'information. D'ailleurs cette femme
a avoué elle-même ſon crime ; elle eſt
convenue à l'interrogatoire, qu'elle avoit
enlevé l'enfant dont il s'agit ; elle a
prétendu ſeulement, pour toute juſtifi-
cation, que cet enfant appartenoit à
Beaumann. Mais une preuve qu'elle-
même ne le croyoit pas, ou au moins
qu'elle en auroit été diſſuadée d'a-
vance, c'eſt qu'ayant porté un habit de
l'un de ſes enfans pour en revêtir celui
qui, conduit à l'Hôpital Saint-Louis, de
la Salpêtriere, devoit n'avoir pour tout
habillement que la robe de cette maiſon, elle fut, à n'en pouvoir douter,
que les habillemens qui lui furent remis par la Sœur Sainte-Claire, étoient
trop élégans pour venir de la Salpêtriere, & qu'ils alloient parfaitement
à la taille de l'enfant pour qui ils

avoient été faits, & à qui ils appartenoient. Cette femme est donc certainement coupable ««.

Par Sentence du Châtelet, du mois
de Février 1777, l'enfant fut jugé être
celui du sieur Richer; les demandes
en dommages-intérêts, formées par le
sieur Richer & par Beaumann, furent
compensées, & la femme Lejeune fut
condamnée aux dépens envers toutes les
Parties.

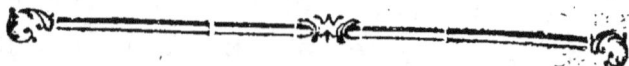

BAPTÊME D'UN MUSULMAN.

LA queſtion jugée dans cette Cauſe
étoit nouvelle & importante. Elle in-
téreſſe l'état de tous les Paſteurs du ſecond ordre. Elle eſt eſſentiellement
liée au gouvernement & à la conſtitution des Paroiſſes.

En 1775, le nommé Joſeph, Mu-
ſulman, originaire d'Egypte, & demeurant dans la Paroiſſe Saint-Ferréol,
témoigna le déſir d'embraſſer la Religion Chrétienne.

Le ſieur Olive, Curé de la Paroiſſe
de Saint-Ferréol dans la ville de Marſeille, l'inſtruiſit des principaux Myſ-
teres de notre Foi.

Il fit enſuite part des diſpoſitions de
cet adulte au ſieur Sarrebourſe de Pont-
le-Roi, l'un des Vicaires-Généraux du
Dioceſe.

Ce dernier lui notifia verbalement
que le baptême des adultes ne pouvoit
être adminiſtré que par les Curés de
l'Egliſe Cathédrale.

Le ſieur Olive, qui avoit conſtam-

ment baptifé les adultes qui habitoient
fur fa Paroiffe , fut furpris d'entendre
prononcer pour la premiere fois une
décifion auffi étrange.

Il fit fommer le Vicaire - Général ,
» de lui donner connoiffance & même
copie du titre en vertu duquel il prétendoit qu'il eft défendu au comparoif-
fant de baptifer les adultes , & que
cette fonction curiale eft attribuée exclufivement aux Curés de la Cathédrale ; lui déclarant que , faute par lui
d'exhiber un pareil titre , il pafferoit
outre à la célébration du baptême , &
que là où on produiroit quelque titre
contraire , il proteftoit de tous fes droits
pour l'attaquer comme nul , abufif &
contraire aux maximes générales du
Royaume «.

Cette fommation demeura fans réponfe.

Mais on fignifia bientôt au fieur
Olive une Ordonnance rendue au nom
de M. l'Evêque , & uniquement fignée
par quelques-uns des Vicaires-Généraux , dont il faut expofer ici les difpofitions. » Sur la connoiffance que
» nous avons eue , porte cette Or-
» donnance , que le fieur Olive , Curé

» de la Paroisse de Saint-Ferréol de
» cette ville, prétendoit baptiser un
» adulte nouvellement arrivé en cette
» ville, appelé Joseph, Musulman,
» originaire d'Egypte, au préjudice
» des Statuts Synodaux de notre Dio-
» cese, art. 7, titre des Sacremens,
» & art. 6, titre du Baptême, ainsi
» que d'une Ordonnance de notre pré-
» décesseur, du 5 Juillet 1742, avons
» fait défense audit sieur Olive, Curé
» de Saint-Ferréol, de passer outre à
» l'administration du Sacrement du
» Baptême dudit adulte, lui enjoi-
» gnant de le renvoyer par-devant
» nous, ou nos Vicaires-Généraux,
» pour être examiné sur les principaux
» Mysteres de notre Sainte Religion,
» & éprouvé sur la sincérité de ses in-
» tentions, nous réservant d'y pour-
» voir ainsi que nous aviserons «.

Cette Ordonnance fut signifiée par
le ministere d'un Huissier.

Sur la signification, le sieur Olive
répondit, que » l'injonction à lui faite
de présenter l'adulte à l'examen étoit
inutile, puisqu'il l'avoit prévenue en
se rendant chez le sieur de Pont-le-Roi,
l'un des Vicaires-Généraux, avec l'a-

dulte; qu'il n'empêchoit, fi MM. les Vicaires-Généraux le trouvoient à propos, que cet adulte fubît tel examen qu'ils jugeroient convenable, en conformité de l'art. 6 du titre du Baptême, des Statuts Synodaux du Diocefe «; mais que, quant aux défenfes de procéder au Baptême, il proteftoit d'en appeler par-devant la Cour : proteftation qui s'appliquoit naturellement au cas où on regarderoit ces défenfes comme une exécution du fyftême qui attribuoit exclufivement aux Curés de la Cathédrale le droit de baptifer les adultes.

Par la même réponfe, le fieur Olive obferva qu'il ne connoiffoit point les difpofitions de l'Ordonnance de 1742, rappelée dans l'acte qu'on lui fignifioit, attendu que » cette Ordonnance ne lui avoit jamais été fignifiée à lui ni à fes prédéceffeurs, & qu'il ne fauroit conféquemment la combattre, interpelant M. le Promoteur de lui en donner connoiffance «.

Cette Ordonnance étoit précifément le titre qui avoit induit les Vicaires-Généraux en erreur fur le prétendu

droit excluſif des Curés de la Cathédrale.

Voici comment elle eſt conçue :
» Par-devant nous Henri-François-Xa-
» vier de Belzunce...., Evêque de
» Marſeille.... ſont comparus Pons
» Raſtegues & Jean Fabre, Curés de
» notre Cathédrale, leſquels nous ont
» dit & expoſé qu'il ſeroit venu à leur
» connoiſſance que quelqu'un des Curés
» de la ville avoit donné le Baptême à
» un adulte ſans leur participation, &
» hors de notredite Egliſe Cathédrale,
» ce qui eſt directement oppoſé à l'u-
» ſage perpétuellement & inviolable-
» ment obſervé dans cette ville depuis
» un temps immémorial, excepté lorſ-
» que nous voulons nous-mêmes don-
» ner ce Sacrement, auquel cas nous
» choiſiſſons telle Egliſe que nous trou-
» vons à propos ; ce qui eſt encore con-
» traire à nos Statuts Synodaux, art. 7
» des Sacremens, qui défend aux Curés
» & ſecondaires d'adminiſtrer les Sacre-
» mens à ceux d'une autre Paroiſſe ; ſi
» ce n'eſt en cas de néceſſité, ou avec
» le conſentement du Curé, ou avec
» notre permiſſion ; & art. 6 du Bap-

» tême, qui dit que, s'il se présente
» quelque adulte pour le Baptême, les
» Curés nous en donneront avis, afin
» que nous examinions par nous-mêmes
» s'ils sont suffisamment instruits des
» principaux Mysteres de notre Foi, &
» que nous éprouvions la sincérité de
» leurs intentions. Or, dans le cas ar-
» rivé, l'adulte qui a reçu le Baptême
» étoit étranger, & censé appartenir à
» notre Eglise Cathédrale, par la même
» raison que les étrangers qui meurent
» en cette ville doivent y être ense-
» velis. Il n'y a eu d'ailleurs aucun con-
» sentement de la part desdits Curés
» de notre Cathédrale, ni aucun exa-
» men, ni permission de la nôtre. Pour
» toutes ces raisons, lesdits Curés nous
» ont très-humblement suppliés & requis
» de vouloir bien réprimer un pareil
» abus dans sa source, & faire défense
» de baptiser à l'avenir aucun adulte
» hors de notredite Cathédrale, ex-
» cepté dans les cas où nous voudrons
» le faire par nous-mêmes, ou que nous
» en donnerons la permission par écrit,
» & cela sous les peines de droit....
» Nous .... Evêque .... vu l'exposé ci-
» dessus, faisant droit aux fins y con-

» tenues, nous recommandons à tous
» les sieurs Curés de cette ville, & à
» autres à qui il appartiendra, de se
» souvenir qu'il ne leur est point per-
» mis de conférer le Baptême à aucun
» adulte, Juif, Mahométan, Idolâ-
» tre, &c. sans notre permission; &
» qu'attendu que les adultes ne sont
» d'aucune Paroisse, ils doivent, selon
» le droit & l'usage immémorial observé
» dans cette ville, être baptisés dans
» notre Eglise Cathédrale, comme ils
» y sont ensevelis en cas de mort, à
» moins que nous n'ayons donné par
» écrit, & pour de très-fortes raisons,
» la permission de baptiser lesdits adul-
» tes dans quelque autre Eglise; & se-
» ront les présentes communiquées aux
» sieurs Curés de cette ville, aux fins
» qu'ils n'en ignorent, & qu'ils s'y con-
» forment à l'avenir. A Marseille, le
» 5 Juillet 1742 «.

Il n'eût pas été difficile au sieur Olive
de manifester le vice de cette Ordonnance; on voit qu'elle avoit été rendue
sans entendre les Parties intéressées;
au fond elle n'étoit appuyée que sur
un prétendu usage, démenti par les
registres de toutes les Paroisses, &
d'ailleurs

d'ailleurs infuffifant pour dépouiller tous les Pafteurs du fecond ordre d'une partie effentielle de leur jurifdiction.

Mais les Vicaires-Généraux n'attendirent même pas que la queftion fût engagée avec eux. Ils la prévinrent en rendant par écrit au fieur Olive le libre exercice de fes fonctions, & en faifant ceffer les défenfes qui lui avoient été faites de baptifer l'adulte dont nous avons déjà parlé, & qui étoit établi dans fa Paroiffe.

En conféquence le Baptême de cet adulte fut célébré.

Mais il falloit aller à la fource du mal. L'Ordonnance de 1742 étoit dénoncée; on ne pouvoit plus en prétendre caufe d'ignorance. A chaque inftant les Parties qui l'avoient requife, pouvoient en demander l'exécution. Il falloit donc, une fois pour toutes, attaquer le titre, pour ne plus voir renaître l'abus.

Par un acte extrajudiciaire, le fieur Olive interpela les Curés de l'Eglife -Cathédrale, de déclarer » s'ils entendoient tirer avantage de l'Ordonnance dont il s'agit, & fe maintenir dans le prétendu droit qu'elle leur attribue :

Tome VII.

dans le cas contraire, de s'en départir, leur déclarant que leur silence ou refus sera pris pour une adhésion formelle à ladite Ordonnance, & que l'exposant prendra les voies de droit, pour la faire réformer «.

Cet acte fut signifié aux Curés de l'Eglise Cathédrale, en la personne du sieur Goujon, l'un d'eux. Il demeura sans réponse.

Le sieur Olive, qui leur avoit déclaré que tout silence de leur part seroit pris pour une adhésion formelle à l'Ordonnance dont il s'agit, se pourvut contre cette Ordonnance par la voie de l'appel comme d'abus.

Sur la signification des lettres d'appel, le sieur Goujon, tant pour lui que pour son collegue, déclara que » le Baptême des adultes & infideles appartient à M. l'Evêque, ainsi qu'il est porté par l'Ordonnance du 5 Juillet 1742 ; qu'il ne prend aucune part à l'exécution de ladite Ordonnance ; que c'est mal à propos que le sieur Olive dirige son appel contre lui, au lieu de le diriger contre M. l'Evêque, & qu'il proteste de demander son renvoi «.

Le sieur Olive répliqua, » que ce n'est pas aujourd'hui, mais bien lors des précédentes significations faites aux sieurs Curés de la Cathédrale, que ceux-ci auroient dû s'expliquer ; qu'au surplus, il est ridicule de dire que l'Ordonnance abusive dont est appel, n'intéresse que l'Evêque, puisqu'elle fut rendue sur la requisition des prédécesseurs des Intimés «.

Depuis, les Curés de la Cathédrale comprirent qu'une Ordonnance, rendue à leur profit & sur la requête de leurs prédécesseurs, ne leur étoit pas étrangere, & se présenterent pour la défendre.

Il s'agissoit donc de prononcer sur le mérite de cette Ordonnance. Est-elle abusive ? ne l'est-elle pas ? C'est toute la question de ce Procès.

M. Portalis, Défenseur du Curé de Saint-Ferréol, soutint qu'elle étoit abusive sous trois différens rapports.

1°. En ce qu'elle prononçoit sur un fait possessoire.

2°. En ce qu'elle avoit été rendue sans entendre les Parties intéressées.

3°. En ce qu'elle entreprenoit sur

les droits des Curés, & qu'elle ren-
verſoit la conſtitution fondamentale
des Paroiſſes. Voici comment il déve-
loppoit ces trois moyens :

1°. L'Ordonnance eſt abuſive, en
ce qu'elle prononce ſur un *fait poſſeſſoire*.

L'*uſage*, ou, ce qui eſt la même
choſe, la poſſeſſion réelle ou imaginaire, légitime ou abuſive, étoit principalement le titre que les Curés de
la Cathédrale invoquoient. Ils ſe plai-
gnoient d'avoir été troublés dans cet
uſage ou dans cette poſſeſſion par *quelqu'un des Curés de la ville*. Leur Requête étoit donc une vraie *complainte*
intentée contre les autres Curés de la
ville ; & l'Ordonnance qui y fait droit
prononce une véritable *maintenue*. Il
s'agit par conſéquent ici d'un Jugement
rendu ſur une matiere poſſeſſoire.

Or c'eſt un principe inconteſtable,
que la connoiſſance de toute matiere
poſſeſſoire appartient excluſivement à
l'autorité ſéculiere.

Dans ces ſortes de matieres, » il y
a, dit Jouſſe ſur l'article 3 de l'Edit
du mois d'Avril 1695, page 37, tou-

jours du fait mêlé avec le droit, dont le Juge d'Eglife ne peut jamais connoître «.

L'article 4 du titre 15 de l'Ordonnance civile de 1667, porte que la connoiffance du *poffeffoire*, en matiere de bénéfices, appartiendra aux Juges Royaux, *privativement aux Juges d'Eglife.*

La même difpofition eft retracée par l'article 3 de l'Edit de 1695.

Il eft vrai que dans notre hypothefe il ne s'agit pas du *poffeffoire* d'un bénéfice.

Mais le principe, en vertu duquel toute queftion *poffeffoire* appartient exclufivement aux Juges féculiers, ne s'applique pas feulement aux bénéfices; il s'applique encore à toutes matieres eccléfiaftiques, aux chofes même les plus fpirituelles.

» Nous étendons, dit l'Abbé de Foi (Maximes fur l'abus, page 295), l'incompétence des Officiaux fur le poffeffoire, conformément aux maximes du Royaume & à l'ufage, même pour les chofes fpirituelles ; en forte que les Juges d'Eglife ne peuvent fans

L iij

abus connoître dans la forme judiciaire
de tout poffeffoire, en fait de Service
divin, de l'ordre des proceffions, des
préféances dans ces proceffions & à l'é-
glife, des droits de paffer proceffion-
nellement, croix haute ou baffe, dans
certains lieux, & d'autres matieres eccléfiaftiques «.

Avant l'Abbé de Foi, Dumoulin
avoit pofé la même maxime : *In regno
Franciæ*, dit il, *cognitio omnis pof-
fefforii, vel quafi, etiam inter Eccle-
fiafticos & de rebus quas vocant fpiri-
tuales, fpectat ad Judicem fæcula-
rem, non ex privilegio aliquo Papæ,
fed jure proprio. Ad cap. 2 de refti-
tut. in-6°. verbo poffeffio.*

La raifon qu'en donne cet Auteur,
eft que toute Caufe poffeffoire tombe
en pur fait, qu'elle eft conféquemment de fa nature temporelle & fécu-
liere, & que l'on ne procede pas *fpi-
rituellement*, lors même qu'il s'agit de
prononcer fur le poffeffoire d'une
chofe fpirituelle : *Omnis caufa poffef-
foria temporalis eft & fæcularis ; non
ecclefiaftici fori in fpiritualibus caufis,
poffefforium coram Judice fæculari*

tractatur ; quia , cum agitur de pof-
feſſorio de re ſpirituali , non ſpiri-
tualiter agitur.

S'agiſſant donc dans les circonſtances d'une matiere poſſeſſoire , c'eſt-à-
dire , d'un droit que les Curés de la
Cathédrale fondoient ſur l'*uſage* , ſur
la *poſſeſſion* , ils ne pouvoient recourir
qu'à l'autorité ſéculiere , pour être
maintenus dans cette *poſſeſſion* , dans
cet *uſage*. L'Ordonnance qui eſt intervenue , eſt donc incompétente ; &
l'on ſait qu'il n'y a pas de plus grand
abus que celui qui prend ſa ſource dans
un défaut de pouvoir , dans une entrepriſe de juriſdiction : *nullus major*
defectus , quàm defectus poteſtatis.

En ſecond lieu , l'Ordonnance eſt
abuſive , en ce qu'elle a été rendue
ſans entendre la Partie intéreſſée.

En effet , il faut diſtinguer les Ordonnances qui interviennent par voie
de réglement , de celles qui prononcent ſur un fait particulier , ſur un
fait contentieux entre deux Parties.

Les premieres ſont des actes légiſ-
latifs émanés du propre mouvement ;
elles ſont uniquement l'ouvrage de la
ſollicitude paſtorale ; l'Evêque les pré-

pare dans le fecret de fa fageffe ; il les délibere avec fon Sénat ; aucun particulier n'eft en droit de concourir à une Loi publique.

Mais toute Ordonnance , tout acte qui intervient fur un fait contentieux entre deux Parties, n'eft point une Loi, c'eft un Jugement. Or , un Jugement n'eft légal qu'autant qu'il eft rendu toutes les Parties entendues ou dûment appelées ; cela tient à ce grand principe , qu'on ne peut condamner perfonne fans l'entendre, *nemo damnatur, nifi auditus.*

Dans les circonftances de la Caufe, l'Ordonnance dont il s'agit n'eft point intervenue dans la forme d'un réglement d'une Loi de difcipline.

Elle eft intervenue fur une demande particuliere , puifqu'elle a été requife par les Curés de la Cathédrale.

Elle eft intervenue fur un fait contentieux entre deux Parties différentes, puifque les Curés de la Cathédrale expofent qu'ils ont été troublés dans leur poffeffion prétendue *par quelqu'un des Curés de la ville , qui , difent ils , a baptifé un adulte fans leur participation.*

Il falloit donc examiner si la possession, dont les Curés de la Cathédrale excipoient, existoit véritablement ; si ce qu'ils dénonçoient comme un trouble, n'étoit pas réellement un droit acquis aux autres Curés de la ville. On ne pouvoit légalement prononcer sur la plainte d'une Partie, sans entendre l'autre.

On ne feroit peut-être pas un crime à un Juge, à un Supérieur Ecclésiastique, d'avoir négligé quelque formalité purement civile, quoiqu'il soit vrai que les formes établies par nos Ordonnances, doivent être inviolablement *observées* dans tous les Tribunaux, *même dans les Officialités.* C'est la disposition textuelle de l'Ordonnance de 1667, tit. I, art. I.

Mais il n'est permis à aucun Tribunal sur la terre de négliger ce qui est de la substance des Jugemens, ce que les Loix naturelles prescrivent indépendamment de toute Loi civile & canonique ; en un mot, les regles qui ne font point d'institution positive, & qui appartiennent à la Justice immuable, à la Justice essentielle. Il y a donc abus dans

L v

une Ordonnance qui offre la violation de ces regles, & qui a été rendue sans que les Parties intéressées aient été entendues ni même appelées.

On observeroit en vain qu'on lit, à la fin de l'Ordonnance dont il s'agit, qu'elle sera communiquée aux Curés de la ville ; car quel est l'objet de cette communication ? C'est *afin qu'ils n'en ignorent & qu'ils s'y conforment à l'avenir.* Qui ne voit donc que, par une pareille communication, on se proposoit, non d'appeler les Curés de la ville comme Parties, mais de les contraindre comme inférieurs ? non de les entendre, mais uniquement de les soumettre ? Encore cette sorte de communication n'a jamais été faite. Les Curés de la Cathédrale se méfiant sans doute de la légitimité du titre qu'ils avoient obtenu, l'ont condamné de tout temps à l'obscurité la plus profonde. Aujourd'hui même ils ont hésité, quand il a été question de le défendre ; que n'étoient-ils assez justes pour l'abandonner ?

En troisieme lieu, l'Ordonnance est abusive, en ce qu'elle entreprend sur

les droits des Curés, & qu'elle renverse la constitution fondamentale des
Paroisses.

Cette Ordonnance attribue aux Curés
de la Cathédrale le droit de baptiser
les adultes, privativement aux autres
Curés de la ville.

Par cette disposition, elle opere trois
effets essentiels : 1°. elle restreint la
Jurisdiction des Curés, auxquels elle
interdit l'administration du Baptême
des adultes : 2°. elle donne une Jurisdiction plus étendue, & même une
sorte de supériorité hiérarchique à ceux
auxquels elle attribue exclusivement
cette administration : 3°. elle tend à
fixer les limites des Paroisses, moins
par les bornes de leurs territoires, que
par la qualité des personnes.

Or, sous ces trois points de vue, l'Ordonnance ne renverse-t-elle pas la discipline fondamentale de l'Eglise ? Ne
choque-t-elle pas toutes nos Loix canoniques, tout notre Droit public Ecclésiastique François ?

D'abord, l'Ordonnance restreint la
Jurisdiction des Curés, auxquels elle
interdit le Baptême des adultes. Le peut-
elle sans abus ?

Les Curés ne tiennent pas leur autorité des hommes; ils la tiennent immédiatement de Dieu même.

Tous les Auteurs ont vu l'inftitution des Pafteurs du fecond ordre dans la vocation des foixante & douze difciples, appelés, non par les Apôtres, mais par celui même qui avoit choifi les Apôtres: *Ecce ego mitto vos.*

C'eft cette origine que l'Evêque leur rappelle, lorfqu'ils font affemblés en fynode: *Fratres dilectiffimi*, leur dit-il, *& Sacerdotes Domini, cooperatores ordinis noftri eftis..... nos vices apoftolorum fungimur, vos ad formam difcipulorum eftis.*

Il eft écrit par-tout que les Curés font Prélats & hiérarchiques inférieurs dans l'Églife; que c'eft de droit divin qu'ils font les Pafteurs des peuples foumis à leur Jurifdiction; qu'ils font chargés, par état, d'adminiftrer les Sacremens *ex ftatu & ordinario jure*; & qu'enfin le même principe qui rend les Evêques ordinaires dans leurs Diocefes, leur affure cette prérogative dans leurs Paroiffes.

Il eft vrai que le territoire des Paroiffes, ainfi que celui des Diocefes, a été fixé par l'Eglife.

Mais si le partage des Paroisses a une origine humaine, la Jurisdiction des Curés est de droit divin, comme celle des premiers Pasteurs. Gerson & Bossuet l'enseignent. Comment seroit-il possible de le méconnoître, quand on croit avec les Conciles, qu'il y a dans l'Eglise une hiérarchie fondée par Jésus-Christ, & que cette hiérarchie n'est pas moins composée des Prêtres que des Evêques?

Les principes sur l'institution des Pasteurs du second ordre ont pu être obscurcis chez nos voisins.

Mais en France ils ont toujours fait partie de l'enseignement public & national. L'Université de Paris les a défendus avec courage. En diverses occasions, elle a censuré la doctrine contraire, comme scandaleuse, erronée dans la foi, & destructive de l'ordre hiérarchique.

Les Parlemens, les autres Cours Souveraines ont également protégé de toute leur autorité ces maximes. En 1665, le Pape Alexandre VII condamna, par une Bulle du 25 Juin, deux censures de la Faculté de Théologie de Paris contre la proposition, échappée

dans des Ouvrages du temps, que les
Curés ne font pas immédiatement établis de Jéfus-Chriſt, & que, dans la
naiſſance de l'Eglife, les Curés n'a-
voient aucun droit pour diriger les
ames. M. Talon s'en rendit appelant
comme d'abus le 29 Juillet, même
année, & par l'Arrêt qui reçut ſon appel, le Parlement ordonna que les deux
cenfures de la Faculté de Théologie feroient regiſtrées au Greffe de la Cour;
il fit inhibitions & défenſes à toutes
perfonnes de foutenir & enfeigner les
propofitions cenfurées, à peine d'être
procédé extraordinairement contre eux;
il ordonna en outre que les Supérieurs
des monaſteres des quatre Mendians,
des Bernardins, du Collége de Clermont, & autres maifons de Paris, où
il y a exercice de Théologie, feroient
mandés en la Cour, pour leur être enjoint d'empêcher que ceux qui régen-
teroient dans leurs monaſteres ou maifons, n'enfeignaſſent aucunes propofitions cenfurées, & que l'Arrêt feroit
envoyé aux Bailliages, Sénéchauſſées
& Univerfités du reſſort, pour y être
lu, publié & regiſtré.
La doctrine de l'Univerfité de Paris

fur l'inftitution & l'état des Curés, a
donc été jugée faire partie de nos li-
bertés, de notre Droit public eccléfiaftique, & ne pouvoir être contredite
ou méconnue fans offenfer nos Loix &
nos maximes françoifes.

De ce que les Curés font de droit divin, de ce qu'ils font Ordinaires dans
leurs Paroiffes, il fuit qu'ils ont par leur
titre la charge des ames & le droit
d'exercer toutes les fonctions qui dépen-
dent de cette charge.

Il fuit encore que l'on ne peut limiter leur Jurifdiction, fi ce n'eft dans les
cas de droit, & en obfervant les formes canoniques.

En effet, qu'entend-on par un Ordinaire ? On entend celui qui n'a point
une autorité précaire & empruntée, qui
tient de fon titre le pouvoir qu'il exerce,
& qui ne peut perdre ce pouvoir, fans
être dépouillé de fon titre même : *Or-*
dinarii dicuntur, qui jurifdictionem,
non ex fpeciali aliquâ delegatione feu
commiffione, fed vi fuâ dignitatis five
officii accipiunt.

S'il a été jugé que les Curés ont le
droit de choifir leurs Vicaires, & que

l'on ne peut leur donner des coopéra-
teurs malgré eux ; s'il a été déterminé
par les Conciles, & notamment par
le Canon *omnis utriusque sexûs* du
Concile de Latran, qu'aucun Prêtre ne
peut exercer les fonctions curiales dans
une Paroisse, sans la délégation du propre Pasteur ; si les Loix attestent que
les Curés sont seuls chargés du soin des
ames dans leurs Paroisses ; si les Parlemens, en donnant, par leur enregis-
trement, la sanction publique à l'établissement des Ordres Religieux ou des
Congrégations séculieres, ont apposé la
condition essentielle, que les membres
de ces Ordres ou de ces Congrégations
ne pourront exercer les fonctions curiales, ou administrer les Sacremens dans
les Paroisses sans le consentement exprès
des Curés ; enfin, si tous les Auteurs
ont soutenu qu'aucune puissance sur la
terre ne peut ni détruire, ni affoiblir, ni
démembrer l'état des Pasteurs du second ordre, c'est que l'on est parti du
principe que les Pasteurs du second ordre sont de droit divin, qu'ils sont vrais
Ordinaires, que par conséquent l'on ne
peut les priver arbitrairement de leurs

fonctions, & qu'il n'est pas au pouvoir des hommes de détruire l'ordre établi de Dieu même.

Dans ces circonstances, il faut de deux choses l'une, ou soutenir que le pouvoir de baptiser les adultes n'est point une fonction curiale, ou reconnoître que l'on ne peut priver les Curés de cette fonction dans leurs Paroisses.

Dira-t-on que le pouvoir de baptiser les adultes n'est point une fonction curiale ?

Mais d'abord, le pouvoir de baptiser en général appartient incontestablement aux Curés. Cela est attesté par tous les Canonistes.

Le Pere Thomassin, dans son Traité de la Discipline Ecclésiastique, en parlant, d'après les Conciles, des pouvoirs & des obligations des Curés, s'exprime en ces termes : » Ils sont chargés du salut & du soin des Fideles, depuis le moment de leur naissance jusqu'au jour de leur sépulture. Ils doivent les instruire par leurs prédications...; ils doivent leur donner le Baptême, les disposer à la Confirmation, leur apprendre après cela l'Oraison Dominicale & le Symbole «.

M. l'Abbé Fleury, dans son Institution au Droit ecclésiastique, enseigne
» que le Ministre ordinaire du Sacrement
de Baptême est le propre Curé, ou un
Prêtre commis de sa part ; & que c'est
principalement à cause de cette naissance
spirituelle que l'on a donné le nom de
Pere aux Pasteurs de l'Eglise.

» L'administration du Baptême, dit
l'Auteur du Dictionnaire Canonique,
est un droit paroissial qu'on ne peut exercer au préjudice du propre Prêtre, c'est-
à-dire, du Curé, à qui il est enjoint,
à ce sujet, d'entretenir toujours dans
un bon état ce qui est nécessaire pour
le Baptême «.

Il est même si vrai que le pouvoir
d'administrer le Baptême est un droit
paroissial, que, suivant les Auteurs,
l'Eglise paroissiale est également appelée
Eglise baptismale : *Parocho baptisan-
di munus ita proprium est, ut inde
ecclesiæ parochiales dictæ sint baptis-
males.*

Gibert, dans ses Institutions ecclé-
siastiques & bénéficiales, examinant
quelles sont les marques qui distin-
guent les Eglises paroissiales d'avec les
autres, dit clairement » que l'obliga-

tion & le droit de baptiser, de porter le Viatique & l'Extrême-Onction aux malades.... font les principales marques des Eglifes paroiffiales ".

Mais, dit-on, il ne faut pas confondre le Baptême des adultes avec celui des enfans. Tant que le Baptême n'a été conféré qu'aux adultes, l'Evêque feul en a été le Miniftre. Si les Curés ont aujourd'hui le droit de baptifer, c'eft que dans le cours ordinaire on ne confere plus le Baptême qu'aux enfans. S'agit-il de baptifer un adulte? Aujourd'hui, comme autrefois, le droit n'en appartient qu'à l'Evêque, qui peut exercer ce droit en perfonne, ou déléguer qui bon lui femble.

Ne croiroit-on pas, d'après ce fyftême, que le Baptême des adultes & celui des nouveaux nés font deux Sacremens diftincts, qui ont chacun leur nature, leur application, & leur Miniftre?

Il n'y a pourtant dans l'Eglife qu'un Baptême, comme il n'y a qu'une Foi : *Unus Dominus, una Fides, unum Baptifma.*

Le Baptême des adultes & celui des

enfans nouveaux nés ne different donc point par leur fubftance ; ils different uniquement par l'âge des perfonnes qui fe préfentent à l'Églife, & par quelques cérémonies.

Nos peres retardoient la cérémonie du Baptême jufqu'à un certain âge, parce qu'ils penfoient que les Loix religieufes, qui font des Loix de choix & de perfuafion, ne devoient compter au nombre de leurs fujets que ceux qui les embraffoient par perfuafion & par choix.

Dans la fuite, les dangers d'un retardement, qu'une mort imprévue ou prématurée pouvoit rendre irréparable, firent établir la coutume de baptifer les enfans au moment même de leur naiffance. Mais c'eft toujours le même Sacrement, le même Baptême, dont l'effet eft de régénérer en Jéfus-Chrift les perfonnes auxquelles on l'applique.

Pourquoi donc les Curés, qui ont inconteftablement, & par un droit propre, le pouvoir de baptifer les enfans, n'auroient-ils pas également, par un droit propre, le pouvoir de baptifer les adultes ? S'agiffant toujours du même

Sacrement, pourquoi l'administration cesseroit-elle d'en appartenir au même Ministre ?

On objecte qu'autrefois l'Evêque administroit presque toujours lui-même le Baptême. Mais qu'en conclure ? Dans l'enfance de l'Eglise, l'Evêque exerçoit par lui-même beaucoup plus de fonctions qu'il n'en a exercé par la suite. Il faisoit toutes les instructions, il administroit tous les Sacremens. Le troupeau étoit alors peu nombreux, il se rassembloit tout entier sous les yeux du premier Pasteur. Faudra-t-il conclure de là qu'il n'y a aucune différence à faire entre les fonctions sacerdotales & les fonctions épiscopales ou pontificales ? Faudra-t-il conclure que les Curés ne font que les délégués des Evêques, attendu que les Evêques remplissoient alors par eux-mêmes presque toutes les fonctions que les Curés remplissent aujourd'hui ?

Il est incontestable que la plénitude des fonctions du Sacerdoce est attachée au caractere épiscopal : mais il ne les possede pas toutes exclusivement ; & le Pere Thomassin nous apprend

pourquoi l'Evêque adminiſtroit lui-
même le Baptême.

» Comme on ne ſéparoit point ordinairement, dans les premiers ſiecles,
dit-il, les trois Sacremens de Baptême, de la Confirmation & de l'Eu-
chariſtie, l'Evêque, étant le ſeul qui
pût réguliérement donner la Confirmation, auſſi étoit-il le plus ſouvent le
Miniſtre du Baptême «. Ce n'eſt donc
point à titre de fonction épiſcopale que
l'Evêque étoit dans l'uſage d'adminiſtrer le Baptême ; il le faiſoit par une
ſuite de fonctions, & parce que le
Baptême ſe conféroit alors en même
temps que la Confirmation.

Tous les textes ne nous repréſen-
tent jamais l'adminiſtration du Baptême que comme une fonction ſacerdotale : *Conſtat Baptiſmum à ſolis Sa-
cerdotibus eſſe tractandum.* C'eſt l'ex-
preſſion unanime de tous les Canons,
qui s'appliquent, tant au Baptême des
enfans nouveaux nés, qu'à celui des
adultes.

Saint Paul, écrivant aux Corin-
thiens, regardoit ſi peu l'adminiſtration
du Baptême comme une fonction épiſ-

copale de sa nature, qu'il leur disoit :
« Je n'ai point reçu l'apostolat ou l'é-
piscopat pour administrer le Baptême,
mais pour annoncer l'Evangile ; *non
enim misit me christus baptisare, sed
evangelisare.* Or, qui, mieux que ce
saint Apôtre, pouvoit connoître l'étendue & les fonctions distinctives du Ministere épiscopal « ?

Nous lisons, dans les Actes des
Apôtres, que Saint Pierre, après avoir
prêché & converti une grande foule de
Peuple, sur lequel il fit descendre le
Saint-Esprit, laissa aux Disciples, que
les Pasteurs du second ordre représen-
tent aujourd'hui, le soin de baptiser
tous ceux qu'il venoit de gagner à la
Foi.

L'Abbé Fleury, dans son Histoire
Ecclésiastique, rapporte un fait arrivé
à l'Eglise de Meltines en Sicile, qui
prouve que, dès l'année 417, il y avoit
des Paroisses établies, & des Prêtres
titulaires qui administroient *le Baptême solennel à Pâques & à la Pente-
côte,* dans les Eglises dont ils étoient
chargés.

Il est donc évident que dans aucun
siecle le droit d'administrer le Baptê-

me, foit folennel on non folennel, n'a été réputé fonction épifcopale.

La difcipline des derniers fiecles a fur-tout rendu beaucoup plus fenfible le droit des Curés, en concentrant davantage la follicitude de l'Evêque dans l'adminiftration générale du Diocefe, & en féparant avec plus de précifion les territoires confiés aux Pafteurs particuliers; témoin la pratique de toutes les Eglifes, le témoignage de tous les Auteurs, tous les Conciles, toutes les Ordonnances du Royaume, qui ne s'a-dreffent jamais qu'aux Curés, quand il s'agit du Baptême ou des regiftres du Baptême.

Auffi Vanefpen, après avoir dit qu'autrefois les Evêques adminiftroient fouvent le Baptême en perfonne, ajoute, fans diftinguer le Baptême des adultes de celui des nouveaux nés, que les Curés font les Miniftres ordinaires de ce Sacrement dans leurs Paroiffes, & qu'ils le font par un droit propre & or-dinaire.

Il eft vrai que les Loix Eccléfiaftiques, les Ordonnances fynodales des Diocefes, défendent aux Curés de baptifer l'adulte qui fe préfente, fans avoir fait

part

part à l'Evêque des dispositions de cet adulte. Mais cette inspection réservée à l'Evêque, n'est qu'une précaution de Police, qui n'altere en rien le droit du Curé. En effet, voici ce que nous lisons dans des Statuts synodaux de M. le Cardinal le Camus : » Si quelque adulte, ou quelque autre personne avancée en âge, se présente pour être baptisée, les Curés surseoiront le Baptême, & nous en donneront avis, afin que nous puissions faire les enquêtes nécessaires, pour éviter les surprises & les sacriléges qui se commettent souvent par des vagabonds, & des Turcs qui se font baptiser plusieurs fois, pour avoir quelque aumône des assistans, & de ceux qui les tiennent sur les fonts «. La même disposition se rencontre dans une Ordonnance de 1702, de M. de Cosnac, Archevêque d'Aix, & dans plusieurs autres Ordonnances, recueillies par Gibert (a).

Résulte-t-il de ces textes, que les Curés n'ayent pas le droit de baptiser

_____

(a) Consultat. Canóniques sur les Sacremens, tom. 2, Consultat. 7, pag. 107 & suiv.

Tome VII.   M

les adultes, & qu'ils ayent befoin d'une
délégation expreffe de l'Evêque ? N'eft-il
pas vifible, au contraire, que les Ordonnances citées reconnoiffent & fuppofent le droit inné des Curés, puifqu'elles ne font qu'en furfeoir l'exercice,
jufqu'à ce que l'Evêque ait pris les *informations néceffaires pour éviter les
furprifes & les facriléges ?*

Inutilement voudroit-on conclure
de tous ces réglemens, que le Baptême
des adultes eft un acte de Jurifdiction plus important que l'adminiftration du Baptême des enfans nouveaux
nés. Il n'y a qu'un Baptême dans l'Eglife.
La crainte de voir des Infideles trafi-
quer de nos Sacremens, a fans doute
fait établir certaines regles, pour les
cas où il s'agit d'adminiftrer le Baptême
à un adulte ; mais l'objet de ces regles,
uniquement établies pour éprouver les
difpofitions du fujet qui reçoit le Sacrement, eft abfolument étranger au pouvoir du Miniftre qui le confere. Il ne
faut donc pas prendre le change fur le
véritable efprit des Ordonnances inter-
venues fur la matiere. Ces Ordonnances
ne font que des Loix de Police, qui, loin
de compromettre ou de reftreindre

le pouvoir des Curés, prescrivent simplement des précautions pour en éclairer l'usage.

La solennité que l'on apporte dans
l'administration du Baptême des adultes,
ne porte à cet égard aucune atteinte
au droit des Curés. Les cérémonies qui
précedent ou qui accompagnent cette
administration, n'ajoutent rien à la
substance de l'acte. Elles ne sont que
d'institution humaine ; elles ne sau-
roient dénaturer une fonction qui est
sacerdotale par son institution divine.

L'administration du Baptême, soit
qu'il s'agisse de conférer ce Sacrement
à un adulte, soit qu'il s'agisse de le
conférer à un enfant nouveau né, est
donc, de sa nature, un droit curial,
& non une fonction épiscopale. Dans
les cas de nécessité, toute personne,
même celle qui n'est pas baptisée, peut
conférer le Baptême. Hors de là, les Curés ou leurs représentans sont par état
les vrais Ministres de ce Sacrement,
ex statu & ordinario jure.

Cependant, en soutenant que l'administration du Baptême des adultes n'est
point une fonction épiscopale, on est
bien éloigné de vouloir contester à l'Evê-

M ij

que le droit d'adminiſtrer en perſonne
ce Sacrement quand il le trouvera bon.
L'Evêque eſt le premier Paſteur. En lui
réſide éminemment le gouvernement
de toutes les Paroiſſes du Dioceſe. A ce
titre, il peut, quand il le juge à propos,
adminiſtrer par lui-même les Sacremens
dans toutes les Egliſes paroiſſiales, &
ſuppléer au défaut ou à la négligence
des Curés, dans tous les cas de droit
ou de dévolution.

Mais ces prérogatives inconteſtables
ne renferment point celle de commettre
arbitrairement les fonctions curiales au
préjudice du Curé.

» L'Evêque, diſent les Auteurs, eſt
le Prélat & non le Curé univerſel du
Dioceſe. L'Evêque & le Curé ſont tous
deux Paſteurs du même troupeau,
mais ils le ſont dans un ordre & dans
un degré différent. Le Curé eſt le
ſeul Paſteur immédiat pour les fonctions curiales. L'Evêque eſt l'unique
Paſteur immédiat pour les fonctions
pontificales.

» Il eſt vrai que l'Evêque peut,
comme ſupérieur du Curé, exercer en
perſonne toute fonction ſacerdotale,
dans une Egliſe paroiſſiale, pourvu

qu'il n'y ait de fa part aucune affectation ni abus. Mais lorfqu'il ne juge
pas à propos de célébrer ou d'adminiftrer par lui-même, le droit du Curé
ne trouve plus d'obftacle qui l'arrête ;
c'eft au Curé qu'il appartient de faire
les fonctions, parce que fon titre les
lui affecte ; & l'Evêque n'eft pas autorifé à l'en dépouiller, pour les commettre à d'autres. Quoique l'Evêque foit
Ordinaire, & qu'il puiffe déléguer, il
n'eft pas maître d'anéantir la Loi qui
délegue le Curé, & qui le rend Ordinaire dans fa Paroiffe ".

Nous lifons dans les Conférences
d'Angers (a), que *le Prêtre qui a la
charge des ames*, eft le vrai Miniftre
du baptême des adultes, & que, fi on
eft en coutume d'en déférer la cérémo-
nié à l'Evêque, c'eft *par refpect*. On
eft donc bien éloigné de croire que cette
cérémonie foit une fonction épifcopale,
que l'Evêque puiffe commettre arbitrairement, puifque l'on enfeigne qu'elle
lui eft déféréc, non à titre de droit,
mais feulement *par refpect*, c'eft-à-
dire, par égard, par pure convenance.

_____

(a) Sur le Baptême, page 222.

M. l'Abbé Fleury (a), après avoir
dit que les adultes doivent être baptisés aux jours solennels, & par l'Evêque en personne autant qu'il se peut,
ajoute tout de suite : Le Ministre ordinaire de ce Sacrement est le propre
Curé, ou un Prêtre commis de sa part.
Cet Auteur annonce donc bien clairement que, si l'Evêque *ne peut admi-*
nistrer en personne, la cérémonie appartient incontestablement au Curé,
comme *Ministre ordinaire*; il va même
jusqu'à dire que le Curé peut déléguer
un Prêtre; ce qui prouve sans réplique,
que c'est par un droit propre, & non
comme délégué de l'Evêque, que le
Curé administre le Baptême; car un
délégué ne pourroit en déléguer un
autre.

Enfin le Rituel Romain s'exprime
en ces termes : *Adultorum Baptis-*
mus, ubi commodè fieri potest, ad
Episcopum deferatur, ut, si illi placue-
rit, ab eo solemniùs conferatur. Alio-
quin Parochus ipse baptizet, statâ cœ-
remoniâ (b).

_____

(a) Institution au Droit Ecclésiastique, tom.
I, part. 2, chap. 3.
(b) Tit. de Baptismo adultorum, pag. 36.

Le Baptême des adultes n'est donc déféré à l'Evêque, qu'autant que la chose peut se faire commodément, *ubi commodè fieri potest*; quand il ne plaira point à l'Evêque d'administrer par lui-même, la cérémonie du Baptême appartiendra de droit au propre Curé, *alioquin Parochus ipse baptizet*.

Il y a plus : il est reconnu dans toute l'Eglise Catholique, que le Sacrement de l'Ordre est le seul dont l'administration soit essentiellement réservée au caractere épiscopal. La discipline, il est vrai, ne permet pas au Prêtre de conférer celui de la Confirmation, sans une délégation expresse du Pape, ou de l'Evêque. Si ce Sacrement peut être administré par un délégué, qui n'est pas revêtu du caractere épiscopal, il n'est donc pas essentiellement affecté à l'épiscopat ; & les cinq autres Sacremens sont du ministere du Curé. C'est ce qui a fait dire à M. Habert, Evêque de Vabres, dans un Ouvrage qu'il publia en 1643, sur le pontifical grec, qu'un seul degré sépare les Prêtres des Evêques, *uno tantùm gradu dividuntur* (a).

_____

(a) Pag. 172.

M iv

L'adminiſtration du Baptême des
adultes eſt donc inconteſtablement une
fonction ſacerdotale, une fonction qui
appartient aux Curés. Or l'Evêque peut
bien remplir lui-même cette fonction,
quand il le trouve bon; mais il ne peut la
déléguer au préjudice des Curés, qui,
encore une fois, ſont de droit divin,
& vrais Ordinaires. On ne peut donc
limiter arbitrairement léur juriſdiction.
L'Ordonnance de M. de Belzunce, qui
interdit généralement à tous les Curés
du Dioceſe de Marſeille l'adminiſtration du Baptême des adultes, eſt donc
eſſentiellement abuſive, comme contraire à la conſtitution fondamentale de
l'Egliſe.

Mais ſi l'Ordonnance de M. de Belzunce eſt abuſive, en ce qu'elle réſtreint
la juriſdiction des Curés, auxquels
elle interdit l'adminiſtration du Baptême des adultes, ne l'eſt-elle pas également en ce qu'elle aſſure une juriſdiction plus étendue, & une ſorte de
ſupériorité hiérarchique aux Curés de la
Cathédrale ?

Les Curés de la Cathédrale ne ſont
point la Cathédrale.

La Cathédrale & la Paroiſſe ſont deux

chofes diftinctes, quoiques deffervies dans un même temple matériel, *& fub eodem tecto.*

La Cathédrale n'eft autre chofe que l'Evêque avec fon Sénat. C'eft ce qui fait dire à l'Auteur des Mémoires du Clergé, que l'Eglife Cathédrale eft l'Eglife de l'Evêque, qu'elle eft honorée du titre de Cathédrale, parce qu'elle eft le fiége de l'Evêque; que c'eft la chaire épifcopale qui fait que cette Eglife eft la mere des autres, & le centre de la Communion de tout le Diocefe.

Mais les Curés-Vicaires perpétuels de la Cathédrale ne font, à ce titre, ni chefs, ni membres de la Cathédrale, ce font tout au plus des délégués, que le Chapitre prépofe pour exercer, non les droits de *cathédralité*, mais les fonctions curiales dans le diftrict paroiffial, qui fut réfervé à la premiere Eglife du Diocefe, lors de la diftribution des territoires.

Il s'agit donc de raifonner de Curé à Curé, de Vicaire perpétuel à Vicaire perpétuel, de Paroiffe à Paroiffe. Or tous les Curés ne font-ils pas effentiellement égaux ? N'ont-ils pas la

M v

même inftitution, la même origine? ne
font-ils pas unis par un caractere commun, par le même facerdoce?

Quand l'Homme-Dieu a dit aux difciples affemblés, *ecce ego mitto vos*;
il l'a dit à tous. Leur miffion eft commune. Ils ont la même vocation. Pourquoi donc voudroit-on établir entre eux
des différences que la Loi originelle de
leur inftitution n'a point établies?

Sans doute il exifte dans l'Eglife une
hiérarchie fondamentale, & dans l'ordre de cette hiérarchie, les Curés reconnoiffent des Supérieurs. Le droit
de l'Evêque, par exemple, eft au deffus
de celui des Curés ; mais il eft vrai
auffi que le droit des Curés ne lé cede
qu'à celui de l'Evêque. Il n'y a aucun
cun ordre intermédiaire entre les Pafteurs du premier ordre & les Prêtres,
comme nous ayons déjà eu occafion de
l'obferver. Il n'y a pas même une grande
diftance entre eux, *non multum eft
difcrimen* ; les Prêtres font les coopé-
rateurs, les collegues, les affociés des
Evêques, par l'honneur du facerdoce,
*compresbyteri, confacerdotes, cum Epif-
copo facerdotali honorare conjuncti.* Ils
font, en commun avec les Evêques,

les difpenfateurs des Myfteres de Dieu, *his, ficut Epifcopis, difpenfatio myfteriorum Dei commiffa eft* (a). Ils ont le droit d'affifter aux Conciles, & d'y être affis avec les Evêques, *presbyteri conciliis etiam intererant, & in iis fedebant* (b).

Ne feroit-ce donc pas, difoit M. Portalis, déprimer l'Ordre facerdotal, que de vouloir introduire, entre les Prêtres, entre des Miniftres égaux par le titre de leur vocation, des principes arbitraires de fubordination & de dépendance ? Aujourd'hui, ajoutoit-il, c'eft pour le Baptême des adultes que l'on a fubordonné les Curés du Diocefe aux Vicaires perpétuels de la Cathédrale; demain on établiroit un autre genre de fervitude. Infenfiblement une hiérarchie factice & de convention remplaceroit celle qui a été établie par Jéfus-Chrift, & l'œuvre de Dieu deviendroit méconnoiffable entre les mains des hommes.

Ce n'eft pas tout, les Paroiffes ne doivent pas être déterminées par la

_____

(a) Saint Ifidore de Séville.
(b) Habert, *loco citato*, p. 175.

M vj

qualité des perſonnes. Chaque Curé
doit avoir un territoire certain, dans
lequel toutes ſortes de perſonnes, de
quelque qualité qu'elles ſoient, doivent être ſoumiſes à ſa Juriſdiction.

L'Auteur des Mémoires du Clergé (a)
rapporte un Arrêt du Parlement de Paris, du 20 Décembre 1666, qui, d'a-
près ce principe, condamna la prétention du Chapitre de Péronne, qui ſoutenoit avoir juriſdiction curiale ſur les
Nobles & Officiers demeurant dans l'é-
tendue des quatre Paroiſſes de la ville.

A Amboiſe, la Paroiſſe, dite *de la
Chapelle*, n'avoit point de territoire
déterminé : ſon reſſort ne s'étendoit que
ſur certaines perſonnes de la ville; ſa-
voir, le Bailli, le Lieutenant-Général, les nouveaux habitans de la ville,
pendant la premiere année de leur éta-
bliſſement. On trouve, dans les Œu-
vres poſthumes de d'Héricourt, un Mémoire qui a en partie pour objet de
faire proſcrire cet abus.

Dans le Journal du Palais, nous
trouvons un Arrêt du 21 Juillet 1676,
qui jugea préciſément que les Paroiſſes

_____

(a) Tom. 6, col. 418.

doivent être diftinctes & féparées par territoires, & que l'on ne peut autorifer
les Cures perfonnelles, c'eft-à-dire, la
détermination des Paroiffes par la qualité des Paroiffiens. Le motif de cet
Arrêt fut, au rapport du Journalifte,
que la divifion des Paroiffes, eft néceffaire pour le bon ordre, & qu'elle ne
peut être troublée fans fcandale pour le
peuple, fans défordre dans l'Eglife, &
fans la haine & l'ambition entre les
Miniftres.

Or, donner aux Vicaires perpétuels
de la Cathédrale l'adminiftration ex-
clufive du Baptême des adultes, c'eft
leur affigner fur cet objet une Jurifdiction indéfinie, au préjudice de la Jurifdiction territoriale des autres Curés;
c'eft déterminer leur pouvoir, non par
l'étendue du territoire, mais par la qualité des perfonnes; c'eft renverfer toute
l'économie du Gouvernement Eccléfiaftique.

Sous ce nouveau point de vue, l'Ordonnance de M. de Belzunce n'eft elle
donc pas encore effentiellement abufi-
ve? Les bornes des Paroiffes font fixées
comme celles des Diocefes. L'Evêque

ne peut ni les étendre ni les reculer
sans cause.

Il est vrai que dans les circonstances
actuelles on ne touche pas aux limites
locales des Paroisses ; mais, dans la
vérité des choses, on arrive au même
but par une voie différente : dans l'im-
puissance de partager le territoire du
Pasteur local, on partage & on disperse
le troupeau ; ce qui n'est pas moins abusif, & ce qui est peut-être mille fois plus
dangereux.

Après avoir établi ses moyens, le
Défendeur du Curé de Saint-Ferréol
répondit aux objections de ses Adversaires.

La premiere étoit que les adultes ne
font d'aucune Paroisse, & qu'on avoit
pu donner aux Curés de la Cathédrale
le droit de les baptiser, sans dépouiller
les autres Curés.

Le Curé répondoit que les adultes
font communément des étrangers ; mais
que ces étrangers, en venant habiter
Marseille, se fixoient nécessairement
dans quelque Paroisse ; que cette demeure suffisoit pour les constituer paroissiens.

En matiere eccléſiaſtique, les Ca-
noniſtes conviennent qu'on eſt ſuffiſamment domicilié dans une Paroiſſe, pour
y recevoir les Sacremens, quand on n'y
ſeroit qu'en paſſant, pourvu qu'on y
ſoit dans le moment où il eſt opportun
de les recevoir. Il n'y a que les Sacremens de l'Ordre & du Mariage, pour
leſquels les Ordonnances ont fixé un
temps néceſſaire pour faire préſumer
le domicile (a).

Il eſt vrai que les adultes ne font
d'aucune Paroiſſe, dans le ſens que,
n'étant point encore Chrétiens, ils
ne ſont ſoumis à la juriſdiction d'aucun Curé.

Mais les enfans, avant qu'ils ſoient
baptiſés, ſont dans le même cas; ils
ne ſont pas plus Chrétiens que les adultes. Faudra-t-il que le Baptême en ſoit
également interdit à tous les Curés,
autres que ceux de la Cathédrale? Il
faudroit donc détruire les fonts baptiſ-
maux qui exiſtent dans toutes les Pa-

_____

(a) Dictionnaire Canonique, au mot Domicile. Lacombe, Juriſprudence Canonique,
au même mot.

roiffes ; il faudroit réformer la pratique
de toutes les Eglifes.

D'ailleurs, fi, de ce que les adultes
ne font pas Chrétiens, l'on peut conclure qu'ils ne font d'aucune Paroiffe,
on pourra, par la même raifon, foutenir qu'ils ne font d'aucun Diocefe ; &
dans ce cas, s'ils ne font foumis à la
jurifdiction d'aucun Curé, ils ne font
non plus foumis à la jurifdiction d'aucun Evêque ; l'Eglife Cathédrale ne leur
eft pas moins étrangere que les autres
Eglifes.

En partant du principe que les adultes ne font d'aucune Paroiffe, qu'ils ne
font foumis à la jurifdiction d'aucun
Pafteur, & à aucune Loi eccléfiaftique,
attendu qu'ils ne font point encore
Chrétiens, il faudroit, pour être conféquent, s'abandonner à leur libre ar-
bitre, à leur choix. Il devroit leur être
permis de difpofer de leur confiance,
pourvu que le Pafteur, auquel ils la don-
neroient, ne fût point fufpect à l'Eglife.
C'eft ce qui fe pratiquoit dans les premiers fiecles de l'Eglife. Nous voyons
en effet que le Concile de Conftanti-
nople, après avoir établi la diftinction

des territoires, & affigné à chaque Miniftre fon diftrict, permit néanmoins,
pour faciliter les progrès du Chriftianifme, de regarder toutes les diverfes
Paroiffes comme n'en formant qu'une,
quand il s'agiffoit de recevoir les Infideles qui demandoient à profeffer
notre Religion. Perfonne ne prenoit
à leur égard le titre d'Evêque d'un
tel canton, ou de Curé d'une telle Paroiffe. Tous fe contentoient de leur
parler au nom du Dieu vivant, au nom
de la Religion qu'on vouloit leur faire
connoître ; & chaque Infidele fe ran-
geoit fous les ailes du Pafteur qui l'avoit
gagné à la Foi. Telles étoient les fages
pratiques de nos peres, à qui nous devons peut-être les progrès éclatans, les
principaux accroiffemens de l'Eglife.

Mais eft-il bien vrai qu'avant l'adminiftration du Baptême, un adulte ne
puiffe être réputé foumis en aucune maniere à la jurifdiction d'aucun Pafteur ?
La volonté de recevoir le Baptême né
précede-t-elle pas néceffairement le Baptême même ; & cette volonté, mani-
feftée au Curé dans la Paroiffe duquel
l'adulte demeure, n'eft-elle pas une reconnoiffance volontaire de la jurifdic-

tion de ce Curé ? Dès ce moment, l'adulte ne commence-t-il pas d'appartenir à l'Eglise ? Et si sa demeure le rendoit déjà habitant du territoire, ses dispositions ne commencent-elles pas à le lier moralement à la Paroisse ? Pourquoi donc, au moment du Baptême, voudroit-on arracher cet adulte d'entre les mains du Pasteur, dans le territoire duquel il se trouve, sous les ailes duquel il s'est rangé volontairement, & dont il a journellement reçu les instructions ?

Une pareille opération, que l'Ordonnance attaquée transforme en droit & en systême, seroit tout à la fois dangereuse & abusive, & par rapport au Curé, & par rapport à l'adulte, aux Paroissiens, & à la Religion.

Les mêmes raisons qui donnent au Curé le droit d'instruire, lui garantissent le droit de baptiser. Ce sont-là deux choses que l'on ne peut séparer, & qui sont indivisiblement unies par la parole de Dieu même : *Euntes docete omnes gentes, baptizantes eos* (a).

Réserver aux Curés de la Cathédrale

_____

(a) Evangile de Saint Matthieu, chap. 28, v. 19.

le droit de baptiser les adultes, en laissant seulement aux autres Curés le soin de les instruire, ce seroit traiter ces derniers, non comme des vrais Pasteurs, non comme des Ministres titulaires, mais comme de simples délégués, mais comme simples Vicaires en cette partie des Curés de la Cathédrale. Or une pareille idée choque les notions les plus communes, renverse le titre & l'état constitutif de tous les Pasteurs du second ordre.

Ne seroit-il pas injuste d'ailleurs d'enlever à un Curé le droit de baptiser l'Infidele dont il a opéré la conversion? Ne seroit-ce pas priver ce Curé du prix, & de la plus noble récompense de son travail? Jusqu'au moment de l'administration du Baptême, le Ministre n'a travaillé que dans l'obscurité; il n'a fait le bien que dans le silence & en présence de Dieu. Choisira-t-on l'instant où il vient assurer sa victoire, pour lui enlever l'éclat du triomphe? Voudra-t-on lui ravir le droit de conduire aux pieds de nos autels, & d'offrir lui-même à la Religion la victime qu'il vient d'arracher aux puissances de l'Enfer? Qu'en sait-on? La gloire du Pas-

teur peut accroître la confiance des
ouailles ; & ce qui paroît d'abord n'être
que personnel au Miniftre , peut réflé-
chir fur le miniftere même.

Mais fi le fyftême que l'on réfute
ici eft abufif par rapport au Curé , il
ne l'eft pas moins par rapport à l'a-
dulte.

En effet , n'y auroit-il pas tout à
craindre qu'en contrariant fa confiance,
on ne mît obftacle à fa converfion ?
En vain diroit-on qu'une volonté fincere
de profeffer le Chriftianifme ne tiendroit pas à une pareille circonftance.
Il ne faut jamais tenter la Providence ;
il faut toujours ménager ceux qui font
foibles dans la Foi. Il eft peu d'ames
privilégiées qui fachent fe mettre au
deffus de toute confidération humaine.

Enfin , le même fyftême feroit encore abufif , & par rapport aux paroiffiens , & par rapport à la Religion.

Par rapport aux paroiffiens : on les
priveroit d'un exemple d'édification qui
leur eft acquis ; on leur enleveroit une
reffource que la Providence fembloit
leur avoir ménagée dans des vûes de
miféricorde. Depuis que Dieu ne ren-
verfe plus par des miracles l'ordre de

la Nature, pour affermir celui de la Religion, il n'y a plus d'autre fpecta-cle pour les Fideles que les converfions qui éclatent de temps à autre, que les merveilles qui s'operent dans l'ordre de la grace. Pourquoi donc voudroit-on interrompre le cours ordinaire de ces merveilles, & les dérober à ceux auxquels il plaît à la Providence de les manifefter ?

Par rapport à la Religion : ce feroit en arrêter le progrès, en étouffant le zele de fes Miniftres, que l'on dépouil-leroit d'une des plus nobles fonctions de leur miniftere.

Tout exige donc que l'ordre des chofes ne foit point renverfé; que cha-que Pafteur gouverne fes ouailles, & qu'on ne porte jamais aucune atteinte à la hiérarchie de l'Eglife.

La feconde objection que l'on oppo-foit, confiftoit à dire qu'un ufage im-mémorial affure aux Curés de la Ca-thédrale de Marfeille, le droit exclufif de baptifer les adultes.

Mais le Curé de Saint-Ferréol fou-tenoit d'abord que cet ufage n'exiftoit pas. Il eft démenti, difoit-il, par les regiftres de toutes les Paroiffes de Marfeille, qui adminiftrent la preuve que les adultes ont toujours été baptifés, avant & après l'Ordonnance dont il s'agit, par les Curés.

En vain l'on voudroit tirer avantage de ce que les regiftres font foi que, lorfque les Curés ont baptifé des adultes, il a été dit que c'étoit avec la permiffion de l'Evêque. Mais il n'eft pas poffible d'abufer de cette énonciation. La permiffion de l'Evêque n'intervient que pour raffurer fur les difpofitions de l'adulte, & non pour conférer au Curé un pouvoir qu'il tient de fon titre. Dans l'efprit des Ordonnances fynodales, déjà difcutées, ce n'eft-là qu'une précaution de police uniquement établie pour empêcher la profanation de nos Myfteres.

Les regiftres des Paroiffes ne font pas les feuls monumens qui démentent l'ufage prétendu que les Adverfaires invoquent. Les Ordonnances fynodales du Diocefe s'élevent encore évidemment contre cet ufage. Voici comment elles difpofent fur le Baptême des adultes : » S'il fe préfente quelque » adulte pour le Baptême, les Curés » nous en donneront avis, afin que

» nous examinions par nous - mêmes
» s'ils font fuffifamment inftruits des
» principaux Myfteres de notre Foi , &
» que nous éprouvions la fincérité de
» leurs intentions ·(a) «. Cette difpofition n'eft point équivoque. A qui
s'adreffe-t-on ? Aux Curés, fans diftinction. Donc on reconnoît qu'ils font
tous Miniftres , dans leurs Paroiffes, du
Baptême des adultes. Qu'exige-t-on des
Curés ? Que , quand il fe préfentera
quelque adulte pour le Baptême , ils
en donneront avis à l'Evêque. Donc
ce n'eft qu'avec l'Evêque qu'ils doivent
correfpondre pour ce Baptême. Enfin ,
pourquoi exige-t-on que les Curés donnent avis à l'Evêque , quand un adulte
fe préfente ? C'eft pour que l'Evêque
» examine par lui-même s'il eft fuffi-
» famment inftruit des principaux Myf-
» teres de notre Foi , & pour qu'il
» éprouve la fincérité de fes intentions «.
Donc , quand une fois cette épreuve
eft faite, les Curés peuvent librement
adminiftrer le Baptême; aucun obftacle
n'arrête plus l'exercice de leur droit, &
ils n'ont pas befoin de recevoir une

_____

(a) Tit. du Baptême , §. 6, pag. 67.

miſſion plus étendue, que celle qui eſt attachée à leur qualité de Paſteurs.

Que l'on concilie maintenant, s'il eſt poſſible, les Statuts du Dioceſe avec le prétendu uſage qui attribue excluſivement aux Curés de la Cathédrale le Baptême des adultes. Ces Statuts ont été publiés le 18 Avril 1712. Eſt-il croyable que l'on n'y eût fait aucune mention de l'uſage que l'on réclame, ſi cet uſage eût véritablement exiſté? Eſt-il croyable ſur-tout que l'on eût diſpoſé, ſur le Baptême des adultes, d'une maniere excluſive ou contraire à l'uſage prétendu? Les Statuts ſynodaux ont été délibérés, faits & publiés en préſence de tous les Curés. Ils offrent donc la véritable diſcipline du Dioceſe, la véritable conſtitution des Paroiſſes ou des Egliſes qui le compoſent; ils doivent ſe mettre en garde contre l'Ordonnance poſtérieure de 1742, qui vient renverſer cette conſtitution; cette Ordonnance, qui a été rendue ſans entendre les Parties, ſans formalité, ſans examen, qui n'a jamais été ſignifiée aux Parties intéreſſées, peut-elle ſoutenir le parallele avec la Loi publique & ſolennelle du Dioceſe?

Mais,

Mais, dit-on, cent soixante extraits de Baptême ne prouvent-ils pas
l'usage ?

Non. D'abord ces extraits, en com-
binant les époques, ne supposeroient
tout au plus qu'une possession de quatre-
vingt-cinq ans. Or cela seroit encore
bien éloigné d'un usage annoncé comme
immémorial.

En second lieu, les extraits com-
muniqués ont été mal choisis. Il n'en
est aucun qui soit concluant.

Vingt-un de ces extraits font foi du
Baptême de vingt-un galériens. Les
galeres ne sont d'aucun territoire ; elles
sont dirigées par des Aumôniers. On
pouvoit donc, pour le Baptême des
galériens dont il s'agit, s'adresser in-
différemment à telle Paroisse que l'on
auroit voulu choisir.

Cinq autres extraits font foi du Baptême de cinq adultes. Mais il y est dit
expressément, que ces adultes demeuroient dans la Paroisse de la Cathédrale.

On trouve ensuite d'autres extraits,
au nombre de vingt-un, qui sont étrangers à la Cause ; car dans ces extraits
ce ne sont pas des adultes que l'on
trouve avoir été présentés au Baptême,

Tome VII.   N

mais des enfans nouveaux-nés, & iſſus de parens Catholiques.

Enfin, dans tous les autres extraits, on ne trouve que le nom de l'adulte baptiſé, ſans y trouver l'énonciation de ſon domicile, qui ſeule ſeroit concluante, puiſqu'elle tendroit à établir que les adultes étoient baptiſés par les Curés de la Cathédrale, dans quelque Paroiſſe que ces adultes fuſſent établis.

Mais, en ſuppoſant pour un moment que la preuve de l'uſage fût acquiſe, on n'en ſeroit pas plus avancé. Par l'uſage, l'on peut acquérir des droits utiles, des droits honorifiques, & même certains droits juriſdictionnels; mais l'uſage ne peut changer la hiérarchie fondamentale de l'Egliſe; tout ce qui porte atteinte à cette hiérarchie eſt un abus caractériſé. Or, ſuivant Dunod, » le temps, quelque long qu'il ſoit, ne couvre pas l'abus & ne l'autoriſe pas: *Abuſus enim perpetuò clamat*; il peut toujours être propoſé & réformé en choſes importantes & qui bleſſent la diſcipline, le bon ordre & le droit public (a) «.

_____

(a) Traité des preſcriptions, ch. 12, p. 711

L'article 10 de la Déclaration du 15 Janvier 1736, porte que les Curés primitifs ne pourront rien acquérir au préjudice des Vicaires perpétuels, *par rapport aux fonctions ou devoirs auxquels ceux-ci font obligés*, ou *autres matieres semblables*, & ce nonobstant *tous actes, Sentences & Arrêts, ou usages à ce contraires.* Cette Loi suppose bien expressément que tout ce qui tient aux *fonctions* est imprescriptible. Encore il ne s'agit point, dans l'article cité, des fonctions essentiellement attachées au Sacerdoce, mais simplement de certains droits d'assistance aux assemblées de Paroisse, c'est-à-dire, de certaines fonctions secondaires, moins essentielles mille fois que les autres. Que n'auroit donc pas dit le Législateur, s'il avoit été question de statuer sur les droits ou sur la jurisdiction que les Curés tiennent immédiatement de Dieu même ? Une pareille jurisdiction, disent les Auteurs, ne sauroit être démembrée par l'usage, attendu qu'elle est *attachée, de droit Divin*, au Sacerdoce, & que *le droit Divin est immuable* (a).

_____

(a) Dunod, *loco citato.*

N ij

Si l'on admettoit une fois, dans l'Eglise de Dieu, que les fonctions, que les droits essentiels d'une place peuvent être prescrits, tout seroit bientôt renversé; le Pape mineroit insensiblement les droits des Evêques dans leurs Dioceses. Les Evêques chercheroient à se dédommager sur les Curés dans les Paroisses. Il n'y auroit bientôt plus aucune différence réelle entre les différens ordres de Ministres; & que deviendroit donc cette hiérarchie fondamentale que Dieu lui-même a établie, *& qui doit durer jusqu'à la consommation des siecles?*

En supposant donc l'existence de l'usage, cet usage ne suffiroit pas pour dépouiller les Curés, dans leurs Paroisses, du droit de baptiser les adultes, c'est-à-dire, d'une fonction essentiellement sacerdotale, d'une fonction attachée, par la main de Dieu même, au titre de Curé. Un pareil usage seroit radicalement abusif. Or un abus, quoiqu'ancien, n'en est pas moins un abus; il est peut-être plus essentiel de le réformer.

A ne consulter même que les simples regles du bon ordre, il seroit indécent & dangereux qu'un Curé pût par prefcription acquérir fur le territoire de fon voifin. Ce feroit établir, entre les Pafteurs du fecond ordre, un commerce fcandaleux d'ufurpations, que tous les principes réprouvent.

Il n'y a qu'un feul cas où, fans compromettre la bonne police, & fans bleffer le défintéreffement recommandé par l'Evangile, un Curé peut étendre les bornes de fon territoire, & acquérir fur les droits d'autrui : c'eft lorfque, dans un temps de contagion & de péril, il brave la mort pour porter le pain de vie à des malheureux Fideles que le Pafteur local abandonne. Il a été jugé par plufieurs Arrêts (a), que, dans ces circonftances, les maifons qu'habitoient ces Fideles étoient acquifes, à titre de conquête religieufe, au territoire du Curé qui avoit eu le courage, au milieu des dangers, de porter le falut dans une terre étrangere.

Mais, dans le cours ordinaire des chofes, dans les temps tranquilles, les

_____

(a) Journal des Audiences, tom. 3, liv. 4, ch. 1, pag. 361.

N iij

bornes des Paroiffes doivent être in-
violables comme les bornes du Diocefe.
Chaque Curé doit fe renfermer dans
fon territoire ; il feroit indécent, injufte & dangereux qu'il pût l'étendre
par des ufurpations.

Enfin, la derniere reffource des Curés
de la Cathédrale eft de dire : » Nous
devons avoir le droit exclufif de baptifer les adultes de toutes les Paroiffes,
qui font prefque toujours étrangers d'o-
rigine, puifque nous avons le droit exclufif d'enfevelir les étrangers qui décedent dans les différentes Paroiffes «.

Mais, répondoit le Curé de Saint-
Ferréol, la fimilitude que l'on veut
établir entre le droit de baptifer &
celui de conduire à la fépulture, exifte-
t-elle réellement, de maniere que l'on
puiffe conclure de l'un à l'autre ?

Sans doute, de droit commun, tout
Curé eft autorifé à conduire à la fépulture les perfonnes qui décedent dans
fa Paroiffe. Mais cette fonction n'eft
pas de l'effence du miniftere curial ;
elle ne fait point partie de la jurifdiction que les Curés ont immédiatement
reçue de Dieu.

Rien n'implique donc que l'usage ait pu acquérir aux Curés de la Cathédrale, le droit d'ensevelir les étrangers, & que l'usage ne puisse leur acquérir le droit de baptiser les adultes.

Le droit d'ensevelir est de simple droit ecclésiastique. Le droit de baptiser fait partie de la mission que les Curés tiennent de Dieu. Aucune puissance, aucun titre, aucun usage ne peut donc leur ravir ce droit, qu'ils ne peuvent perdre qu'en perdant la place même à laquelle il est attaché.

En cet état, nul doute que l'Ordonnance dénoncée à la Justice ne soit essentiellement abusive. Elle interdit à tous les Pasteurs du second ordre une partie essentielle des fonctions attachées à leur caractere. Ce n'est point ici un cas particulier, que l'on pourroit taire, parce qu'il ne pourroit compromettre l'ordre général; mais c'est une Loi faite pour toujours, par laquelle M. de Belzunce érige une espece de Paroisse œcuménique en faveur des Vicaires perpétuels de la Cathédrale, transformés tout à coup en Curés universels du Diocese. Une pareille entreprise, contraire à ce qui

N iv

s'obſerve dans toutes les Egliſes du Monde Chrétien, eſt-elle tolérable? Par-tout les Curés baptiſent les adultes de leurs Paroiſſes, à moins que l'Evêque ne veuille remplir en perſonne cette fonction. Pourquoi donc les Curés de Marſeille ſeroient-ils dépouillés d'un des droits les plus glorieux de leur miniſtere? Chaque Paſteur a ſes droits & ſes fonctions, dans l'exercice deſquels il n'eſt pas permis de le troubler, parce que ce trouble ſeroit la ſource du déſordre & de la confuſion. Il eſt également honteux & nuiſible, dit le Cardinal Cuſa, qu'un Membre uſurpe les fonctions de l'autre. Il faut que chacun rempliſſe ſes obligations, & jouiſſe de ſes prérogatives. La plus grande difformité eſt celle qui naît de la domination arbitraire, & de ce deſpotiſme fâcheux, qui ne fait pas même reſpecter la hiérarchie. Un tel deſpotiſme, s'il n'étoit réprimé, ébranleroit bientôt la conſtitution fondamentale de l'Egliſe, & l'on ne reconnoîtroit plus cette conſtitution que par les abus qui l'auroient renverſée.

Par Arrêt du 3 Février 1777, conforme aux concluſions de M. l'Avocat-

Général de Montmeillan, le Parlement d'Aix a jugé qu'il y avoit abus dans l'Ordonnance de feu M. de Belzunce, Evêque de Marseille, du 5 Juillet 1742, ordonna que l'amende seroit restituée, & condamna les Curés de la Cathédrale aux dépens.

Vieux Médecin accusé d'avoir fait un enfant à une jeune Sage-femme.

CETTE Caufe préfente un tableau également curieux & bizarre. D'un côté, c'eft une jeune Sage-femme qui accufe un Médecin fexagénaire de l'avoir féduite, en l'affurant qu'elle deviendroit un jour fon époufe, quoiqu'il fût marié & qu'il eût une femme & des enfans. De l'autre, c'eft un Médecin confultant du Roi, un Médecin des armées, & un ancien Docteur de la Faculté de Médecine de Paris, qui avoue avoir eû une foibleffe pour une jeune fille complaifante, & veut bien fe charger de la nourriture de l'enfant né de fon concubinage, mais qui refufe de payer des dommages-intérêts à la mere, fous prétexte que fa conduite & fes mœurs font bien éloignées d'être pures.

La nourriture de l'enfant eft une dette à laquelle je ne prétends point me fouftraire (difoit le vieux Docteur); mais la Juftice ne doit point de récompenfe au libertinage, & ce ſeroit en accorder une , que de donner des dommages-intérêts à la fille avec laquelle j'ai eu commerce.

Le Défenſeur de la jeune Sage-femme ſoutenoit au contraire que le Médecin devoit non ſeulement des alimens à l'enfant , mais encore des dommages-intérêts à la mere ; que ces dommages-intérêts devoient être d'autant plus conſidérables , que le Médecin s'étoit rendu coupable du crime de rapt de ſéduction , & qu'il avoit abuſé de la gravité de ſon état , pour plonger une fille vertueuſe dans la débauche.

Comme la prétention de la fille étoit fondée ſur les circonſtances qui ont accompagné le commerce qui a exiſté entre elle & le Docteur, nous allons rappeler les faits qu'elle a employés dans le Mémoire que ſon Défenſeur a fait imprimer pour elle.

La demoiſelle Rigal eſt fille d'un Chirurgien de Ville-Pariſis. Son pere y exerce depuis long-temps ſon art, & y jouit de la conſidération & de l'eſtime de ſes Concitoyens.

» Ce théatre étroit, diſoit le Défenſeur de la demoiſelle Rigal , n'eſt pas

N vj

fans doute à comparer à celui où le fieur de S.... L...., au milieu de nos armées, a déployé fes talens dans la fcience d'Efculape ; mais, comme tous les malades ne font pas dans les camps & dans les villes, il ne faut pas y concentrer tous ceux qui fe mêlent de guérir.

» Si des perfonnes trop attachées à l'étiquette des rangs, croyoient appercevoir une diftance infinie entre le fieur de S.... L.... & le fieur Rigal, entre un Médecin des armées & un Chirurgien de campagne, fans doute elles trouveroient qu'il eft blâmable d'avoir voulu fe méfallier, en propofant à la demoifelle Rigal de l'élever jufqu'à lui, & de lui faire l'honneur de la prendre pour femme.

» C'eft cependant fous cette promeffe flatteufe (a) qu'il eft venu à bout de ravir l'honneur de la demoifelle Rigal «.

Cette jeune perfonne, née d'un pere Chirurgien, & d'une mere Sage-

_____

(a) La demoifelle Rigal a articulé ce fait, & le fieur de S... L...., dans deux Requêtes poftérieures, ne l'a pas nié.

femme , se trouvant du goût pour la profession de sa mere, pria son pere de lui permettre de satisfaire son penchant: elle vint , de son consentement, au commencement de l'année 1771, à Paris , où il la plaça chez une Maîtresse Sage-femme , pour essayer en quelque sorte sa vocation.

Après s'en être assuré par un séjour de quelques mois, son pere revint à Paris , & passa avec sa Maîtresse le brevet d'apprentissage nécessaire. Cet acte fut fait devant Notaire le 6 Mai 1771 ; la nommée Excoesson, Maîtresse Sage-femme , y promit d'enseigner à la demoiselle Rigal l'art des accouchemens pendant trois années consécutives.

Ce brevet d'apprentissage a été enregistré le 25 du même mois de Mai , par le Receveur en exercice du Collége des Maîtres en Chirurgie de Paris: il l'a été aussi le même jour au Greffe du sieur de la Martiniere , premier Chirurgien du Roi. Enfin on trouve écrit au bas un certificat de la Maîtresse Sage-femme , daté du premier Septembre 1773 , qui atteste que la de-

moiselle Rigal a fait chez elle son
apprentissage.

Il étoit nécessaire de rapporter ces
différentes pieces, parce que le sieur
de S.... L.... refusoit opiniâtrément à
la demoiselle Rigal la qualité d'éleve
Sage-femme.

C'est cependant à cette qualité qu'elle
devoit la connoissance du sieur de S....
L.... Dans les fréquentes visites qu'il
faisoit à la Maîtresse, il daigna laisser
tomber quelques regards sur l'éleve, &
lui faire entendre qu'elle avoit fait impression sur son ame.

Le sieur de S.... L.... avoit bien
des titres pour réussir promptement auprès de la demoiselle Rigal. Il étoit
Médecin, & Médecin répandu; du
moins il le disoit. La jeune Rigal,
éleve Sage-femme, crut qu'en s'attachant au char d'un vieux Docteur, elle
pourroit faire promptement fortune.
Son protecteur lui fit des promesses
sans bornes, & malheureusement elle
y ajouta une foi sans réserve. Il fut
d'autant plus difficile à la demoiselle
Rigal de ne pas tomber dans le piége
tendu à sa crédulité, que le sieur de

S.... L...., oubliant qu'il étoit mari &
pere, lui promit de légitimer par le
mariage les faveurs qu'il follicitoit.

Il n'en fallut pas davantage pour
tout obtenir de la demoifelle Rigal.
Elle crut enfuite pouvoir recevoir fans
conféquence des fommes modiques
que le fieur de S... L... lui donnoit de temps en temps : c'étoient moins
fans doute des fecours accordés à fes
befoins, que des marques de l'attachement qu'il ne ceffoit de lui jurer tous
les jours ; c'étoit ainfi qu'elle les con-
fidéroit.

Elle étoit dans l'illufion alors, mais
elle en fortit bientôt; foit que le fieur
de S... L... fût devenu frivole, foit
que la dame de S.. L..., inftruite qu'il
rendoit à une autre des devoirs qu'elle
réclamoit fans partage, l'eût empêché
de continuer fes vifites à la demoifelle
Rigal, bientôt il n'alla plus la voir fi
fréquemment, bientôt il ceffa de lui
donner les petites générofités accou-
tumées.

La demoifelle Rigal avoit toujours
ignoré que fon amant eût les qualités
de pere & d'époux. Si elle en eût
été inftruite, elle n'auroit pas partagé

la paffion du fieur de S... L...; mais elle
efpéroit que fon amant deviendroit un
jour fon mari. » Oui (difoit le Défenfeur de la demoifelle Rigal), elle avoit
ofé porter fes vûes jufque-là, fur la
parole que lui en avoit donnée le fieur
de S... L...; elle le prie de ne pas s'en
offenfer : s'il eft vrai que l'amour a
quelquefois uni le fceptre à la houlette,
il auroit pu plus facilement encore unir
un Gentilhomme Médecin, même un
Médecin des armées, avec une jeune
Sage-femme, fille d'un Maître en Chirurgie.

» Son étonnement fut extrême, quand
elle eut appris l'obftacle infurmontable
qui s'oppofoit à fon mariage avec fon
féducteur : cependant elle portoit dans
fon fein le fruit infortuné de cette féduction. Par tendreffe pour l'enfant,
& pour ne pas le priver des fecours qu'il
devoit attendre de fon pere, elle ne
crut pas devoir s'emporter inutilement
en reproches amers contre celui-ci. Elle
fe contenta de prier le fieur de St.. L...
de renouveler & même d'augmenter
ce qu'il appelle aujourd'hui faftueufe-
ment *fes charités.*

» Ses inftances, fes larmes mêmes

furent inutiles ; elle ne put rien obtenir
du fieur de S... L..., qui la quitta brufquement, & la laiffa toute entiere au repentir & au défefpoir «.

Que faire alors ? Elle alloit devenir
mere, & l'enfant auquel elle alloit donner le jour, étoit malheureufement def-
tiné à la tache ineffaçable de l'illégitimité. On lui confeilla d'aller chez un
Commiffaire faire fa déclaration, & d'y
rendre plainte en même temps contre
l'auteur de fa groffeffe : c'étoit le feul
parti qui lui reftoit pour affurer à l'enfant & à la mere les alimens & les dommages-intérêts qui leur étoient dus par
le fieur de S... L..., pere de l'un & féducteur de l'autre.

Enfin la demoifelle Rigal accoucha
d'une fille, qui a été baptifée, le 15
Juin de l'année derniere, fous le nom
de *Marie-Angélique-Victoire, fille
naturelle du fieur de S... L... & de la
demoifelle Rigal.*

La naiffance de cet enfant a été pour
tous les deux une fource de peines &
d'inquiétudes, qui avoient des motifs
bien différens : le fieur de S... L..., que
les remords & la honte devoient pourfuivre jufque dans fa maifon, n'a pas

ofé nier la paternité ; mais il a mis tout
en ufage pour fe débarraffer des charges
naturelles qu'elle lui impofe : la demoifelle Rigal , partagée également entre
le repentir de fa faute & la tendreffe
pour fon enfant, s'eft mife fous la protection de fon pere, pour implorer celle
de la Juftice.

Le fieur de S... L..., économe jufqu'à
l'exès, crut pouvoir fe fouftraire aux
pourfuites qu'on faifoit contre lui, en
faifant un facrifice. Il fomma la demoifelle Rigal de lui remettre l'enfant dont
elle étoit accouchée, & lui offrit une
fomme de vingt-quatre *livres* pour fes
frais de géfine & la nourriture de l'enfant pendant un mois. Ces offres étoient
ridicules. La demoifelle Rigal craignant
qu'elles ne fuffent accueillies par les premiers Juges, s'empreffa d'interjeter appel au Parlement.

» Il ne s'agit pas, dans cette Caufe,
difoit le Défenfeur de la demoifelle
Rigal , de chercher & de découvrir
quel eft le pere de l'enfant. Le fieur
de S.... L.... reconnoît fa paternité. Il
ne s'agit pas même de l'état de l'enfant : fon pere s'oblige à le nourrir &
à l'élever dans la Religion Catholi-

que , Apoftolique & Romaine. La queftion de cette Caufe fe réduit donc à favoir fi un pere naturel, qui doit fournir à fon enfant les moyens de vivre, ne doit pas à la mere des dommages & intérêts.

» Il ne fera pas difficile à la demoifelle Rigal d'établir l'affirmative de cette propofition ; elle efpere que la Cour, qui juge toujours fans acception des perfonnes, dépouillera le fieur de S... L... des qualités brillantes dont il s'environne , pour ne confidérer dans lui que le pere d'un enfant dont il a féduit la mere.

» C'eft de cette féduction , & du tort irréparable qu'elle en reffent , que la demoifelle Rigal va faire fortir deux moyens également décififs en fa faveur, pour obtenir contre le fieur de S..... L....., des dommages-intérêts proportionnés à la gravité de fon délit.

» On ne peut douter de cette féduction, fi l'on fait attention d'abord à la difproportion d'âge qui fe trouve entre le fieur de S.... L.... & la demoifelle Rigal, & à l'afcendant qu'il lui étoit trop aifé de prendre fur elle comme Médecin , par l'influence qu'il lui promettoit d'avoir fur fon état de Sage-femme.

» Ce n'eft pas un reproche injurieux pour un Médecin , que de lui dire qu'il eft d'un âge avancé , parce que c'eft infpirer pour lui plus de confiance; mais, dans cette Caufe , l'âge du fieur de S.... L.... devient un moyen con-tre lui.

» Si ce Docteur, encore dans fa jeu-neffe , & fans engagement , exerçant l'art de guérir au milieu des armées , entraîné par le torrent de cette vie li-cencieufe qui y regne , eût diftingué dans fes fociétés ou ailleurs une jeune perfonne pour en faire l'objet de fon at-tachement & de fes plaifirs , on pour-roit ne voir dans cette conduite qu'un écart momentané , & on efpéreroit de le voir revenir avec le temps; mais que le fieur de S... L.. , parvenu à l'âge des vieillards , exerçant dans la Capitale la profeffion honorable de Médecin , ayant une femme & des enfans , auxquels il doit tout à la fois le prix de fes honoraires & l'exemple des bonnes mœurs , forme & exécute le projet de féduire & de corrompre une fille de

vingt-deux ans, sous la promesse trom-
peuse, ou de l'épouser, ou de lui procurer des placés avantageuses, c'est ce
qui doit révolter toutes les personnes
honnêtes, & soulever contre lui l'indignation de la Cour.

» Qu'on se figure le sieur de S... L...
auprès de la demoiselle Rigal ; qu'on se
le représente, lui faisant avec modestie
l'étalage de tous ses titres & de tous
les avantages qu'il pourroit lui procurer.... Je suis Ecuyer ; je suis Docteur-
Régent de la Faculté de Médecine de
Paris ; je suis Médecin ordinaire du
Roi ; je suis Médecin de ses armées,
je suis...... en un mot, très-bien dans
les maisons des Princes & de plusieurs
grands Seigneurs ; je peux beaucoup
pour vous : mais, de votre côté, vous
pouvez aussi beaucoup pour moi : à mon
âge, vous ne devez pas craindre que je
sois frivole; employé comme je suis, vous
ne devez pas craindre que je ne puisse
fournir à tous vos besoins; d'ailleurs nous
pourrions, si vous le vouliez, nous unir
par le mariage; ce seroit pour moi le
comble du bonheur de recevoir de vous,
dans mes dernieres années, les services

qu'une femme encore jeune peut rendre
à fon mari, vieux & caduc.

» Il n'en falloit pas davantage fans
doute pour corrompre l'innocence de
la jeune Rigal.

» A peine âgée de vingt-deux ans,
fortant de fon apprentiffage, au milieu
d'une grande ville où elle avoit peu de
connoiffances, elle devoit s'eftimer fort
heureufe de trouver un vieux Médecin
de Paris, des plus employés, qui lui
promettoit de lui être très-utile dans fon
état : elle devoit d'autant moins foupçonner que fes liaifons avec lui euffent
des fuites fcandaleufes, qu'elle le voyoit
dans un âge où le moral de l'homme,
mûri par l'expérience, a, fur le phyfique affoibli par les ans, une préponde-
rance marquée ; dans un âge où l'homme
a gagné du côté de la raifon, ce qu'il
a perdu du côté de la force ; dans un
âge, en un mot, où l'ame eft plus
éclairée, plus honnête & plus circonf-
pecte dans fes défirs, à proportion de
ce que le corps eft moins vigoureux,
& le fang qui circule dans fes veines
eft moins bouillant.

» C'étoit-là l'idée que la demoifelle

Rigal fe faifoit du Docteur, plus que fexagénaire, qui vouloit bien fe déclarer fon protecteur.

» Environnée, preffée par toutes ces circonftances, il lui étoit prefque im-poffible de ne pas tomber dans le piége que lui tendoit fon féducteur.

» On fe tromperoit (continuoit le Défenfeur de la demoifelle Rigal), fi l'on croyoit qu'elle s'eft donnée au fieur de S... L... fous le nom inconnu dans le temps des bonnes mœurs, de *fille entretenue* ; il n'en faut d'autre preuve que la modicité des fommes que le fieur de S... L... lui donnoit chaque femaine : on ne fe perfuadera jamais qu'un homme de fon impor-tance ait voulu fe procurer, *à fix li-vres par femaine*, la fociété d'une fille deftinée uniquement à fes plaifirs ; un ancien Médecin des armées eft trop au fait de l'ufage, pour avoir formé ce ridicule projet.

» C'eft avec auffi peu de fondement que le fieur de S... L... lui refufe opi-niâtrément le titre de Sage-femme, pour la rejeter dans la claffe abjecte des *fervantes*. Il feroit croire par cette affectation, qu'il a befoin, pour s'élever, d'abaiffer la demoifelle Rigal; mais il oublie qu'il fe déshonore lui-même, en humiliant injuftement celle qu'il a crue digne de fes hommages. On paffera peut-être à un vieux Médecin de concevoir de l'inclination pour une jeune Sage-femme; mais on le méprifera certainement, fi l'on voit que fes goûts tombent fur des *fervantes*.

» Il faut rendre au fieur de S... L... une juftice que lui-même il fe refufe; il n'a point ainfi déshonoré la nobleffe que lui ont tranfmife fes aïeux, & la Compagnie dont il eft membre n'a point ce tort à lui reprocher. Le rapprochement des deux états du fieur de S... L... & de la demoifelle Rigal, a rapproché leurs perfonnes; il eft auffi vrai que celle-ci eft jeune Sage-femme, qu'il eft vrai que celui-là eft vieux Médecin.

» Si la demoifelle Rigal a été féduite par le fieur de S... L..., il lui doit une réparation; il peut d'autant moins s'y refufer, que fa féduction caufe à celle qui en eft la victime, un tort irréparable, puifque la demoifelle Rigal a perdu toute efpérance d'avoir jamais le titre refpectable de femme.

On

» On condamnoit autrefois les jeunes gens qui abufoient de la foibleffe des filles, fous promeffe de mariage, à être pendus, ou à les époufer; depuis on s'eft relâché de la févérité de cet ufage, & l'on s'eft contenté de les condamner à doter les filles, ou à leur donner des dommages-intérêts; c'eft le feul parti qui refte, lorfque le féducteur eft marié. Cette circonftance, qui fe trouve dans la Caufe, fournit une raifon de plus contre le fieur de S... L..., pour déterminer la Cour à le punir par une forte condamnation.

» Si fon âge & fon titre de Docteur prouvent qu'il a féduit la demoifelle Rigal, à peine âgée de vingt-deux ans, & jeune Sage-femme, fes qualités de mari & de pere, qu'il a eu foin de lui cacher, prouvent qu'il a violé l'honnêteté publique «.

M. Sanfon termina la défenfe de la demoifelle Rigal par une réflexion qui auroit dû empêcher le fieur de S.... L.... de fe permettre la féduction dont il s'eft rendu coupable.

» Si l'une des filles du fieur de S.... L.... avoit le malheur d'être féduite & entraînée dans le défordre, de quel

droit, & par quel moyen pourroit-il
la rappeler à la vertu?.... Eft-ce à
vous, pourroit-elle lui dire, qu'il appartient de me rappeler à mes devoirs,
vous qui me donnez, & à ma mere,
l'exemple du crime, & qui verfez,
dans le fein de l'étrangere, de l'or que
vous devez à ma fubfiftance, puifque
vous m'avez donné la vie? Vos dépenfes, déshonorantes par leur objet,
vous ruinent & vous mettent dans l'im-
poffibilité abfolue de me donner mon
néceffaire : pourquoi ne le recevrois-je
pas d'un homme qui met à fa générofité
un prix, mal-honnête fans doute, mais
que vous me forcez vous-même de lui
accorder. Par l'ufage que je fais de ce
que je reçois, il femble que je l'épure
en paffant par mes mains; je l'emploie
à faire vivre ma mere, mes frères,
toute votre famille enfin, que vos dé-
bauches jettent tout à la fois dans l'opprobre & dans la mifere ".

Si le fieur de S.... L.... avoit le dé-
fagrément de voir fa fille mener ainfi
une vie déréglée, fans doute il n'auroit
rien à répondre aux paroles que nous
venons de mettre dans fa bouche.

» Tout fe réunit donc dans la Caufe

contre le sieur de S.... L.... : à l'intérêt
particulier de la demoiselle Rigal, qui
sollicite en sa faveur des dommages
& intérêts proportionnés à la séduction
dont elle a été la victime ; & au préjudice considérable qu'elle en ressent,
se joignent des considérations d'intérêt
public, résultant de ce qu'il faut prévenir, dans la personne du sieur de
S.... L...., le libertinage des maris &
des peres, qui doivent à leurs femmes
& à leurs enfans tout le fruit de leurs
travaux & l'exemple d'une bonne conduite «.

Par Arrêt rendu le 5 Février 1777,
sur les conclusions de M. l'Avocat-
Général Séguier, le Parlement de
Paris a condamné le sieur de S.... L....
à payer 400 livres de dommages &
intérêts à la demoiselle Rigal, & à se
charger de l'enfant dont elle étoit accouchée, à le nourrir & élever dans
la Religion Catholique, Apostolique
& Romaine, &c., & aux dépens.

Le suicide est-il une preuve de démence ?

JEAN Desbureaux, Laboureur à Sus-Saint-Léger, eut trois enfans; François-Marie, mari, pere, & beau-pere de C. P.; Marie-Françoise, mariée au sieur Duveillez, Lieutenant de la Justice de Saint-Léger; & un troisieme, nommé Ambroise, décédé sans enfans.

Aux termes des Coutumes de Saint-Pol & d'Artois, où les biens étoient situés, l'aîné devoit emporter seul tous les manoirs & les quatre quints des fiefs, outre sa part égale dans les biens en roture. Il habitoit l'un de ces manoirs avec son pere, lorsqu'en 1741 il épousa Marie-Gabrielle Buttin, qui lui apporta une dot proportionnée aux espérances que lui donnoit ce droit d'aînesse. Comme la Coutume d'Artois n'admet absolument point de représentation, il fut stipulé, par le contrat de mariage, que, dans le cas où François-Marie décéderoit avant son pere, les enfans qu'il pourroit laisser seroient rap-

pelés à la fucceffion de leur aïeul en fon
lieu & place.

Quoique marié, il ne changea pas
de maifon, & fe contenta de prendre
un ménage à part. Le pere, déjà caduc, n'auroit pu faire valoir fes biens
fans le fecours du fils : propriétaire
d'une fortune honnête dans fon état,
il fe trouvoit néanmoins embarraffé
de dettes confidérables, qui avoient
été occafionnées d'un côté par la mauvaife adminiftration, fuite trop fré-
quente d'un âge avancé ; de l'autre,
par différens Procès que lui avoit fufci-
tés le fieur Duveillez fon gendre.

Le beau-pere, pourfuivi par les
créanciers, & redoutant une ruine
totale, fi le feu des pourfuites fe mettoit dans fes biens, ne vit d'autre
moyen que de s'en défaire ; mais il
ne pouvoit fans regret en dépouiller
fon fils. Il préféra donc de les lui vendre à lui-même pour une fomme de
3100 livres : l'acte en fut paffé devant
Notaire, & il fe mit en penfion chez
fon fils. En conféquence, il vendit publiquement fes meubles ; & au feu des
encheres, François-Marie Desbureaux
fe rendit adjudicataire d'une grande

O iij

partie ; il paya en outre au Seigneur de Sus-Saint-Léger , les droits auxquels fon contrat d'acquisition avoit donné ouverture , montant à près de 800 livres ; & au Fermier du Domaine , les droits de francs-fiefs : en forte que ces acquisitions , outre l'obligation qu'il contractoit de payer les dettes de fon pere , lui couterent près de 5000 livres.

Le fieur Duveillez , déjà mécontent de l'inégalité à laquelle la Coutume réduifoit fa femme , & voyant fon beau-frere déjà en poffeffion des fonds paternels , fe crut bien plus fondé à foupçonner des avantages indirects du pere au fils. Nouvelles clameurs , nouvelles menaces de fa part. Créancier d'une modique fomme de foixante livres , il fit faifir les meubles du pere achetés par le fils ; & celui-ci, ayant formé fa demande en revendication , fit ordonner la nullité de la vente à fon égard , par une Sentence du Conseil d'Artois du 10 Mars 1744 ; & Desbureaux fils fe trouva obligé de payer une feconde fois , en principal & frais , les biens qu'il avoit déjà légitimement achetés.

Dans cet intervalle , l'efprit de Desbureaux se dérange tout-à-fait; il tombe dans une démence absolue. Tantôt furieux, il poursuit quiconque se présente devant lui; tantôt au contraire il se croit poursuivi à son tour, se sauve nu de sa maison, va se cacher dans ses granges, dans les bois; veut se jeter dans des marres d'eau, menace de se tuer; sa femme est réduite à le garder presque continuellement : enfin, le 5 Novembre 1744, il échappe à ses surveillans, monte dans son grenier & se pend. Quelques instans d'absence donnent à sa malheureuse femme les plus vives alarmes : on le cherche, on le trouve encore assez à temps pour conserver ses jours....

Mais, tandis que ceux qui l'approchoient remercioient encore le Ciel de l'avoir dérobé à cet attentat, le sieur Duveillez s'occupoit des moyens de le faire tourner à son profit. La femme Desbureaux, depuis la démence de son mari, avoit déjà proposé de le faire interdire; elle renouvela, dans ce moment, ses instances auprès des Praticiens de village, auxquels il falloit présenter la Requête, attendu la parenté du sieur Duveillez, Lieutenant;

mais celui-ci s'y étoit opposé formellement , & elle ne trouva pas même de
Conſeil dans le lieu qui voulût la
diriger.

La folie de Desbureaux étoit trop
connue, pour que l'ordre public fût
intéreſſé à punir en lui un crime qui
n'en étoit pas un de ſa part. Malgré
cela, le ſieur Duveillez , à ce qu'on
prétend , excita le Seigneur de Sus-
Saint-Léger , par l'appât des biens que
la confiſcation alloit lui acquérir.

Une procédure criminelle s'introdui-
ſit contre le malheureux Desbureaux,
en la Juſtice de Sus-Saint-Léger. On
la ſuivit avec aſſez de chaleur pour acquérir bientôt la preuve d'un accident
que le déſir de faire prononcer l'interdiction avoit engagé la femme à rendre
public ; &, dès le 22 Décembre 1744,
intervint Sentence , par laquelle la Juſtice de Sus-Saint-Léger » déclaroit
François-Marie Desbureaux atteint &
convaincu de s'être pendu par le col
le 5 Novembre précédent ; pour réparation de quoi on le condamnoit aux
galeres à perpétuité , & en outre en
une amende de dix livres envers le
Seigneur, aux frais & miſes de Juſtice,

& le surplus de ses biens confisqué au profit de qui il appartiendroit «.

L'appel en fut porté devant le Conseil d'Artois , Souverain en matiere criminelle. Alors la femme Desbureaux intervint , & , le 11 Janvier , donna une Requête , où elle exposa en propres termes : » *qu'il étoit notoire* , dans le village de Sus-Saint-Léger & lieux circonvoisins , que son mari étoit tombé depuis trois ans dans d'extrêmes égaremens d'esprit ; qu'il avoit donné publiquement des traits (multipliés) de démence & de fureur , dont le Procureur Fiscal étoit nécessairement informé ; & que le crime imputé à son mari ne méritoit que l'indulgence & la compassion , & non pas les rigueurs de la Justice ; que l'homme qui étoit dans un état de démence & d'imbécillité , ne devoit pas être traité comme celui qui auroit commis le crime avec présence d'esprit «. Elle ajoutoit : » La Suppliante se flatte que , par les informations , la démence de son mari se trouvera pleinement justifiée ; mais , comme ce sont des pieces secretes pour les Parties , & qu'il pourroit se faire que les Juges de Sus-Saint-Léger

O v

n'aient tenu aucun compte de ces faits d'imbécillité, la Suppliante croit qu'il est de son devoir d'en rappeler quelques-uns, & de demander à en faire la preuve, pour faire voir que son mari ne peut être coupable «.

Elle entre ensuite dans un long détail de faits de folie la plus caractérisée. On y voit que, dans ses fureurs, Desbureaux avoit toujours présent à l'esprit son beau-frere & ses persécutions. Enfin, elle conclut à être admise à en faire la preuve, ou qu'en tout cas il y soit procédé à la requête du Procureur Général, pour, la preuve faite & rapportée, être jointe au Procès extraordinaire ; & qu'y ayant égard, l'appellation & la Sentence fussent mises au néant, son mari déchargé des condamnations, & remis entre ses mains & à sa garde.

Ce Tribunal avoit d'abord joint la requête de la femme Desbureaux au Procès criminel ; mais ayant trouvé, dans l'instruction de Sus-Saint-Léger & dans l'interrogatoire qu'il fit subir à l'accusé, des preuves suffisantes de l'imbécillité articulée, » il mit l'appellation & la Sentence dont étoit appel au néant ; émendant, fans s'arrêter à la requête de Gabrielle Buttin, fur l'accufation, mit les Parties *hors de Cour* «.

Le Miniftere public avoit conclu à admettre le dernier chef des conclufions de la femme Desbureaux, qui tendoit à ce que fon mari fût remis à fa garde ; & fi le Confeil d'Artois ne crut pas devoir le prononcer, c'eft qu'avant d'établir la curatrice, il étoit néceffaire de convoquer un avis de parens ; & que d'ailleurs c'étoit une demande principale dont on ne devoit pas dépouiller les Juges des lieux. Cette femme fut donc obligée de recourir encore au fieur Duveillez, pour l'engager à procéder à fa nomination, du moins à commettre un autre Praticien, en fe déportant ; mais elle n'éprouva toujours que des refus perfévérans.

Jean Desbureaux pere mourut le 6 Avril, & l'on furprit à François Defbureaux une renonciation à la fucceffion de fon pere ; acte fatal, fource cruelle des divifions qui ont depuis confommé en frais la plus grande partie de la fucceffion commune, & troublé la paix de la famille.

O vj

Le fieur Duveillez ayant ainfi lié celui qu'il avoit tant de fois refufé d'interdire, le laiffa pendant trois ans dans la ferme perfuafion que fon fils recueilleroit feul la totalité de la fucceffion. Sa femme, trop peu inftruite pour prévoir ce qu'on méditoit contre eux, fe flatta de la même idée : elle redoubla fes foins & fon économie pour fubvenir aux engagemens du pere; &, en 1749, elle fe trouva avoir payé pour 406 livres de dettes. Elle avoit en outre mis les biens dans le meilleur état poffible de réparation & d'amélioration.

Alors le fieur Duveillez fit dreffer un acte nouveau, par lequel il déclara, au nom de fes enfans, qu'ils fe portoient héritiers de leur aïeul, & en conféquence qu'ils entendoient partager, avec ceux de Desbureaux, la fucceffion ainfi tombée au fecond degré, dans l'ordre & fuivant les difpofitions de la Coutume d'Artois. Or, cette Coutume n'admettant aucune repréfentation, pas même du pere au fils, le fils aîné du fieur Duveillez, plus âgé que celui de Desbureaux, fe trouvoit faifi de tous les droits que celui-ci avoit abdiqués.

D'après cet acte, sans faire créer de curateur à Desbureaux, le sieur Duveillez forma contre lui, au Conseil d'Artois, le 19 Mars 1749, une demande à ce qu'il fût condamné à rapporter tous les meubles qu'il avoit achetés de son pere ; que partage en fût fait, ainsi que des immeubles sur lesquels André Duveillez, comme aîné des copartageans, exerceroit le droit d'aînesse ; le tout avec rapport de fruits. Il demanda même que les tiers-détenteurs de quelques portions que Desbureaux avoit aliénées peu après la vente que son pere lui en avoit faite en 1742, fussent tenus de les rapporter aussi.

Il paroît que l'on fonda la défense de Desbureaux à Arras, sur la clause de rappel portée dans son contrat de mariage, & sur le contrat de vente que son pere lui avoit faite de ses immeubles, & le procès-verbal par lequel il s'étoit rendu adjudicataire d'une partie du mobilier ; & que l'on soutint que les héritiers du pere, tenus de ses faits, ne pouvoient attaquer ces actes. Quoi qu'il en soit, par Sentence du 4 Juillet 1755, le Conseil d'Artois débouta le fieur Duveillez de fes demandes, avec dépens.

Mais auffi-tôt il fe pourvut au Parlement. Le Procès fut jugé par Arrêt du 26 Juillet 1758.

Cet Arrêt ordonna l'exécution, à l'égard des Duveillez, de la Sentence de 1744, qui, à l'égard d'un créancier de Jean Desbureaux, avoit déclaré nulles les ventes qu'il avoit faites à fon fils. Il ordonna en outre que partages feroient faits entre les petits-enfans des biens du pere commun; à l'effet de quoi Desbureaux fils rapporteroit les meubles & immeubles, avec intérêts, fruits & revenus, fans lui tenir compte, ni des faux frais de fon acquifition, ni d'aucunes améliorations; le condamna aux dépens, & enfin ordonna, à l'égard des tiers-détenteurs, une plus ample conteftation.

Cette derniere difpofition donna lieu à une procédure nouvelle, jugée par Arrêt du 7 Juillet 1763, qui ftatua fur le tout.

Ce dernier Jugement acheva la ruine de Desbureaux; il condamna les tiers-détenteurs à fe défifter des pieces de

terre qui leur avoient été vendues par
Desbureaux ; ordonna de nouveau que
le partage feroit fait entre les petits-
enfans, fuivant les Coutumes d'Artois
& de Saint-Pol ; en conféquence, adjugea les fiefs patrimoniaux & les anciens manoirs aux enfans Duveillez.
Il fut ordonné qu'eftimation feroit faite
de la valeur des biens en roture, & de
leurs fruits. Desbureaux fut condamné
à leur reftituer la totalité des fruits des
biens féodaux, à leur payer 896 livres
pour les fept huitiemes du prix des
meubles ; & enfin, en la moitié de tous
les dépens, un quart compenfé, un
quart réfervé, attendu les eftimations
des fruits & revenus, qui font or-
données.

Muni de ces titres, le fieur Duveillez en pourfuivit l'exécution avec
toute la févérité poffible, & exerça des
mifes de fait, aux termes de la Coutume d'Artois, fur tous les biens dont
jouiffoit Desbureaux.

Il obtient, 1°. un exécutoire du
montant des épices & coût d'Arrêt ;
2°. un exécutoire des dépens. En vertu
du fecond, il fait faifir tous les fonds
poffédés par Desbureaux ; en vertu du

premier, il le fait conftituer prifonnier à Arras.

Desbureaux étant ainfi détenu, on lui fait foufcrire, au nom de fon fils, une renonciation au neuvieme à lui adjugé dans la fucceffion. Ce fils, Jean-François Desbureaux, meurt lui-même dans ces circonftances. On affaillit de nouveau le prifonnier; on lui fait faire, au nom & comme tuteur naturel de Génevieve Desbureaux fa fille, une renonciation à la fucceffion de fon frere; & auffi-tôt Duveillez, par un autre acte, fait porter fes enfans héritiers de leur coufin-germain.

Huit mois fe paffent dans ces opérations; la femme Desbureaux parvient enfin, après ce temps, à trouver, dans des mains charitables, le montant de l'exécutoire des épices & coût d'Arrêt; en vertu duquel fon mari étoit enfermé; elle le ravit aux prifons, & le ramene auprès d'elle. Mais la faifie faite en vertu du fecond exécutoire fubfiftoit toujours. On avoit voulu fe pourvoir par appel contre cette faifie; un Arrêt par défaut, du 3 Mai 1766, l'avoit confirmée; &, par une fatalité qui femble toujours s'attacher à la poursuite des malheureux, l'opposition à cet Arrêt n'ayant été formée qu'après les délais, Desbureaux y fut déclaré non-recevable.

La continuité de ces vexations avoit rendu beaucoup plus fréquens les accès de fureur de Desbureaux. Rien ne pouvoit plus lui résister ; souvent il échappoit aux yeux de sa femme, qui, forcée de redoubler de travaux pour subsister, ne pouvoit le veiller sans cesse.

Le 12 Juin 1767, on le surprit loin de sa maison ; on le conduisit chez un Notaire ; & enfin, sous le prétexte d'un accommodement à l'amiable, sur tous les Procès qui avoient eu lieu, & sur les poursuites qui subsistoient, on lui fit signer une procuration en blanc. Cette procuration fut remise à Aubron, Procureur à Arras, qui la remplit du nom d'un *Jérôme Doré*, Bourgeois de la même ville. Le sieur Duveillez donna aussi, de son côté, une procuration au sieur Aubron ; & ce Procureur, porteur des deux, fit rédiger une transaction le 9 Avril 1768.

Il est dit dans cet acte, que la totalité de la succession appartiendra aux

enfans Duveillez. Desbureaux s'oblige
au payement d'une fomme de mille
livres, pour tenir lieu d'un article
qu'il avoit cédé au fieur Duveillez lui-
même, dès le vivant du pere; il laiffe
tous les biens dans l'état d'engrais, cul-
ture & enfemencement, dans lequel ils
fe trouvent, fans indemnité; il reconnoît qu'au moyen de fes renonciations,
il eft tenu d'en rapporter tous les fruits
qu'il a perçus depuis 1746 jufqu'en
1767, & qu'il ne peut rien prétendre
dans les *catheux*, & confent même à
imputer, fur les prétentions qu'il pourroit avoir, la fomme de 1029 livres
10 fous, prix des effets à lui adjugés
à la vente faite par fon pere en 1742,
& celle de 200 livres pour bois par
lui vendus. On fixe à 2448 livres les
fruits qu'il doit rapporter pour le ma-
noir, & quatre pieces de terre y jointes.
Il renonce à répéter le montant des
quittances que fon pere lui a données:
on lui accorde, par grace, que les fommes à lui adjugées par les Arrêts (pour
les dettes de fon pere qu'il avoit ac-
quittées), foient imputées à fa décharge fur celles qu'il eft tenu de rapporter.

Viennent ensuite les grands sacrifices que veut bien faire le sieur Duveillez, & ils consistent à consentir que les intérêts, respectivement adjugés à l'un & à l'autre par les Arrêts, ainsi que le quart des dépens qui avoit été réservé, demeurent compensés, mais sans préjudice, pour le surplus, à la saisie réelle poursuivie par Boucher. Il est dit enfin, que les frais de la transaction même seront payés par moitié entre les Parties, & ont été avancés en totalité par le sieur Aubron, Procureur de Duveillez, auquel Desbureaux s'engage à rembourser, dans le mois, sa moitié. Derniere convention, qui bientôt donna lieu à de nouvelles poursuites de la part du sieur Aubron lui-même.

Voilà les clauses de cet acte : & quel en étoit l'effet ? Un dépouillement absolu, la perte entiere & irréparable de toute la fortune de Desbureaux. Le sieur Duveillez, devenu seul héritier du pere commun, n'acquitte pas même celui à qui la Loi déféroit les quatre quints de la succession, des dépens qu'ils lui avoient occasionnés.

Aussi-tôt que la transaction fut signée, Boucher, d'un côté, suivit sa saisie

avec toute la rigueur poffible ; bientôt
Desbureaux fut évincé ; & les biens
mis en bail judiciaire : de l'autre, le
fieur Duveillez fignifia la tranfaction,
avec commandement de páyer les fommes qui y étoient portées ; enfin, le
fieur Aubron en fit autant de fon côté,
pour répéter le montant de l'acte qu'il
difoit avoir avancé. Tous ces coups
tomberent encore à la fois fur la femme
Desbureaux.

N'ayant pu prévenir fes malheurs
par l'interdiction de fon mari, elle
voulut au moins les réparer par cette
même voie, que la Juftice ne pouvoit
lui refufer, fi elle confentoit à l'entendre ; mais c'étoit à quoi il falloit
parvenir. Nouvelles inftances auprès
des Praticiens de Sus-Saint-Léger, &
toujours nouveaux refus de leur part.
Les défenfes du fieur Duveillez étoient
d'autant plus refpectées, qu'il avoit
alors pour lui le poids que des fuccès,
juftes ou non, donnent toujours aux
yeux du Peuple.

La femme Desbureaux prit donc le
parti de confulter, dans la Capitale,
des gens éclairés, qui lui confeillerent
de recourir au plus prochain Juge

Royal ; elle adreſſa même un Mémoire
à M. le Procureur-Général, qui voulut
bien lui indiquer la même voie. Sur
ces avis, elle préſenta enfin une Requête au Lieutenant-Général de la Sé-
néchauſſée de Saint-Pol, où elle expoſa
la réſiſtance que le ſieur Duveillez avoit
oppoſée ſans ceſſe à l'interdiction de
ſon mari ; demanda qu'attendu ſon état
de démence, conſtaté déjà par l'Arrêt
du Conſeil d'Artois, qui emportoit
interdiction, elle fût nommée curatrice
à ſa perſonne & biens ; qu'en cas de
difficulté, il lui fût permis de faire
preuve que, dès avant 1745, Desbureaux étoit en démence, & y avoit
toujours été depuis ; & qu'en conſéquence, en adhérant à l'Arrêt du Conſeil
d'Artois, il fût & continuât d'être interdit.

Une information fut faite en vertu
de l'Ordonnance rendue ſur cette requête, & neuf témoins furent entendus.

A la ſuite de cette information, Desbureaux ſubit interrogatoire.

Sentence le 14 Juillet 1768, » qui
déclara François-Marie Desbureaux atteint & convaincu de démence & d'im-

bécillité, & ordonna qu'en adhérant à l'Arrêt du Conseil d'Artois, du 18 Janvier 1745, il seroit, demeureroit & continueroit d'être interdit; en conséquence, que, sur avis des parens, il seroit nommé un curateur à sa personne & biens : faisant droit sur les conclusions du Procureur du Roi, que Desbureaux seroit mis en la garde d'un curateur aux charges de droit, sinon enfermé dans une maison de force «.

Le 16 du même mois, Gabrielle Buttin, femme de Desbureaux, fut élue par les parens curatrice de son mari.

Le premier usage que fit Gabrielle Buttin de sa nouvelle qualité, fut de demander en la Cour à être reçue tierce-opposante aux Arrêts de 1758 & 1763, rendus contre Desbureaux en démence, sans assistance de curateur; & que ces Arrêts, ainsi que les actes qu'il avoit souscrits depuis le premier Octobre 1744, & notamment les renonciations qu'il avoit faites, tant en son nom qu'en celui de Jean-François & Génevieve Desbureaux, ainsi que la procuration énoncée dans la transaction du 9 Avril 1768, fussent déclarés nuls.

Elle forma pareille demande en la Grand'Chambre ; & , en vertu de permissions obtenues sur l'une & l'autre demande , *toutes choses demeurant en état* ; elle fit assigner en la Cour le sieur Duveillez & Boucher son Procureur , au lieu de qui l'instance a depuis été reprise par les sieurs Boucher, Bricaire & autres, ses héritiers ou légataires.

Mais, les choses en cet état , les révolutions publiques vinrent encore ajouter de nouvelles entraves à la réclamation de la femme Desbureaux.

Desbureaux lui-même étant mort dans l'intervalle , les contestations ont été reprises par sa veuve en son propre nom , comme commune en biens avec lui , & par Génevieve Desbureaux, sa fille & son héritiere , & le sieur Bouthor son gendre.

Enfin le sieur Duveillez & les héritiers de Me. Boucher interjeterent appel sur le Barreau de la Sentence de 1768.

M. Barré, Défenseur de la veûve & des autres demandeurs en tierce-opposition , soutenoit , 1°. que, dès 1744, Desbureaux étoit dans une incapacité absolue de contracter, réfultant de fon suicide & des termes du jugement public qui avoit ftatué définitivement fur ce délit.

2°. Que, quand on n'accorderoit pas aux termes de l'Arrêt du Confeil d'Artois, l'effet d'une interdiction, l'incapacité réfulteroit des faits particuliers de la vie de Desbureaux, parce que ces faits font de nature à ne pas laiffer douter de fa démence, & que la certitude phyfique de la démence fuffit pour emporter la nullité des actes.

3°. Que dans tous les cas cette interdiction de Desbureaux, lors dés actes, ne peut plus aujourd'hui faire de difficulté, parce qu'elle eft prononcée par une Sentence dont la difpofition & les termes la font néceffairement remonter à un temps antérieur à ces actes.

Il prouvoit fa premiere propofition par le fait feul du fuicide.

Tout homme, difoit-il, qui ofe attenter à fes jours, doit être pour cela réputé habituellement infenfé. A la vérité, il eft des circonftances cruelles, des malheurs accablans, auxquels l'homme le plus raifonnable a peine à réfifter, en raffemblant même toutes les forces

de

de fon efprit. L'excès de la fenfibilité, dans ces momens fâcheux, en abforbant les facultés de l'ame, peut cacher, aux yeux même de l'homme fenfé, les moyens de prévenir des malheurs plus grands encore, ou de faire face à l'infortune préfente & ne lui laiffer de reffources que celles de fe dérober lui-même aux épreuves terribles que fa pufillanimité redoute. Cette erreur, effet excufable, en quelque forte, de la foibleffe humaine, peut n'offrir que la preuve d'un délire momentané, que l'inftant précédent avoit peut-être démenti, que l'inftant d'après eût diffipé fans doute, fi la main errante eût mal exécuté fon fatal miniftere. Dans ce cas, on ne peut conclure du fuicide une folie habituelle & continue, qui doive paffer pour une affection permanente de l'efprit, & qui fuffife pour établir une incapacité abfolue

Mais ce ne font point là les circonftances dans lefquelles Desbureaux fe trouvoit au mois de Novembre 1744.

Les menaces du fieur Duveillez n'ayant eu jufqu'alors, & n'ayant pu avoir encore aucun effet important, aucun autre effet enfin que la condamna-

tion obtenue contre Desbureaux, au
mois de Mars 1744, par le Procureur
d'Arras, des soixante livres que lui devoit le pere, & des frais qui s'en étoient
suivis, un motif de cette espece ne pouvoit conduire Desbureaux à un désef-
poir extrême, s'il n'eût été réellement
d'une foiblesse d'esprit & d'une imbécillité décidées.

Marié depuis peu, jouissant alors
d'une fortune que bientôt son économie
auroit libérée ; assuré, par la Loi & par
son droit d'aînesse, de la retrouver presque en totalité dans la succession de son
pere, quand même la jalousie de son
beau-frere l'eût porté à attaquer la vente
de 1742, il ne pouvoit que s'applau-
dir avec sécurité de l'aisance prochaine
qu'il alloit se procurer à lui-même & à
sa famille.

Mais la démence ne lui permettoit
pas ces réflexions simples. Des menaces
vagues & sans objet avoient suffi pour
l'aliéner absolument ; & si son suicide
fut un *orage passager*, au moins est-il
vrai que cet orage ne pouvoit être chez
lui que l'effet d'une folie caractérisée ;
& qu'aucun motif quelconque ne pouvant l'excuser, il devient lui-même

une preuve fuffifante de l'aliénation totale de fon efprit ; & c'eft le cas de dire
avec un Philofophe Latin : *Quæritis
infaniæ argumentum , & ipfe fe vo-
luit occidere. Seneq. de Conftan. lib.* 5.

Le défir le plus fortement imprimé en
nous , eft celui de la vie. Il n'y a que
le fentiment des maux extrêmes , ou la
démence abfolue, qui puiffe vaincre ce
défir. Si donc cet excès de maux n'environne pas celui qui fe tue, il faut conclure
que la démence eft la feule caufe de l'extrémité à laquelle il s'eft porté.

Mais , d'un autre côté, fi le fuicide
occafionné par le malheur, eft réellement
l'effet de la pufillanimité de l'efprit ,
qui n'a pu fupporter l'idée des maux à
fouffrir , au moins faut-il convenir qu'il
fuppofe auffi un certain courage dans le
facrifice de fon exiftence. Or ce n'eft
pas dans l'ordre de Citoyens où Desbureaux étoit né , que l'on trouve des
exemples de ces efforts de l'ame. Parmi
les gens de la campagne , les fentimens
de la Nature font toujours les plus forts.
Concentrées dans un feul objet , leurs
idées ont un rapport beaucoup plus dif-
tinct que les nôtres , avec leur conftitu.
tion phyfique. Toutes leurs occupations

les rapprochent de l'idée de leur existence; & les objets sur lesquels se porte
leur imagination n'étant, pour ainsi dire,
jamais variés, les fibres de leur cerveau
se roidissent en même temps que leurs
mains s'endurcissent par la continuité
des travaux pénibles. Ils deviennent
par-là bien moins sujets à l'impression des biens & des maux, & ne sont,
pour ainsi dire, jamais susceptibles de
ces vibrations, de ces secousses violentes
qui mettent l'ame hors de son assiette
& la portent aux extrémités.

Si donc il se trouve quelquefois
parmi eux des exemples de cette des-
truction de soi-même, à laquelle le désespoir peut porter le reste des hommes,
leur condition même est un motif suffisant pour l'attribuer à un dérangement
absolu de la machine entiere, à la folie
en un mot.

Ainsi, dans notre espece, si l'on ob-
serve & les circonstances dans lesquelles
Desbureaux se trouvoit lors de son suicide en 1744, & les affections ordinaires dans la classe où la Nature l'avoit
placé, toutes ces considérations résistent
à l'idée d'une autre cause de ce délit,
qu'une démence habituelle.

Il n'eſt donc pas permis de douter
de ſa démence, d'après les termes de
l'Arrêt du Conſeil d'Artois, du 18 Janvier 1745.

Des informations avoient été faites
à Sus-Saint-Léger, & les Juges de cette
Seigneurie avoient condamné Desbureaux aux galeres & confiſqué ſes
biens.

Ceux du Conſeil d'Artois, ſur l'appel, ont commencé par infirmer la Sentence. Mais l'accuſation ſubſiſtoit; &,
pour y ſtatuer, quelle forme de pro-
nonciation adoptent-ils? Celle de mettre hors de Cour; c'eſt-à-dire, qu'ils ne
jugent, ni que Desbureaux ſoit coupable, ni qu'il ſoit innocent. Ils ne jugent pas qu'il n'y ait point eu de délit;
car ſi la preuve du délit n'eût pas été ex-
preſſément portée par les informations,
ils ne pouvoient abſolument ſe diſpenſer de décharger Desbureaux de l'accuſation.

Mais ces mêmes informations, qui
conſtatoient ce fait, portoient auſſi la
preuve de la folie habituelle qui l'y avoit
conduit; & cette preuve étoit ſuffiſante
pour mettre le coupable à l'abri de la
punition, parce que l'homme en dé-

P iij

mence n'eft pas réellement coupable. *Qui per furorem, vel infaniam, mortem fibi confciverunt, cùm nefciant quid agant, fatis furore puniuntur, & culpâ vacant* (a).

C'eft donc d'après cela que les Juges, ne pouvant dire qu'il n'y avoit pas de fuicide, puifque le fait étoit conftant, & ne pouvant punir pour ce fait prouvé celui que la raifon & la Loi déclarent exempt de crime & ne réputent pas coupable, ont dû choifir le parti de mettre hors de Cour fur l'accufation, ainfi qu'ils l'ont fait ; puifque par-là ils ont laiffé fubfifter, & la preuve du délit, & celle de la démence qui effaçoit le crime.

Le Jugement, tel qu'il eft, forme donc une preuve inconteftable de cette folie, & par conféquent il emporte l'interdiction de droit.

Et en effet, une Sentence d'interdiction n'étant autre chofe qu'un Jugement qui prononce qu'un homme eft infenfé, il faut conclure par raifon inverfe, qu'un Jugement qui prononce

_____

(a) Can. aliquos, Can. fi quis infaniens 15, quæft. 1.

qu'un homme est insensé, emporte interdiction.

On objecte cette expression du prononcé de l'Arrêt, *sans s'arrêter à la Requête de la femme Desbureaux.* » Cette disposition, dit-on, montre que les Juges, pour se déterminer, n'ont point voulu rechercher en détail si Desbureaux étoit fou, parce qu'apparemment le Tribunal a jugé simplement que tout homme qui attente à ses jours est furieux, par cela seul qu'il veut se détruire «.

Mais comment supposer que le Conseil d'Artois ne regarde pas le suicide en général comme un crime punissable ; & qu'au contraire il n'admet jamais de crime dans le suicide, à raison de la folie nécessaire dans celui qui en est coupable ?

Si nos maîtres dans l'art de la législation avoient autrefois laissé ce crime impuni, par une suite de l'esprit de liberté qui les avoit animés d'abord, & par l'ignorance d'une Religion qui nous démontre que nous sommes comptables de nos jours à l'Etre Suprême ; si, par un ancien attachement aux principes du Droit écrit, quelques Tribu-

naux du Royaume ont négligé long-
temps de punir cette espece de crime,
cet abus a disparu depuis que le Souverain a prescrit, sur ce point, des Loix
générales, qu'aucun Juge ne peut ignorer. Ceux du Conseil d'Artois étoient
trop eclairés sans doute, pour ne pas
supposer de crime possible dans une action que l'Ordonnance a mise au rang
des plus graves délits. Mais la conviction où ils étoient qu'il n'y avoit point
eu de volonté dans le crime, les a forcés
à laisser l'Accusé impuni, sans prononcer
sa justification.

Il paroît même, par le témoignage
du dernier Commentateur de l'Ordonnance de 1770 (a), que le *hors de
Cour* est la forme de prononcer usitée,
lorsque la démence & la fureur sont
certaines. Elles l'étoient dans l'espece,
par les informations ; elles le devinrent
encore d'une maniere évidente, par
l'interrogatoire que subit Desbureaux.

L'exécution de cette derniere formalité ne peut pas même laisser de doute
sur la réalité de sa démence : car si les

_____

(a) Jousse, sur l'art. premier du tit. 22,
not 3.

Juges n'euſſent pas reconnu dans Desbureaux, eſprit abſolument aliéné, ils
ne pouvoient ni le condamner, ni l'ab-
ſoudre un, ſans auparavant faire droit ſur
la demande de ſa femme, qui offroit
de prouver ſa démence habituelle. Si
ſon crime n'eût été que l'effet d'un orage
momentané, cet orage, ou plutôt ce
délire, n'exiſtoit plus lors de l'interrogatoire, & alors on ne pouvoit ſuppo-
ſer qu'il y eût délire, ſans en avoir la
preuve. L'on ne pouvoit ſe diſpenſer
d'informer plus amplement ſur un fait
que l'interrogatoire démentoit, & qui
cependant devoit, de néceſſité abſolue,
décider le Jugement; c'eſt l'uſage conſ-
tant en pareil cas. Si donc on ne l'a
pas fait, ſi l'on a prononcé ſans s'arrêter à la demande de la femme Desbureaux, c'eſt que le fait articulé n'avoit
pas beſoin de preuves nouvelles; c'eſt
que la folie de Desbureaux, au temps
du ſuicide, étoit prouvée par les informations, & que ſa folie actuelle
étoit évidente, d'après ſon interrogatoire.

En vain on prétendroit que les renonciations & la procuration, qui ont
été la baſe des Arrêts & de l'acte par leſ-

P v

que ls le fieur Duveillez a confommé la ruine de Desbureaux, ont été paffées dans des intervalles lucides.

Le genre de folie dont il s'agit dans cette Caufe, étant tout à la fois un mélange de fureur & de fimple démence, exclut abfolument toute poffibilité d'inftans lucides.

La fureur ne ceffoit, chez Desbureaux, que pour faire place à l'imbécillité la plus ftupide, ou à la folie la plus extravagante.

On le voyoit ceffer tout à coup de pourfuivre fa femme, à qui il avoit coupé les doigts, fes enfans qu'il avoit maltraités, pour fe livrer l'inftant d'après à un rire infenfé, ou regarder fixement avec des yeux égarés; aller fe cacher dans fes granges, fes écuries, & ne répondre encore que par des éclats de rire imbécilles, à ceux qui cherchoient à le faire rentrer dans fa maifon.

Or ce ne font pas là les caracteres d'une fureur fufceptible d'inftans de repos; mais d'une démence continue & habituelle, qui fe tourne en fureur dans certains inftans.

La fureur n'eft l'effet que d'une efferrvefcence extraordinaire du fang, qui peut se ralentir par momens ; mais la démence est la preuve d'une défaillance absolue dans les organes , qui rend l'homme , réduit à ce misérable état , incapable , dans aucun instant de sa vie , d'un raisonnement suffisant pour contracter. Si quelqu'une de ses actions paroît s'éloigner un peu moins de la sagesse & de la raison, ce ne peut être que le fruit du hasard qui a dirigé de telle maniere un esprit qui ne se dirige plus lui-même , ou d'un dernier effort que la Nature fait encore pour se rapprocher de sa premiere constitution ; mais effort impuissant , incapable de donner à l'esprit une stabilité ni une justesse suffisantes pour calculer raisonnablement le pour ou le contre d'une résolution à prendre ; & , à plus forte raison , pour contracter civilement.

Au reste , quand le dérangement de l'esprit est démontré par des faits constans , alors , comme la démence est indubitable , ce seroit à celui qui allegue des intervalles lucides , à les prouver ; & cette preuve , on l'entreprendroit en vain ; car jamais elle ne pourroit être certaine , puisque l'insensé peut faire des actions de sagesse , & que quelques actions de fageffe ne prouvent point qu'un homme ne foit pas en démence.

La folie de Desbureaux enfin étoit de telle nature, qu'elle n'admettoit pas même d'intervalles où l'on pût s'affurer qu'il étoit en pleine raifon. Il fuit de là que, quand même on ne regarderoit pas le Jugement du Confeil d'Artois comme ayant imprimé fur Desbureaux une interdiction & une incapacité abfolue de contracter, cette incapacité réfulteroit fuffifamment des faits particuliers de la vie de Desbureaux, depuis cet Arrêt, dans le temps des actes en queftion, & jufqu'au moment enfin de fon interdiction, pour qu'il n'ait pu foufcrire ces actes valablement.

Il n'eft pas toujours befoin, pour qu'un acte doive être rejeté, que la Juftice ait prononcé d'avance l'interdiction de celui qui l'a foufcrit; & c'eft une maxime reçue dans notre Jurifprudence, qu'un acte peut être nul par le fait feul de la démence.

Il n'eft pas un des neuf témoins entendus à Saint-Pol, qui n'ait dépofé formellement du fait général d'une démence notoire & certaine; il n'en eft

pas un auſſi qui n'ait appuyé ſa dépoſition de faits particuliers, circonſtanciés
& caractériſtiques de la folie.

Tous ceux qui connoiſſoient Desbureaux anciennement, atteſtent d'abord,
que, depuis qu'il a voulu ſe pendre en
1744, il n'a ceſſé d'être en démence.
Chacun dépoſe enſuite des faits qui ſe
ſont paſſés ſous ſes yeux ; ils déclarent
qu'ils l'ont vu ſouvent ſe rouler nu ſur
ſon fumier, courir en cet état dans le
village, dans les champs & les prés ;
tantôt emportant des cordes, & diſant
qu'il alloit ſe pendre ; tantôt armé
d'une ſerpe, & criant *qu'il veut tuer
ſa femme ...... que le Diable eſt là,
qu'il veut lui couper la tête ...... qu'il
veut perdre le pays ...... s'en aller à
Saint-Jacques, parce que Duveillez
a pris ſon bien.....* Dans un moment,
la tête & les yeux baiſſés vers la terre :
*Voyez-vous les Archers qui viennent me
prendre......* dans un autre : *Dépêchez-
vous, tout le monde court après moi.....*
s'échapper habituellement, ſe cacher
dans ſes granges, dans ſes étables,
paſſer tour à tour d'une fureur effrénée
à un rire imbécille ; là, frapper ſa
femme, ſes enfans ; ici, ſe jeter avec

violence au milieu des Gardes qui con-
duisent des contrebandiers ; un jour ,
forcer sa niece à mettre la soupe sur le
feu , dans un seau de bois ; un autre ,
plumer des poules vivantes & les faire
courir , en disant *que ce font des pe-*
tits cochons , &c. &c. &c.

Il est impossible sans doute de dé-
sirer une enquête plus concluante &
plus décisive. Et lorsqu'à des témoignages aussi clairs , qui embrassent la
vie entiere d'un homme , l'ensemble
& le détail de ses actions , vient encore
se joindre un interrogatoire qui prouve
que la démence ancienne , attestée par
les témoins , s'est perpétuée jusqu'au
moment même où le Juge cherchoit à
s'assurer de son état ; lorsqu'on le voit,
dans cet interrogatoire , ou ne rien répondre , & faire des gestes imbécilles ,
ou quand on lui demande » com-
» ment il s'appelle , d'où il est , ce qu'il
» fait , s'il a des enfans « , répondre
qu'il ne le sait pas : — si ses pere &
mere vivent : — *qu'il n'a jamais eu*
de pere & de mere , qu'il n'en a ja-
mais eu de sa vie : — s'il a une femme,
& s'il demeure avec elle , — répondre,
en frémissant comme un homme fu-

rieux, & d'un ton menaçant, *qu'il n'a pas de femme, qu'il n'en a pas befoin, qu'il demeure par-tout ;* — s'il a des fœurs, — *qu'il n'a jamais eu de fœurs; de perfonne, qu'il ne connoît perfonne ;* à d'autres demandes, ne répondre *que par des hu hu,* par des fons fans expreffions, prefque toujours après qu'on lui a répété les demandes plufieurs fois mot à mot, comme à un enfant, avoir à chacune un air fanglotant, ou furieux, ou menaçant, ou effrayé ; lorfqu'enfin toutes ces circonftances fe réuniffent enfemble pour démontrer, dans les différentes époques de fa vie, la conduite d'un homme abfolument égaré, il eft impoffible de douter de fa démence, & de le regarder comme capable de contraâer.

La démence de Desbureaux eft encore prouvée par les aâes mêmes qu'il a foufcrits ; la renonciation de 1746 l'a privé de la totalité de fa fortune ; celle qu'il a fait faire enfuite par fa fille à la fucceffion de fon fils, eft encore un aâe de déraifon & contraire à fes intérêts. La procuration de 1767, donnée au fieur Duveillez & à Aubron,

Procureur, fes fpoliateurs, eft encore un acte de démence.

En vain oppofe-t-on à ces actes, d'autres actes aux mêmes époques, qui paroiffent plus raifonnables & fuppofent des intervalles lucides.

Ces actes ne forment aucune préfomption particuliere de fageffe, parce qu'ils ne font point réellement l'ouvrage de Desbureaux, qui n'a fait autre chofe que d'y donner fa fignature. Ils ne font qu'une preuve très-incomplette de volonté. Pour les autres, on a furpris à Desbureaux fa fignature, fans lui en faire connoître l'effet, & c'eft par-là qu'on l'a dépouillé de tous fes biens. Pour ceux-ci, on la lui a fait donner pour fon propre avantage, mais fans nuire aux droits qu'il avoit de fe pourvoir contre les premiers.

Ce font des principes pofés dans l'affaire du Prince de Conti, par ce Magiftrat célebre, oracle du Barreau, dont les opinions font devenues aujourd'hui des maximes.

» Dans tout acte qui n'a d'autre marque de la capacité & de la volonté de l'homme, que fa fignature, on doit diftinguer deux chofes; l'une eft la fubftance de l'acte, l'autre eft la capacité de la perfonne qui le paffe.... La premiere, c'eft-à-dire, les claufes, la nature de l'acte, eft prouvée par l'acte même : on peut y ajouter encore tout ce qui regarde la folennité extérieure; tout cela eft établi, démontré par l'acte même. Mais il n'en eft pas de même de l'état de celui qui le paffe; l'acte fuppofe fa capacité, & ne la prouve pas directement. Ce n'eft point pour cela qu'il fe paffe, aucun de ceux qui y ont part n'envifage la preuve de ce fait...... Le Notaire, témoin authentique de leur engagement, n'eft point nommé par la Loi pour être le Juge de leur capacité...... Dans les teftamens même, où il exprime que le Teftateur eft fain d'efprit & d'entendement, cette claufe n'eft jamais regardée comme une preuve écrite de fageffe; & les Arrêts ont fouvent jugé que, malgré cette claufe, le fait de démence étoit admiffible «.

La démence, conftatée par des faits prouvés, emporte la nullité des actes foufcrits par celui qui en eft attaqué.

·Ces actes font nuls en eux-mêmes,

dès l'inftant où ils ont été fignés, & fans que la nullité ait befoin d'être prononcée par la Sentence.

Mais la Sentence de la Sénéchauffée de Saint-Pol, qui a prononcé l'interdiction, a un effet rétroactif, qui fait remonter à l'époque même du fuicide l'incapacité de Desbureaux.

De tous les Auteurs, il n'en eft pas un qui n'ait mis en principe, que *les interdictions fondées fur la démence, remontent jufqu'au moment où la démence eft prouvée*; & il n'eft pas un des Arrêts rendus fur cette queftion, qui ne l'ait confacré.

Une Sentence d'interdiction pour caufe de démence, n'eft pas tant la décifion d'une queftion, que l'atteftation de ce qui eft, la fanction juridique d'un fait prouvé.

Les Jugemens ordinaires ne prouvent fouvent que l'opinion des Juges, & l'on ne peut pas dire qu'ils foient toujours une indication infaillible de la vérité; mais en matiere de démence, lorfque les faits font clairs & que les preuves font évidentes & certaines, il ne dépend pas du Juge d'interdire, ou de ne le pas faire, parce qu'il ne peut pas dire que ce qui eſt atteſté par un nombre ſuffiſant de témoins irréprochables, n'eſt pas. Les dépoſitions forcent donc ſon Jugement; ce ſont elles qui en ſont la baſe; c'eſt donc aux dépoſitions qu'il faut recourir, pour en connoître l'étendue.

Le Juge qui interdit, déclare qu'il eſt prouvé que l'homme interdit eſt en démence; mais s'il eſt en même temps prouvé, non ſeulement qu'il l'eſt au moment du Jugement, mais encore qu'il l'étoit à telle époque, alors l'effet du Jugement doit être néceſſairement de remonter à cette époque, puiſque le Jugement n'eſt que la déclaration de ce qui eſt prouvé.

Dans ces ſortes d'interdictions, a dit encore M. d'Agueſſeau, » la Nature prévient l'office du Juge; c'eſt elle, à proprement parler, qui prononce l'interdiction; le Juge ne fait que la déclarer & la rendre plus ſolennelle «.

Il faut donc rechercher, dans les dépoſitions, à quelle époque la Nature avoit agi; il faut connoître l'inſtant où elle a commencé à priver l'homme de ſa raiſon.

Or, que voit-on dans l'information

faite à Saint-Pol en 1768 ? un concert unanime des témoins à se reporter à vingt-quatre & vingt-cinq ans plus tôt, c'est-à-dire, aux années 1744, 1745, au temps enfin du suicide.

Après avoir développé ses moyens & ses preuves, M. Barré combattit la fin de non-recevoir opposée par les Parties adverses, fondée sur ce que l'interdiction de Desbureaux n'ayant été prononcée que le 14 Juillet 1768, & sa femme nommée curatrice que le 16, elle ne pouvoit demander à être reçue opposante à des Arrêts de 1758, 1763 & 1766. La curatrice n'existant point lors de ces Arrêts, son assistance ne pouvoit pas y être nécessaire. On n'est recevable, dans une tierce-opposition à un Arrêt, que lorsqu'on auroit pu être appelé. Or la femme Desbureaux ne pouvoit pas l'être en 1758, puisqu'elle n'avoit pas même encore la qualité sous laquelle elle se présente.

Pour répondre à cette fin de non-recevoir, il posa deux principes :

1°. L'imbécille ne peut contracter, ni ester en Justice, sans l'assistance d'un curateur.

2°. Si les parens négligent de lui en faire nommer un, celui qui veut procéder contre lui doit provoquer cette nomination.

Le premier est une suite de l'incapacité absolue de tout raisonnement & de toute volonté, où l'homme en démence est réduit. *Furiosi nulla est voluntas. L. 40. de reg. juris.*

Le second dérive de la bonne foi que la Loi exige dans les contrats, & qu'elle désire dans les actions judiciaires ; bonne foi qu'on ne peut présumer dans celui qui n'a pas rougi de procéder contre un homme incapable de volonté, & par conséquent d'une défense raisonnable ; & comme cette incapacité met à cet égard les insensés dans la même classe que les mineurs, les Loix qui ont prescrit la maniere de procéder contre ces derniers, s'appliquent également aux uns & aux autres. *Admone adolescentem adversus quem consistere vis, ut curatores sibi dari postulet, cum quibus secundùm juris formam consistas,* dit la Loi premiere, au code, *qui petant Tut.*

A ces principes, ajoutons celui qui fait la regle générale en matiere de tierce-oppofition, & qui n'eft autre chofe que le texte même de l'Ordonnance.

On eft fondé à fe pourvoir par tierce-oppofition contre un Arrêt qui fait préjudice, lorfqu'on n'y a point été Partie, ou dûment appelé.

L'objection n'eft donc qu'un vrai fophifme. On dit que, lors de l'Arrêt, la femme Desbureaux n'avoit pas de qualité dans laquelle on dût l'appeler. Eft-ce donc de fon chef, & en fon propre & privé nom, que cette femme a formé fa tierce-oppofition? N'eft-ce pas feulement en qualité de curatrice? Mais ce titre feul annonce affez de lui-même qu'il falloit néceffairement appeler à la procédure quelqu'un qui en fût revêtu. *Elle ne l'étoit pas*, dit-on; — eh! ce n'eft pas elle non plus individuellement, qu'on foutient avoir dû être appelée; mais le curateur quelconque, fans lequel Desbureaux ne pouvoit efter en Juftice. — *Il n'y en avoit pas de nommé*. Mais la Loi a prévu ce cas; elle a prefcrit, à quiconque voudroit procéder contre celui qui ne peut efter en Juftice, de provoquer lui-même la nomination du curateur:

Si filii debitoris tui non funt neceffa-
rii, qui tutores petant, potes & ipfe
curare ut accipiant ; per quos legiti-
mè defendantur. L. 4. C. qui pet. Tut.

C'eft ce que Bouteiller a exprimé ainfi dans fa Somme rurale : » Et s'il advenoit qu'aucuns pupilles n'euffent point de tuteurs, & qu'on les voul-fift traire en Caufe, fi conviendroit-il que le Juge leur pourvuft de tuteurs ; *& fe peut faire à la requéte propre de ceux qui les veulent traire en caufe ;* ou autrement, on ne pourroit faire, ni intenter aucune action contre eux, liv. 1, tit. 13, n. 2 «. C'eft auffi ce qui a été ordonné par différens Ar-rêts, rapportés entre autres par Brodeau fur Louet, lett. M. Som. 1.

Le fieur Duveillez eft d'autant moins recevable à propofer ce moyen, que chacun des titres qu'il raffembloit en fa perfonne l'obligeoit également à pourvoir Desbureaux d'un curateur, & que celui même, à la faveur duquel il s'étoit acquis les droits qu'il récla-moit, lui en faifoit la loi.

Il le devoit comme beau-frere de Desbureaux, & fon plus proche parent après fa femme. La Loi 2, *Cod. qui*

pet. Tut. le lui enjoignoit, à peine
même d'être responsable des risques
que sa négligence pourroit entraîner :
Ne , si cessaveris , obsequii deserti pe-
riculum subeas. Cette obligation des
parens „ suite du droit naturel , s'est
perpétuée parmi nous.

Il le devoit comme Juge du lieu,
chargé par la Loi de la conservation
de ses Justiciables, & de leurs biens.
Il avoit bien su provoquer la vigilance
de son Procureur-Fiscal, lorsqu'il avoit
cru que ses poursuites pourroient, aux
risques de l'honneur de sa famille, &
du sien propre, lui procurer une portion des biens dont il espéroit voir dépouiller son beau-frere. Par quel motif
a-t-il pu ne le pas faire, lorsque l'Arrêt
du Conseil d'Artois, en jugeant la démence, avoit mis Desbureaux sous la
garde du Ministere public ? Si ce dernier restoit tranquille, malgré l'obligation où il étoit de réparer le silence
de la famille, ainsi que les Loix Romaines & plusieurs de nos Coutumes
l'y obligent, c'étoit au Juge lui-même
à lui prescrire son devoir. Il ne devoit
pas ignorer que ceux qui ne peuvent
se conduire par eux-mêmes, sont sous

la

la garde de la Justice. *Ut , per omnia , patres eorum qui sibi auxiliari nequeu , existamus.* Novel. 72, c. 8, *in fine.*

Le sieur Duveillez le devoit enfin , comme ayant une action judiciaire à former contre l'insensé.

Qu'il ne se fasse donc point un moyen de ce que ce curateur n'existoit point. C'étoit à lui-même à le faire nommer , comme proche parent , comme Juge du lieu , comme Partie litigante. Non seulement il ne l'a pas fait, mais il s'y est opposé constamment.

Desbureaux, comme insensé, devoit avoir un curateur. Ce curateur devoit être Partie dans les Arrêts ; il ne l'a pas été : la tierce-opposition que Desbureaux lui-même & ce curateur forment aujourd'hui, est donc bien fondée.

Qu'on ne prétende point que Desbureaux étoit lui-même Partie dans les Arrêts ; qu'il y a eu de sa part constitution de Procureur , & instruction ; & que sa curatrice , pouvant être considérée comme ne faisant qu'un avec lui , est censée y avoir été Partie elle-même. Tous ces raisonnemens ne se-

Tome VII. Q

roient que de pures équivoques, contredites par les maximes du Droit les plus connues. Quelque acte que fasse le furieux , il est toujours regardé comme absent & incapable d'aucun consentement , d'aucun acte quelconque. *Furiosus non intelligitur codicillos facere , quia nec aliud quicquam facere intelligitur. , cùm per omnia & in omnibus absentis vel quiescentis loco habeatur. L. 2 , § 3 , ff. de jure codi.*

Puisque l'insensé ne peut ester en Justice sans curateur , tout ce que Desbureaux a fait n'existe point aux yeux de la Justice. N'ayant point l'être civil , il n'a pu agir valablement en aucune maniere.

Il en est de la procédure tenue contre un insensé sans curateur , comme de celle où des mineurs seuls auroient agi sans l'assistance de leur tuteur. De même que le tuteur seroit fondé à revenir , par tierce-opposition , comme ayant dû être appelé à l'Arrêt, le curateur de l'insensé peut le faire.

Tels étoient les moyens employés par M. Barré ; il en tira le résultat qui suit :

Desbureaux étoit en démence lors

des Actes & des Arrêts. Cette démence étoit assez prouvée : 1°. par le fait constant du suicide, qui, dans les circonstances & dans la classe des Citoyens où se trouvoit Desbureaux, ne pouvoient être que l'effet d'un dérangement absolu de l'esprit : 2°. par l'Arrêt du Conseil d'Artois, qui, sur ce délit constaté, avoit mis hors de Cour, parce que telle est la seule forme de prononcer, lorsque le suicide est l'effet de la folie.

Elle étoit encore démontrée d'après le détail des faits de la vie de Desbureaux, attestés par les témoins & par la nature & l'effet des actes mêmes qui avoient donné lieu aux Arrêts.

Ensuite la Sentence qui avoit prononcé l'interdiction de Desbureaux, avoit un effet rétroactif au temps des Actes.

M. Boucher, Procureur, qui eut la permission de plaider sa Cause, proposa d'abord une fin de non-recevoir contre la veuve Desbureaux & sa fille. Il soutint que leur tierce-opposition contre les Arrêts de 1758, 1763, 1766, ne pouvoit être reçue.

Son moyen étoit, ,, que la veuve

Q ij

n'ayant été nommée qu'au mois de
Juillet 1768, curatrice de son mari,
interdit lors de ces Arrêts, la curatrice n'exiftant point dans le fait, la
néceffité de fon affiftance pour Desbureaux n'exiftoit pas dans le droit ; que
lorfqu'ils ont été rendus, elle n'étoit
pas entore ce tiers qu'on pût appeler
au Procès, comme Partie néceffaire
dans l'inftruction ; elle n'étoit feulement pas née ; ce n'eft que depuis ces
Arrêts qu'elle fut créée curatrice. Jamais on ne feint l'exiftence de ce qui
n'étoit point du tout ; le droit an-
nulle, le droit ne crée pas.

» Le fait occafionnel des tierces-oppo-
fitions eft un Arrêt qui, rendu fans
la participation & au préjudice d'une
tierce perfonne, peut être cenfé ne
pas exifter ; mais, pour le déclarer
nul, la Loi ne va pas jufqu'à faire préfumer qu'un droit, qu'un titre, qu'un
tiers, qu'une qualité, quoiqu'ils n'exif-
taffent point, exiftoient. La préfomption légale n'opere la nullité que des
Arrêts contraires à un droit, non pas
exiftant par fimple fiction, mais ouvert
de fait, de fait exiftant ; autrement ce
feroit une échelle de préfomptions,

qui, en Jurisprudence, ne conduiroit qu'à des chimeres. En effet, qu'à défaut de curateur créé à la requête de Duveillez, on présumât d'abord l'exiſtence rétroactive d'un curateur, pour préſumer enſuite que des Arrêts, rendus en l'abſence de ce curateur imaginaire, n'exiſtent point, ne ſeroit-ce pas lourdement aſſeoir une ſeconde préſomption ſur une premiere, fondée elle-même ſur une conſidération négative, & non ſur un fait qui, réputé nul, ſeroit dès-là du moins très-poſitif? On défie les Adverſaires de trouver, dans tout le Droit, aucun veſtige de cette pyramide de préſomptions, qui a le vuide pour baſe.

» Ce que les Adverſaires peuvent dire de plus ſpécieux, c'eſt qu'on regarde comme nul un Arrêt rendu en l'abſence du curateur, qu'avoit eu, qu'avoit déjà, qu'avoit effectivement l'imbécille ou le furieux; mais, par la raiſon même de cette nullité, cet Arrêt eſt à l'abri de la tierce-oppoſition, de la part d'un curateur poſtérieurement créé : car enfin la tierce oppoſante ne ſe plaint pas préciſément de ce que, lors des Jugemens en queſtion, Des-

Q iij

bureaux n'étoit pas affifté d'un curateur, mais de ce qu'elle n'y avoit pas été appelée en qualité de curatrice ; mais elle n'avoit pas cette qualité en 1758, en 1763, ni en 1766. Ainfi, point de tiers en 1758, 1763, 1766, qui dût être Partie dans les Arrêts rendus alors ; perfonne donc aujourd'hui ne peut réguliérement être reçu à y former une tierce oppofition.

» Mais fi de la fin de non-recevoir on paffe au fond, on verra que la prétention de la veuve Desbureaux n'eft pas mieux établie.

» On prétend que François - Marie Desbureaux étoit imbécille & en démence, lors des Arrêts obtenus contre lui ; raifon pourquoi, n'étant pas fuffifamment défendu, il n'a pas relevé la prétendue nullité de la renonciation qu'il avoit faite, le 5 Août 1746, à la fucceffion paternelle, & qui pourtant eft le feul fondement des condamnations ruineufes, prononcées contre lui par les Arrêts de 1758, 1763 & 1766.

» Qu'il fût en démence ou non lors de ces Arrêts & quelques années auparavant, que cette récente imbécillité fût prouvée par l'information du 5 Juillet 1768, il n'en résulteroit pas, qu'attendu le défaut ou l'absence de curateur, les Arrêts en question fussent iniques, & renfermassent des dispositions que la présence d'un curateur auroit prévenues. Dans tous les cas, la Cour auroit jugé de même, & avec un curateur légitime, défenseur de Desbureaux, & avec Desbureaux seul ou privé de tout secours. En effet, d'une imbécillité bien postérieure à la renonciation de 1746, il ne suit pas, ni que cet acte ait été souscrit par un fou, ni par conséquent qu'il ait jamais dû être déclaré nul. Cet acte ne peut être attaqué, dès que celui qui l'a passé n'étoit pas imbécille au moment où il s'est engagé. Il n'y a point de preuve que Desbureaux fût imbécille au moment qu'il a signé cette renonciation.

» Toutes les prétendues preuves de cet ancien état de démence se bornent au fait même du suicide, action d'un fou déclaré suivant les Adversaires, & à l'Arrêt du Conseil d'Artois, qui a traité comme tel Desbureaux, en anéantissant la condamnation aux galeres perpétuelles, prononcée contre

Q iv

lui par la Sentence des Juges de Sus-
Saint Léger.

» Mais quelle influence le fuicide peut-
il avoir fur la renonciation de 1746,
fur les actes mêmes qui en furent la
conféquence ?

» Si le fuicide approche de la fureur,
les autres crimes ne s'écartent pas moins
de la raifon ; toute noirceur l'offufque,
toute baffeffe la dégrade, tout forfait
la bleffe : & quand un homme aura
volé avec effraction, aura même affaf-
finé, on pourra dire de lui, comme
du fuicide, qu'il n'a pas été raifonnable, qu'il a violé les regles du bon
fens, qu'il ne favoit pas bien ce qu'il
faifoit, que c'eft un fou qui calcule
mal. Cependant fa fureur affaffine lui
eft imputée comme à un être d'ailleurs raifonnable : or, fi elle eft trop
peu permanente pour faire annuller les
engagemens pris à cette horrible époque, à plus forte raifon le fuicide ne
les fait-il pas révoquer fous ombre de
folie, puifque de tous les crimes il
eft le feul auquel certains fophiftes
ayent accordé les honneurs du raifon-
nement.

» L'égarement & d'efprit & de cœur,

source des autres crimes, ne faisant
pas même soupçonner le scélérat de
démence ou de fureur, le suicide ne
suppose pas davantage ces vices de
constitution morale ou physique : donc
il n'autorise point à retrancher de l'ordre des contrats les engagemens ordinaires de la Société, qui ont presque immédiatement suivi ou précédé
ce coupable renoncement à la vie.

» Aussi l'Arrêt du Conseil d'Artois,
du 18 Janvier 1745, a jugé l'accusation de suicide intentée contre
Desbureaux, comme il auroit fait
toute autre matiere criminelle. Après
avoir anéanti la Sentence de Sus-Saint-
Léger, il porte : » Emendant, sans
» s'arrêter à la Requête de ladite Ga-
» brielle Buttin «, afin de faire preuve
de la démence de son mari, » sur
» l'accusation met les Parties hors de
» Cour «.

» Par cet Arrêt, on juge donc le suicide sans avoir eu les preuves de la
démence alléguée; on déclare même
qu'elles n'étoient point nécessaires :
ainsi, de cet Arrêt, il est ridicule d'in-
duire que Desbureaux fût convaincu
de fureur ou d'imbécillité.

Q v

» Le fait même du suicide n'est seulement pas conſtaté par ce Jugement, qui, ayant mis hors de Cour, peut faire penſer que l'accuſation étoit dénuée de preuves, & une inſigne calomnie, comme diſoit la femme de Desbureaux même dans ſa Requête préſentée alors au Conſeil d'Arrois.

» En tout cas, ce Tribunal auroit ſimplement jugé que tout homme qui attente à ſes propres jours, étoit furieux, par cela même qu'il vouloit ſe défaire; mais la diſpoſition, qui n'eut pas égard à la Requête de la femme de Desbureaux à fin de preuve de ſa démence, montre que les Juges, pour ſe déterminer, ne vouloient point rechercher en détail ſa conduite, fort indifférens ſur la nature & la qualité de toutes ſes actions réunies.

» Et qu'on ne diſe point que, par l'interrogatoire de Desbureaux en la Chambre, & ſur la ſellette, ils ſe convainquirent eux-mêmes de ſa démence & de ſon imbécillité; en ce cas, ils auroient fait droit ſur le chef de demande tendant » à ce que Desbu» reaux fût remis entre les mains & » à la garde de ſa femme «. Cette pré-

caution, fi elle n'eût pas été requife
par elle-même, l'auroit été par le Mi-
niftére public, & à fon défaut, eût
été fuppléee d'office par les Juges, qui
au contraire ont expreffément déclaré
n'y avoir aucun égard.

» Si donc, loin d'avoir eux-mêmes
trouvé Desbureaux dans un état actuel
de fureur, ils fe font reportés au feul
moment du fuicide, pour ne fe décider vraifemblablement que par le délire
paffager où il s'étoit commis, refte en
entier la queftion de favoir fi cette ef-
péce de rage eft d'ordinaire plus que
momentanée; fi elle eft, de toute né-
ceffité, le dernier période d'un long,
d'un précédent, d'un univerfel boule-
verfement des idées dans la tête de
l'homme.

» Prenons l'exemple le plus approchant
de la folie. Quelquefois tel fe tue,
qui n'armoit fon bras que contre un
oppreffeur cruel, ou un concurrent
heureux : mais, dans l'impatience de
fe venger, il eft aveuglé par une co-
lere fi impétueufe, qu'elle le partage,
pour ainfi dire, en deux êtres; fe fubf-
tituant alors à l'objet de fon averfion,
l'infortuné qui croyoit fe délivrer de

l'auteur de ſes maux, ne fait, hélas !
que s'exterminer lui-même. Cette fureur, aſſez rare ici, eſt commune, &
paſſe pour une maladie chez cette il-
luſtre Nation, auſſi voiſine de nos côtes,
qu'éloignée de nos goûts : là tombe
en conſomption le Philoſophe, qui
n'eſt que plus ſujet, avec un génie
profond, à une profonde mélancolie ;
où, après s'être en vain contemplé lui-
même, lui-même avance la fin de ſes
jours, croyant reculer les bornes de
ſes connoiſſances.

» Des actes, ainſi paſſés à l'entrée de
la nuit du tombeau, ſeroient nuls
comme oppoſés à l'eſprit intéreſſé des
contrats, incompatible avec la profane abnégation de ſoi-même ; mais
comme, pour un pareil meurtre, l'objet étant toujours préſent, le fait n'eſt
jamais préparé, le ſuicide eſt néceſſairement l'action du jour, ſans réſolution
de la veille ; un contrat ne peut donc
pas être ſuſpect, pour peu que dans ſa
date il s'éloigne de ce moment fatal :
il eſt d'ailleurs ſi aiſé de diſtinguer,
dans le ſtyle de l'acte, les couleurs
ſombres du déſeſpoir, d'avec les nuan-
ces fines de la réflexion !

» Car enfin, de ce que, dans un moment, l'ame faifoit de violens efforts
pour fortir des bornes de la raifon qui
la contient, il ne fuit pas que l'inftant
d'auparavant, ni encore moins dans
un temps bien antérieur, elle fût également déréglée.

» François - Marie Desbureaux, avec
quelque efpece de raifon, croyoit que
les fraduleufes aliénations, faites à
fon profit par Jean, fon pere, n'a-
voient été juridiquement frappées que
d'une nullité relative aux étrangers,
& à ceux de fes créanciers qu'avoient
foulevés ces différens contrats; il penfoit que, tout héritier de fon pere
étant obligé de les entretenir, les
Duveillez, en cette qualité, laifferoient
fon aîné jouir en paix des biens que
lui avoit vendus celui qu'ils repréfen-
teroient; finon que la même fin de
non-recevoir, qui auroit empêché Jean
Desbureaux lui-même d'attaquer fes
propres aliénations, les fouftrairoit aux
pourfuites de fes propres héritiers;
qu'ainfi, pour avoir tous les biens paternels, il n'avoit qu'à, s'enveloppant
de fes contrats de vente, & du titre d'ac-
quéreur, laiffer gliffer fur lui la qua-

lité d'héritier ; en conféquence, il la
répudie, il s'abftient, il renonce.

» Eft-ce donc là, ou ce défaut d'idées
qui dénote l'imbécille, ou ce défordre
d'idées qui caractérife le fou ? Eft-ce là
cette précipitation de démarches, cette
brufquerie d'actions, cette inconfé-
quence de conduite, ces réfolutions
extrêmes, ces promptitudes convulfives,
ces emportemens foudains qui décelent
un furieux ? Quoi ! de longs détours,
de froids raifonnemens, des projets
mafqués, des vûes fines, des deffeins
compliqués, des réflexions profondes,
tout cela, œuvre infenfée ! & pourquoi?
parce que le tout portoit à faux : mais
tous ceux qui raifonnent faux font
donc des imbécilles, voués à l'interdiction ?

» Si le principe, fi l'acte, fi l'objet
de la renonciation n'ont pas le moindre
trait de folie précédente, comment fe
diffimuler qu'ils n'en font pas la fuite,
& qu'ils n'en reçoivent pas la plus foible influence, pas plus que fes engagemens poftérieurs ?

» A la vue des baux à loyer, & du
contrat de vente des 11 Novembre 1761, 16 Septembre 1762 &

10 Décembre 1763, qui osera dire qu'il vendit, qu'il afferma ses terres dans un moment d'humeur, plutôt qu'après le temps de la réflexion ? Ce ne sera pas sa femme, elle qui doit avouer qu'il le fit à un prix avantageux, elle qui signa le contrat de vente de 1763, où son mari l'a même expressément autorisée.

» A son suffrage, sûr garant de la sage économie de ces actes, tous passés devant des Notaires Royaux, se joignent les témoignages de ces Officiers, qui certainement n'auroient pu prêter leur ministere à Desbureaux, s'il eût notoirement passé pour imbécille, ou s'il avoit eu sous leurs yeux, soit des absences d'esprit, soit des accès de fureur : donc, depuis son suicide de 1744, il a pu se comporter en homme raisonnable, & il l'a fait en 1761, en 1762, en 1763 ; l'action du suicide ne suppose donc pas un esprit continument troublé ; elle ne décele, elle n'opere point une incapacité absolue.

» Mais si, en 1761, 1762, 1763, Desbureaux put agir en homme sensé, pourquoi pas en 1746 ? La différence de deux années à quinze ou dix-huit

ans, ne fait rien à cette poffibilité :
fi le fuicide de 1744 n'eût pas été un
orage paffager, la fageffe n'auroit pas
plus relui dans la conduite de Desbureaux, après quinze années, qu'après
deux ans, qu'après quelques mois ; au
contraire, plus l'action étoit récente,
plus il y avoit de difpofition au repentir, au remords.

» Ainfi, quand même, dans l'information de 1768, des voix affez nombreu-
fes, affez diftinctes, publieroient
d'anciens traits de folie de Desbureaux,
elles ne prouveroient rien, abfolument
rien, contre la renonciation de 1746 :
en effet, le principe eft conftant ; on
ne peut, contre des engagemens anté-
rieurs, faire rétrograder une interdiction, qu'on n'y montre les mêmes fignes
d'extravagance, qu'on n'y découvre le
même principe d'imbécillité que dans les
faits, caufe de cette interdiction fub-
féquente : car indubitablement tous
les actes foufcrits par un infenfé avant
cet anathême civil, font valables, fi
par eux-mêmes ils font réfléchis, rai-
fonnés & conféquens ; l'auteur de ces
actes eût-il, la plupart du temps, été
fou, l'interdiction poftérieure les mé-

nage comme une lumiere précieuse,
dans cette nuit profonde où s'égara l'esprit du malheureux qu'elle protege.

» Et cette judicieuse diftinction eft
d'autant plus néceffaire entre les diverfes actions de quiconque a voulu
fe tuer, que fa fureur eft une folie
toute différente de ce qu'on appelle ordinairement de ce nom. On ne déci-
dera point fi le *fuicide* trouve en lui
une puiffance neutre, chargée de terminer un différent déplorable entre
l'être & la douleur; ni fi, renonçant
à l'un pour fe dérober à l'autre, il fait
un dernier ufage de ce calcul, piége
innocent qu'on ne tend prefque jamais en vain aux imbécilles dénoncés
à la Juftice. Mais il eft certain que
les furieux, non plus que la brute
qui, plutôt vouée au néant qu'à la
mort, vit moins qu'elle n'exifte, n'ont
que rarement tourné leurs forces contre eux-mêmes : incapables de réflé-
chir fur la fucceffion de leurs idées,
ils ne peuvent pas même partager le
temps en divers jours, ainfi qu'a fait
l'homme raifonnable, comme pour fe
ménager des repos en traînant une vie
trop longue; & de même que dans la du-

rée de la leur, ils ne diſtinguent pas
d'époque, ils n'en ſoupçonnent pas la
fin, réduits au ſeul inſtinct propre
à leur conſervation : n'eſt-ce pas ce
même inſtinct, qui préſerve auſſi
l'homme ivre des accidens mortels?
Ainſi ſemblent les uns & les autres ſe
reconcilier avec la raiſon, pour re-
pouſſer la mort : au contraire, c'eſt uniquement par averſion pour la vie, que
le *ſuicide* abjure la raiſon ; ou plutôt,
par les ſeuls mouvemens qu'il fait pour
ſe ſouſtraire au fardeau de l'une, il ſe-
coue le joug de l'autre ; en ſorte que,
dès qu'il n'eſt plus las de vivre, il n'eſt
plus ſujet au délire.

» Voilà pourquoi le Conſeil d'Artois,
ſuppoſé qu'il ait trouvé le fait du ſuicide ſuffiſamment prouvé, n'a jugé
que la fureur du moment ; c'étoit un
avertiſſement aux hommes de fiefs de
Saint-Pol, qui au contraire, adhérant à cet Arrêt, pour ordonner que
Desbureaux continueroit d'être interdit, ſont tombés dans l'erreur la plus
groſſiere.

» D'ailleurs, quel abus ne pourroit-on
pas faire d'une Juriſprudence fondée
ſur un pareil principe ? Que d'enga-

gemens férieux pourroient tous les jours être éludés, fur le prétexte du fuicide, dont un perfide contractant auroit joué la tragédie, aux environs du temps où il les auroit foufcrits ? Que de fourbes, dans la Société, paroîtroient avoir voulu rompre les liens qui les attachoient à la vie, tandis qu'en effet ils ne rompoient que les liens d'une obligation devenue trop onéreufe ! Ainfi furvivroient-ils moins à eux-mêmes qu'à leurs propres engagemens, qui s'évanouiroient dans les fauffes rêveries d'une mort qu'ils n'auroient pas même invoquée férieufement ».

Telle fut, en fubftance, la défenfe de M. Boucher. On regrette que le Parlement n'ait pas eu lieu de prononcer fur la queftion élevée dans cette affaire, favoir fi une interdiction provoquée & prononcée vingt-quatre ans après le fuicide, contre celui qui l'a commis, doit avoir un effet rétroactif jufqu'au crime, & annuller tous les Actes, Jugemens & Arrêts foufcrits par le fuicide, ou obtenus contre lui.

L'Arrêt qui fut rendu le 5 Février 1777, fur les conclufions de M. Joly de Fleury, débouta la veuve Desbu-

reaux & conforts de leur tierce-oppofition, fauf à eux à fe pourvoir par
Lettres tant de refcifion contre les Actes, que de Requête civile contre les
Arrêts, fins de non-recevoir & défenfes
réfervées au contraire. Il mit hors de
Cour fur le furplus des demandes.

Cet Arrêt, comme on voit, ne
juge rien fur la validité des Actes con-
fentis par Desbureaux; il indique feulement à la veuve les voies qu'elle auroit
dû prendre, au lieu de la tierce-oppofition.

*Proteſtant qui refuſe de reconnoître
pour ſa femme une jeune Protef-
tante qu'il avoit ſéduite & priſe
pour ſon épouſe, ſuivant le Rit Proteſtant.*

LE ſieur Bermond avoit pris, dans
ſa maiſon, pour partager les ſoins de
ſon ménage, une jeune parente nommée Begout, née comme lui dans la
Religion Proteſtante. La confiance naturelle à cet âge, autoriſée d'ailleurs
par les liens du ſang, la rendoient
facile à ſéduire. Le ſieur Bermond abuſa
de ſa foibleſſe, & la mit dans la néceſſité de faire une déclaration de grof-
feſſe au mois de Novembre 1770 ; les
remords & les craintes de cette jeune
fille ſuivirent de bien près ſa faute.
Le ſieur Bermond, pour les calmer &
pour réparer ſes torts, fut obligé de
paſſer avec elle, le 27 Janvier ſuivant,
un contrat public, par lequel il promit de l'épouſer *en vrai & légitime
mariage* ; il conduiſit en effet la jeune
Begout devant un Miniſtre Proteſtant,

qui leur donna la bénédiction nuptiale. Sur la foi de cette cérémonie, elle crut qu'elle alloit déformais vivre heureufe & tranquille dans une union légitime ; mais le fieur Bermond, par les traitemens les plus durs, la força bientôt à perdre cette douce efpérance, & à chercher un afile dans la maifon de fon pere.

Le 27 Juin 1775, elle fe pourvut en Juftice, & demanda qu'il fût enjoint au fieur Bermond de la traiter maritalement, ou de lui payer une penfion viagere de huit cents livres. Sans garder les moindres ménagemens, le fieur Bermond répondit que la Begout n'étoit point fon époufe, & offrit de lui payer une fomme principale de deux cents livres, ou une penfion viagere de dix livres à raifon des fréquentations qu'il pouvoit avoir eues avec elle.

Eclairée par cette réponfe fur l'irrégularité de la célébration de fon mariage, la demoifelle Begout convertit fa demande en réhabilitation, ou en 10000 livres de dommages & intérêts, en cas de refus de la part du fieur Bermond. Elle faifoit valoir, à

l'appui de cette demande, la promeſſe
d'un vrai & légitime mariage que lui
avoit faite le ſieur Bermond, & ajoutoit qu'en France, où ſon contrat avoit
été paſſé, il n'y avoit de formes vraies
& légitimes que la célébration devant
le Curé des Parties ; que les Ordonnances en ce cas preſcrivoient expreſ-
ſément la réhabilitation ; que les mœurs
ne la ſollicitoient pas moins, puiſque
le ſieur Bermond, n'ayant contracté
aucun autre engagement, étoit pleinement libre de l'accomplir.

L'affaire ayant été portée à l'Audience
du Parlement de Grenoble, le ſieur
Bermond déclara qu'il tenoit la Begout
pour ſon épouſe, & ſoutint que cette
déclaration devoit ſuffire, parce qu'il ne
pouvoit réhabiliter ſon mariage ſans
changer de Religion, & qu'on n'avoit
aucun droit de l'y contraindre, puiſque la Begout avoit conſenti à célébrer ſon mariage ſuivant le Rit Proteſtant.

Elle répondit qu'il n'y avoit point
eu de choix de ſa part, que ſa minorité avoit favoriſé la ſéduction du ſieur
Bermond ; que l'aveu tardif qu'il faiſoit, par lequel il déſavouoit ſon ma-

riage, n'étoit qu'un subterfuge grossier.
Elle invoquoit la Jurisprudence du Parlement, & elle conclut à ce que le sieur
Bermond fût condamné à des dommages & intérêts.

Le sieur Bermond soutint que l'alternative proposée de réhabiliter son mariage, ou de payer des dommages & intérêts, ne pouvoit être admise.

Tel est le précis des raisons qui furent alléguées pour & contre dans cette affaire. Aucune des Parties n'a fait imprimer de Mémoire; elle étoit cependant susceptible d'un grand intérêt : en effet, la même question, à quelques circonstances près, s'étant présentée au même Parlement en 1766, donna lieu à un Magistrat justement célébre, de prononcer un plaidoyer qui a été regardé comme l'ouvrage d'une ame sensible & d'une raison supérieure. Comme il contient des principes généraux, dont il sera facile, avec une légere attention, d'appliquer les conséquences à l'espece présente, nous croyons faire plaisir à nos Lecteurs de placer ici un extrait de ce plaidoyer.

» Jacques Roux & Marie Robequin (disoit ce Magistrat) professoient tous
deux

deux la Religion Proteſtante, lorſque, le 23 Avril 1764, ils paſſerent un contrat de mariage en préſence de leurs parens. Marie Robequin étoit âgée d'environ vingt ans, & Jacques Roux en avoit trente; la bénédiction nuptiale leur fut donnée par un Miniſtre de leur Religion. Cette union ſubſiſta ſans trouble & ſans altération pendant près de deux ans. Le 21 Avril 1765, un premier enfant en fut le fruit; mais bientôt la diviſion ſe fit ſentir. Roux, qui depuis abandonna la Robequin avec éclat, lui fit, pendant quelque temps, des infidélités plus ſécretes. Une ſervante, nommée Louiſe Faure, fit contre lui, le 26 Septembre 1765, une déclaration de groſſeſſe. Depuis ce moment, on ne voit plus entre les deux époux que des marques de diſcorde. La Robequin fit même éclater ſes plaintes contre un homme ſur lequel elle ſe croyoit des droits.

» Elle accuſa, dans un acte public, la débauche & les emportemens de ſon mari, & demanda à en être ſéparée. Elle ne prévoyoit pas là fatale réponſe qui pouvoit la condamner au ſilence. Roux, ſans chercher à ſe juſtifier, ré-

pondit en ces propres termes : " Que
" la Robequin pouvoit se dispenser de
" chercher des prétextes pour obtenir
" sa séparation ; qu'il lui a dit depuis
" plusieurs années, qu'elle pouvoit se
" marier avec qui bon lui sembleroit ;
" que le contrat passé entre eux, le
" 23 Avril 1764, n'ayant pas été suivi
" de la benédiction nuptiale, il n'exis-
" toit point de mariage.

" Dans le temps que Roux brisoit
tous ses liens, la Robequin portoit
dans son sein une preuve bien triste de
leur durée. Le 3 Mai 1766, elle fut
obligée de faire une déclaration de
grossesse, & bientôt après ayant obtenu
l'évocation de sa cause par pauvreté,
elle porta ses plaintes devant le Parlement de Grenoble.

" Après avoir exposé l'erreur funeste
où Roux l'avoit engagée, & les malheurs qui l'avoient suivie, elle forma
une demande de 1200 livres en dommages & intérêts, outre la restitution
inévitable de sa dot, & le payement
des frais de couches.

" Ce fut alors que Jacques Roux,
pour premiere réponse, obtint de l'E-
vêque de Die des dispenses pour se

marier avec cette même fille, qui n'avoit pas attendu l'ordre de la Religion pour s'abandonner à lui ; & après avoir confacré, pour ainfi dire, fon infidélité, il offrit, difoit-il, par excès d'équité, trois cents livres de dommages & intérêts.

» Nous envifageons d'abord cette queftion, difoit M. S., dans les circonf-tances les plus favorables qu'on puiffe imaginer. Nous aurons la condefcen-dance d'adopter tout ce que Roux a fuppofé. Nous croirons qu'il contracta fon mariage de bonne foi ; qu'il fut l'effet de l'erreur commune des deux parties, & que tous deux crurent lé-gitime un lien confacré par un Miniftre de leur Religion ; nous croirons enfin, qu'une confcience éclairée à détruit l'ou-vrage qu'une confcience aveugle avoit fait.

» Or nous demandons maintenant fi, même dans ce cas, Roux ne doit pas dédommager Marie Robequin du préjudice qu'il lui a caufé ; & pour réduire la queftion à des termes plus généraux & plus fimples, fi on ne doit pas dédommager des pertes qu'on a cau-fées, même par erreur ?

R ij

» Si j'écoute là-deſſus la voix intime
de ma conſcience, elle me dit que
tout homme dans la Société eſt garant de ſes propres actions ; qu'en général il doit réparer tous les dommages dont il eſt l'auteur. Je ne vois
que deux cas exceptés ; l'un eſt celui
où quelque force ſupérieure nous fait
ſervir malgré nous au dommage de
quelqu'un, & ce cas comprend tous
les accidens de la Nature, les violences & les mouvemens involontaires
auxquels eſt expoſé ſouvent un être auſſi
foible que l'homme.

Enfin (& c'eſt le ſecond cas), on
n'eſt point tenu de réparer un dommage que s'eſt attiré celui même qui
l'a ſouffert ; encore ce cas eſt-il ſuſ-
ceptible d'une foule d'exceptions ; il
faut conſidérer comment celui qui a
ſouffert le dommage y a contribué ;
s'il ſe l'eſt attiré en tout ou en partie ;
juſqu'à quel point l'auteur du dommage
y a contribué par ſa volonté propre :
mais cette diſcuſſion n'eſt point de notre
Cauſe ; elle fait voir combien ſont rares
les exceptions à cette Loi naturelle qui
crie dans tous les cœurs : *Tu es homme,*
répare le mal que tu as fait à un
homme.

» Je ne fens point que l'erreur même de celui qui a fait le mal le difpenfe de cette Loi. L'erreur eft tout au plus un malheur dont on peut le plaindre ; mais, parce qu'il fe trompe, un autre doit-il en fouffrir ? C'eft à ce point que je réduis la confcience de tous ceux qui m'écoutent. Chacun, en apportant dans la Société fes facultés, fon intelligence, fes forces, fe rend refponfable de tous les effets qu'elles pourront produire ; il eft chargé de fon bonheur ou de fon malheur, de toute fa deftinée. La foibleffe de notre jugement, & tant d'autres circonftances qui nous égarent, font une partie de notre deftinée, c'eft le poids de l'humanité impofé fur notre exiftence ; nous fera-t-il permis de le rejeter fur les autres ?

Puffendorf dit : » Ceux qui font du » mal à autrui fans deffein, font auffi » tenus de dédommager les intéreffés ; » car c'eft un des principaux devoirs de » la fociabilité, que de fe conduire » avec tant de circonfpection que » notre commerce ne foit point dange- » reux à autrui.

» Si des Loix naturelles nous paf- fons aux Loix civiles, combien les

trouvera-t-on plus étendues & plus ri-
goureuſes ſur cette matiere ? .... Selon
les Loix naturelles , chacun eſt ſon
propre Juge , chacun adminiſtre aux
autres la juſtice ſur le témoignage unique de ſa conſcience, & tout homme
équitable , connoiſſant intimement
comment & combien il a contribué
au dommage d'autrui, meſurera exactement l'étendue de ſon obligation.
Mais les Loix civiles ne ſont point à la
diſpoſition de chaque citoyen, c'eſt un
inſtrument qui s'applique à tous, mais
qui n'eſt dirigé que par quelques-uns.
Elles ne meſurent que les actions, & ne
ſondent pas toujours les volontés.

» Toutes les fois qu'il y a du dommage dans la Société, le fait eſt certain, mais la cauſe eſt obſcure. Eſt-ce
l'erreur ou la volonté qu'il faut en
accuſer ? L'action étoit-elle libre, ou
bien involontaire ? Dans cette incertitude, toujours on ordonne la réparation civile. Je dis la réparation civile;
& c'eſt ce qu'on doit remarquer; car
la réparation qu'exigent les Loix criminelles eſt d'un ordre différent : on
la décide, non ſur le fait, mais ſur la
volonté du coupable «.

Il eſt facile de faire l'application de ces principes.

» Roux & Marie Robequin ſe marient ſelon les Loix de leur Egliſe, & tous deux croient leur union légitime. Après quelques années, Roux ouvre les yeux à la vraie Religion, & ſa conſcience l'oblige à rompre des liens qui ne s'accordent plus avec elle. Il le fait, & cauſe à cette femme les plus grands maux qu'on puiſſe éprouver ; ils ſont l'effet de ſon erreur ; ſon cœur eſt innocent : mais enfin il a cauſé le dommage, & toute les Loix prononcent qu'il doit le réparer.....

» Si cet homme a cauſé par erreur tant de maux à une femme qui lui devoit être chere, il eſt obligé de les réparer ; mais s'il les a cauſés par ſa faute, quel ſera ſon devoir envers elle ? Nous avons parlé d'erreur, mais ce ſeroit nous tromper nous-mêmes que d'en parler plus long-temps. On ne préſume point d'erreur lorſqu'on devoit connoître les Loix ; & quelles Loix ! Des Loix ſi connues à tous les hommes de ſa Religion ; des Loix ſi nouvelles, & qui ont éclaté parmi eux comme un coup de tonnerre.

R iv

» L'enfant qui naît dans cette secte, ne les ignore pas ; on l'instruit des précautions qu'on a prises pour lui donner un pere. Qu'un homme âgé de trente ans vienne nous dire qu'il a cru contracter un mariage légitime, il faudroit lui imposer silence avec indignation. Il connoissoit donc nos Loix sur le mariage, & cependant il a contracté le sien sans les observer. Il a dit à une fille innocente : Vous serez mon épouse ; & il savoit bien qu'il ne feroit rien de ce qui pouvoit lui conférer ce titre. Il lui a dit : Je m'unis à vous pour jamais ; & il savoit bien que cette union ne subsisteroit qu'autant qu'il voudroit. Il attestoit devant elle sa Religion ; & il savoit que la nôtre, au premier signe, anéantiroit ses sermens : quel jeu cruel ! Cette fille crédule s'endort en femme vertueuse, & se réveille en prostituée. Voilà pourtant l'ouvrage de cet homme, qui refuse un léger dédommagement.

» Peut-être, & nous le croyons, il n'envisageoit pas son changement lorsqu'il forma cette union ; peut-être il crut éluder, par sa constance, la prohibition de nos Loix ; mais cela même est une faute, une imprudence impardonnable. Il n'est pas permis d'exposer quelqu'un au péril dans la folle confiance de l'en délivrer...... & à quel péril ne l'exposoit-il pas ? A la perte de son état, de son honneur, à tous les maux qu'elle supporte aujourd'hui.

» Cet homme agissoit de bonne foi, & croyoit garder sa femme : mais il devoit prévoir qu'il pourroit la renvoyer ; il devoit prévoir les caprices de son humeur, l'inconstance de son cœur, & même sa conversion ; il devoit voir que cette infortunée n'étoit soutenue, au dessus d'un affreux abîme, que par le souffle de sa parole ; il devoit prévoir, en un mot, tout ce qui est arrivé, & ne pas se jouer des Loix, pour venir les réclamer ensuite : n'est-il pas obligé de répondre des suites cruelles de son extrême imprudence ?

-» Peut-être on voudra rejeter sur Marie Robequin les mêmes reproches que nous faisons à celui qu'elle crut son époux : on dira qu'elle connoissoit les Loix comme lui ; qu'elle a dû voir le péril, & qu'elle s'est livrée elle-

R v

même aux maux dont elle ose se plaindre aujourd'hui.

» Que ce reproche seroit injuste & dur, & quelle différence d'un sexe à l'autre ! d'un homme mûr à une fille qui sort, pour la premiere fois, de la maison de son pere.

» Toutes les fois qu'il s'agit de la séduction d'une fille, on présume que l'homme connoissoit les Loix, parce qu'il les viole à son profit ; & on ne le présume point d'une fille, parce qu'elles sont négligées pour sa perte : l'un, audacieux & libre dans sa passion, conserve l'honneur dans les bras du plaisir ; l'autre, dans un délire passager, trouve une honte éternelle. Un homme s'étudie même à cacher aux yeux d'une femme ces Loix qui avertissent la pudeur ; & d'ailleurs une fille ne s'occupe guere de ces graves objets. Ce sexe foible & puissant reçoit nos Loix & nous donne les siennes, presque sans le savoir ; aveugle & satisfait d'obéir toujours, pourvu qu'il tyrannise un moment.

» Quand un homme a inspiré à une jeune fille une passion fatale ;

quand il la ravit à ſes parens & lui
perſuade de s'éloigner d'eux, pour le
ſuivre ; quand ces parens demandent
ſa tête à la Juſtice, pour le châtiment
d'un tel crime, l'écouteriez vous,
Meſſieurs, s'il vous répondoit : J'ai
violé les Loix, il eſt vrai, mais cette
fille les a violées comme moi ? Je ne
devois point ignorer qu'on ne doit
pas ravir une fille à ſes parens ; mais
ſes parens devoient lui inſpirer l'o-
béiſſance. Je me ſuis fait écouter ; mais
ils ont dû lui ordonner de n'écouter
qu'eux ſeuls : elle a ſuivi un amant ;
mais que ne l'attachoient-ils mieux à la
vertu ? Qu'ils ſe plaignent donc à elle
qui a ſi mal profité de leurs leçons, ou
plutôt qu'ils ſe plaignent d'eux-mêmes,
qui n'ont pas ſu les rendre efficaces.
Avec cette défenſe, le coupable iroit
à l'échafaud «.

On ne préſume donc point, dans
une jeune fille, cette pleine connoiſſance des Loix, qui diſtingue le crime
de l'erreur. Mais ſi la Juſtice ſuppoſe
cette ignorance dans une fille qui ſuit
un raviſſeur, dans une fille qui, durant le cours d'une longue intrigue, a
pu recevoir, ſans ceſſe & de tous

R vj

côtés, tant d'éclairciſſemens ſur ſon erreur, une fille dont la réſiſtance même prouve la faute ; ſi néanmoins la Juſtice l'abſout, & punit dans l'homme ſeul ſa propre faute & l'erreur étrangere dont il a profité, que prononcera-t-elle ſur le ſort de la femme malheureuſe qui l'implore aujourd'hui ? Elle n'a point écouté, dans le ſecret, des propoſitions criminelles ; elle ne s'eſt point contentée des ſermens frivoles d'un amant ; elle ne s'eſt pas ſouſtraite à ſa famille, pour ſuivre un raviſſeur.

Que lui reprochera-t-on ? C'eſt aux yeux de ſa famille, d'un pere, d'une mere, d'un Miniſtre de ſa Religion qu'elle reçoit un époux ; c'eſt par leur ordre, ſur leur foi, qu'elle va dépoſer dans ſes bras ſon honneur & ſon état. Si elle eſt coupable, qui ne le ſeroit devenu comme elle ? En faut-il tant pour jeter dans l'erreur un cœur innocent, vertueux, & imbu des préjugés de la Religion ? Qui lui eût dit, dans ce moment : Cet homme dont vous recevez les ſermens en préſence du Ciel, de ſa famille & de la vôtre, vous chaſſera, comme une vile étran-

gere, de fa maifon & de fon lit; eût-
elle pu le croire ? Tant de refpectables
garans laiffoient-ils quelque place à la
défiance ? L'obéiffance & le refpect lui
faifoient un devoir de ce qu'on ofe lui
imputer ici comme une faute ; & l'on
a pu qualifier de concubine cette fille
infortunée ! A ce nom injurieux, la juftice, la décence & la pitié fe révoltent.
» Une concubine, dit Puffendorff, eft
» celle qui a commerce avec un homme,
» fans aucun engagement qui tienne en
» rien de la foi du mariage, & qui ne
» differe d'une courtifane, qu'en ce
» que celle-ci accorde fes faveurs à plu-
» fieurs, & la concubine à un feul.
» Une concubine, Meffieurs, eft
une femme coupable, qui fe livre volontairement au crime qu'elle connoît ;
une concubine eft une femme fcanda-
leufe, qui affronte la honte & marche
tête levée entre le vice & le plaifir ;
c'eft elle qui fait rougir fon fexe en cor-
rompant le nôtre, qui, mêlant l'attrait
de la liberté à celui du plaifir, dé-
goûte des unions plus légitimes, hâte
la chûte de la foibleffe, expofe la vertu
même aux attaques de la débauche

encouragée, ruine les mœurs, trouble
l'ordre public, & profane la Religion.

Une concubine quelquefois eſt celle
qui n'affecte le myſtere que pour donner à ſon commerce honteux les apparences d'une union ſecrete & légitime ; qui, couvrant la débauche du
voile de la Religion, ne ſauve le ſcan-
dale que par l'hypocriſie. Mais appeler
d'un tel nom une jeune fille qui reçoit
un époux de la main d'un pere & d'une
mere, qui voit bénir ſes liens par un
Miniſtre de ſa Religion ; une fille, en
un mot, qui a dû entrer chaſte dans
le même lit dont elle a pu ſortir pudi-
que, c'eſt trop cruellement outrager le
malheur & l'innocence ; & puiſqu'on
ravit un époux à cette femme, laiſſons
lui du moins la vertu.

» Si, dans cet inſtant, Meſſieurs,
une concubine avérée oſoit ſe préſenter
ici, & vous demander le ſalaire de
ſes vices ; ſi, dans le même moment,
paroiſſoit cette jeune femme en pleurs,
la pudeur ſur le front, innocente ;
mais n'oſant preſque pas le dire dans
le Sanctuaire des Loix qui réprouvent
ſon union, n'ayant enfin que ces mots

pour défenfe : » Je fuis malheureufe,
» & vous êtes bons «. Quel intérêt
différent ces deux femmes exciteroient
dans toute cette affemblée ? On at-
tendroit avec ironie la condamnation
de l'une ; l'infortune de l'autre arra-
cheroit des larmes. Se pourroit-il qu'un
même Arrêt les confondît toutes deux
fous la même infamie ? Quoi ! vous
verriez la débauche effrontée rire peut-
être d'un affront qu'elle ne fent plus,
& l'innocence tomberoit à vos pieds,
frappée d'un Arrêt qui l'accableroit en
public ! Ah ! Meffieurs, vous êtes juftes, & vos cœurs fe foulevent à ces
odieufes idées. Ne parlons plus de cet
abus qu'on a fait des termes, pour in-
fulter une malheureufe, & revenons
à J. Roux.

» Cet homme, âgé de trente ans ;
cet homme libre, inftruit, voudroit-il
encore fe comparer à cette jeune infortunée, que tout confpiroit à tromper ? dira-t-il encore que leur erreur
fut commune ? Qu'il apprenne qu'un
homme à fon âge, & de fon état,
doit tout voir par fes yeux, & qu'une
fille ne voit rien que par ceux d'une
mere. Si quelqu'un eft préfumé cou-

pable, c'eft lui feul. Mais quand ils le
feroient tous deux, quand tous les
deux auroient parfaitement connu le
vice de leur union, je propofe fi celui
qui refufe d'exécuter un engagement,
même illicite, ne doit pas à l'autre des
dédommagemens (a) ?

» La queftion que je propofe mérite
bien d'être difcutée. Heureufement
j'en trouve la décifion dans le Com-
mentaire de Puffendorf, par Barbeyrac.
On ne doit rien perdre de ce qu'il dit;
& vous me permettrez, Meffieurs, de
vous rapporter ce paffage entier :

» Il me femble, dit-il, que cette
» matiere de la validité des conven-
» tions illicites n'a pas encore été trai-
» tée exactement, & que l'on décide
» la queftion d'une maniere un peu
» trop générale, faute de faire atten-
» tion aux véritables principes, d'où
» dépend la folution des divers cas
» qu'elle renferme.

_____

(a) On voit qu'il eft facile de faire l'application des principes établis dans cette
Caufe, à l'affaire du fieur Bermond & de
la demoifelle Begout; & plus particuliérement encore, de ceux qu'on établit fur la
validité des conventions illites.

» Dans un contrat illicite, il faut
» diftinguer ce qui eft contraire au
» Droit naturel, & ce qui n'eft illicite
» que parce qu'il y a quelque Loi ci-
» vile qui le défend.

» A l'égard des conventions illici-
» tes, parce qu'elles font contraires au
» Droit naturel ; fi, après s'être engagé
» à quelque chofe de mauvais en foi,
» on ne veut pas la tenir, celui envers
» qui l'on s'eft engagé n'a aucun droit
» de nous y contraindre, & il ne
» fauroit raifonnablement fe plaindre
» qu'on lui manque de parole. La rai-
» fon en eft qu'en matiere de tout ce
» à quoi l'on s'engage contre la Loi
» naturelle, il y a lieu de préfumer
» qu'on ne confent pas avec une pleine
» & entiere liberté, fur-tout lorfqu'il
» s'agit d'un crime, comme de blaf-
» phémer, de voler, d'affaffiner. Lors
» donc qu'on vient à fe repentir de cet
» engagement criminel, celui à qui
» l'on a promis doit nous en tenir
» quittes.

» Voilà pour ce qui regarde les cho-
» fes mauvaifes en elles-mêmes, &
» contraires aux regles invariables du
» Droit naturel.

» Mais quant à la validité des con-
» ventions qui ne sont illicites que
» parce qu'elles roulent sur quelque
» chose que les Loix civiles défendent,
» il faut distinguer si on traite avec
» un étranger ou avec un citoyen.
» Si c'est avec un étranger, il faut exé-
» cuter l'engagement, ou le dédom-
» mager. Mais lorsque ceux qui trai-
» tent ensemble au sujet d'une chose
» défendue par les Loix civiles, sont
» citoyens d'un même état, ils se ren-
» dent, à la vérité, l'un & l'autre su-
» jets à la peine, parce qu'ils ne peu-
» vent ignorer la Loi. Mais aussi, par
» cela même qu'ils ne l'ignorent pas,
» ils sont censés traiter ensemble
» comme s'il n'y avoit point de Loi
» là-dessus, & renoncer sur tout au
» bénéfice qu'elle peut accorder à l'un
» d'eux. Ainsi, quoiqu'ils aient mal
» fait de s'engager, chacun doit, en
» tant qu'en lui est, laisser subsister
» l'effet de l'engagement ; & tout ce
» qu'il y a, c'est que si l'on ne peut
» exécuter la chose, celui à qui on l'a
» promise, doit se contenter de l'é-
» quivalent.

» Appliquons cette décision à notre

Cause. Nous convenons tous que le mariage de Roux & de la Robequin est nul, selon nos Loix civiles ; nous conviendrons même que tous deux connoissoient ou devoient connoître le vice de leur union. Mais doit-on conclure que Roux, en rompant cet engagement illégitime, ne doive aucun dédommagement ? Non, sans doute ; car si le contrat n'est pas illicite par son essence, s'il n'est point condamné par cette éternelle Loi de Nature, qui caractérise essentiellement le bon & le mauvais ; si ce contrat enfin n'a contre lui que les Loix civiles : alors, quoiqu'on ne puisse en réclamer l'exécution, on peut exiger un dédommagement, un *équivalent* de celui qui refuse de l'exécuter. Telle est la décision de Barbeyrac ; & cette décision est très-conforme à la raison. Il me semble en effet que deux personnes qui forment un engagement légitime en lui même, approuvé par les Loix naturelles, mais prohibé par les Loix civiles, sont censées avoir raisonné de cette maniere. » Ce que nous » promettons maintenant l'un à l'autre » ne blesse point notre conscience, &

» nous pouvons, sans remords, exécu-
» ter notre engagement. Il est vrai que
» les Loix civiles ne l'approuvent pas,
» & que, si l'un de nous refuse de
» remplir sa promesse, nous ne sau-
» rions implorer leur secours pour
» l'y obliger ; mais, dans ce cas, il
» faut que le premier infracteur soit
» tenu de dédommager l'autre con-
» tractant ; & ceci est un second con-
» trat que nous formons, pour subvenir
» au premier. Ce qu'il y aura même
» d'avantageux, c'est que les Loix ci-
» viles pourront protéger ce dernier
» contrat, qui entre parfaitement dans
» leurs vûes, puisque nous ne le for-
» mons que pour le cas où nous obéi-
» rons à ces Loix, en n'exécutant pas
» l'engagement auquel elles s'opposent.

» Après cela, Messieurs, on n'a
qu'une question à proposer ; savoir, si
le contrat de Roux & de la Robequin
est légitime en lui-même, s'il est conforme aux Loix de la Nature. Cette
question est bien grande, & nous nous
garderons de la traiter dans toute son
étendue.

» Un homme & une femme s'engagent à vivre ensemble dans cette

union, qu'on appelle mariage : cet engagement eft-il valide ? & quelle eft
fon étendue ? Tous ceux qui ont traité
des Loix naturelles , nous difent que
le mariage eft un véritable contrat ,
même dans l'ordre fimple de la Nature , & qu'il en réfulte des obligations
réciproques. Quant à fa durée , ils s'accordent peu fur les caufes du divorce.
Mais ce n'eft pas ici ce que nous cher-
chons ; puifque tous les Publiciftes prononcent que le mariage eft un véritable
engagement , un lien moral, il faut
bien que cela foit. Mais il faut convenir que leurs raifons ne font guere
fatisfaifantes. Cependant elles devroient
fe trouver dans tous les cœurs.

» Laiffons ici toutes ces idées , que
la Société nous a données fur le mariage : rien ne reffemble moins à ce qui
étoit, que ce qui eft ; & peut-être , de
toutes les chofes naturelles , c'eft celle
que les inftitutions humaines ont le
plus altérée. Ce lien, le premier & le
plus doux de la Nature, mais fi foible
en apparence, à peine formé par un
plaifir paffager , étoit peut-être mille
fois plus fort & plus durable que ces
chaînes d'or fabriquées depuis par la

politique & l'intérêt, pour rapprocher
avec effort deux cœurs esclaves qui
cherchent à s'échapper. Ce font nos
mœurs qui nous feroient douter fi
l'union du mariage, rendue libre, pourroit fubfifter plus d'un moment. Des
hommes qui veulent toùjours jouir,
feroient trop impatiens pour attendre
le plaifir dans la même place où ils
l'ont déjà rencontré. Mais ne confon-
dons pas notre dépravation avec la Nature. L'homme fimple & modéré dans
fes défirs, n'exige pas tant pour être
heureux ; & dans la Société originelle
des deux fexes, quelques plaifirs fe-
més fur l'efpace de leur vie font des
points d'appui fur lefquels ils prolon-
gent leur lien. Ce fujet touche l'homme
de trop près, pour qu'on ne pardonne
pas de le développer ici davantage.

» Imaginons la premiere rencontre
de ces deux êtres, que leur Auteur n'a
faits fi différens que pour les unir,
avides de fe poffeder prefque avant de
fe connoître, attirés & retenus par un
inftinct impérieux, fi féduifant l'un
pour l'autre, que chacun femble abandonner l'amour de lui-même, pour le
tranfporter dans un autre : ces deux

êtres, que l'aimable & puiſſante Nature ne paroît anéantir un moment que
pour conſerver ſon ouvrage, & tirer,
d'un tranſport aveugle, l'ordre conſ-
tant des générations.

» Imaginons que, charmés l'un de
l'autre, tous deux s'engagent à vivre
dans une union ſans partage : quelle
ſeroit la valeur de ce contrat? le premier caprice, le premier dégoût, le
premier déſir n'autoriſera-t-il pas à le
violer ? & que pourra-t-on reprocher
à celui qui, ne l'ayant formé que pour
le plaiſir, le rompra pour la même
cauſe ?

» J'avoue que, dans ſon principe,
l'union du mariage n'a pas la force que
le temps lui donnera bientôt. Cependant elle forme un vrai lien moral, un
vrai contrat «.

1°. Parce que chaque Partie s'engage librement.

2°. Parce que chacun s'impoſe les
mêmes devoirs, pour recueillir les
mêmes avantages.

3°. Parce que les avantages ſont
bien plus grands que les devoirs ne
ſont gênans.

» A quoi se réduisent ces devoirs? à vivre dans une Société qui est la source de mille secours, de mille douceurs; à garder une fidélité qui coute bien peu à des personnes bornées aux désirs modérés de la Nature.

» Quel motif suffisant pourroit apporter l'un des deux époux, pour violer son engagement? Seroit-ce pour vivre seul? il perdroit trop à ce changement. Seroit-ce pour s'unir avec un autre? mais seroit-il sûr d'y trouver plus d'avantages? quelle raison auroit-il de le croire? ne s'exposeroit-il pas aux justes reproches, à la vengeance même? &, tant que l'un des deux s'opposeroit à la séparation, cette voix forte & secrete qui nous avertit de ne pas faire à autrui ce que nous ne voudrions pas qu'on nous fît à nous-mêmes, n'arrêteroit-elle pas les dégoûts si rares dans un être sensible qui n'a goûté que peu de chose? & quand même il étoufferoit ce remords, le seul remords prouveroit l'obligation morale.

» Mais bientôt cette union reçoit une force toute nouvelle. La femme devient mere, des sentimens inconnus

se

se développent, & les cœurs s'unissent
par un intérêt plus tendre & plus durable que celui du plaisir.

» Ce changement , dans lequel
l'homme reconnoît confusément son
ouvrage ; je ne sais quelle espérance
inquiete , une curiosité pressante sur ce
que l'avenir lui promet ; la vive pitié
des maux que sa compagne supporte ,
& dont il est l'unique auteur , tout la
lui rend plus chere , & resserre ses premiers liens.

» Combien alors cette union devient respectable & sacrée ! quel in-
violable droit les deux sexes acquie-
rent , dans ce moment , l'un sur l'autre !
Une femme , gardienne d'un dépôt si
cher , oseroit-elle se séparer d'un époux ,
& lui ravir ce qui ne lui appartient pas
moins qu'à elle ? & lui , pourra-t-il
abandonner sa compagne , dans l'instant
même où il l'a réduite à ne pouvoir se
passer de ses secours ? Le cœur humain
n'est ni injuste , ni barbare ; & si nous
savions mieux le consulter , nous ne
proposerions jamais ces problêmes qui
le déshonorent.

» Ainsi le contrat du mariage , mal
assuré dans son origine , sur l'instinct

du plaisir fugitif, est maintenant fondé
sur le devoir, l'honneur, la bonne
foi, la pitié, le souvenir du passé, l'espérance de l'avenir ; tout asservit le
cœur sous la raison ; tout donne à cet
engagement la moralité, qui paroissoit
d'abord lui manquer. La Nature ne
fait rien à demi ; &, dans ses mains,
chaque événement est un moyen invincible pour l'exécution de ses plans. Je
l'admire, lorsque je considere la force
incroyable qu'elle fait ajouter encore à
l'union des deux sexes.

» Au terme qu'elle a prescrit, la
femme met enfin au jour le sujet de
tant d'alarmes & d'espérances. Quel
moment dans l'histoire de l'homme !
étonné de son ouvrage, il se voit tout
à coup reproduire dans une créature
semblable à lui ; &, dans le même
instant, tout l'amour de lui-même
vient se confondre dans cet être étranger ; dès cet instant, il est prêt à sa-
crifier sa vie pour cet enfant qui lui
est à peine connu. Quelle révolution
dans le cœur ! l'amour conjugal n'a
plus de bornes ; & l'amour paternel
l'égale dès sa naissance. Cet intérêt
de l'homme pour son ouvrage, qui

n'étoit auparavant qu'une confuse émotion, devient tout à coup le sentiment le plus tendre qui fût jamais. Moins terrible, moins furieux que l'amour, mais plus durable, & plus puissant peut-être.

» Voilà l'époque intéressante où le contrat de mariage reçoit toute son énergie. Les sentimens d'un pere & d'une mere, se rencontrant sans cesse dans un sujet commun, se confondent mille fois en un jour ; c'est le moment où la Nature semble leur payer, par des plaisirs tout nouveaux, le bienfait qu'elle en a reçu, & bénir, dans sa simplicité, une union qui perpétue son ouvrage.

» Peres sensibles, si vous m'écoutez ici, vous rendez, j'en suis sûr, au fond de vos cœurs, témoignage à cette vérité. Vous vous rappelez ce moment où vous reçûtes, pour la premiere fois, dans vos bras tremblans de joie, un enfant qui vous devoit la vie, où vous lui sourîtes en versant des larmes, où les moindres gémissemens de cette créature innocente vous faisoient tressaillir tout entier. Lorsque, pressant contre votre sein & la mere & l'enfant, vous fûtes entraîné par des sentimens contraires, & partagé entre la compassion & la joie, eûtes-vous besoin alors de vous souvenir des formalités de nos Loix, pour vous contraindre à la tendresse ? Doutâtes-vous alors que votre engagement prît sa source dans la Nature ? Dites, dites donc, si vous le pouvez, à cette femme expirante, que vous ne lui devez rien qu'au nom des Loix humaines ; si vous le pouvez, repoussez cet enfant de votre sein. Vous pleurez ! c'est ainsi que répond la Nature.

» Oui, Messieurs, dans l'ordre naturel, la simple promesse que se font les deux sexes de vivre dans l'union du mariage, forme le plus légitime contrat. Je n'ai fait qu'ébaucher cette vérité. Mais si les circonstances me le permettoient, j'acheverois de montrer l'union nécessaire des deux sexes, pour l'éducation de leur enfant. Je demanderois si cet enfant, croissant sous leurs yeux & pour leur joie, si les bras innocens dont il les embrasse tous deux en se jouant, ne font pas des chaînes plus fortes que nos Loix ? Je montrerois sur-tout comment l'éducation du premier enfant, étant prolongée néces-

ſairement fort au delà du terme où la
femme devient féconde une ſeconde
fois, la Nature étend inſenſiblement
les liens du mariage, en les fortifiant
chaque année d'un nouveau nœud; &
ſuivant ainſi pas à pas les progrès de
ſes deſſeins, nous admirerions l'artifice
dont elle forme, du concours fortuit
des deux ſexes, l'union la plus durable,
aſſemblant déjà les familles, & prépa-
rant le germe des Empires.

» On voudroit jeter des doutes ſur
la légitimité du contrat de mariage,
fondé ſur le ſeul conſentement des
Parties conſidérées dans l'état de nature; mais à quoi nous expoſe-t-on?
S'il étoit vrai que les Loix civiles euſſent tout fait, ſi cette union n'avoit ſon
principe dans le cœur, on nous en ra-
viroit la douceur. Pourquoi des époux
s'aiment-ils? pourquoi s'aiment-ils
conſtamment? eſt-ce un de nos dé-
crets, où bien celui de la Nature? Les
Loix humaines peuvent bien inventer
des formules, gêner les actions; mais
diſpoſent-elles des cœurs? peuvent-
elles commander aux époux de s'aimer?
c'eſt la Nature qui le veut; & c'eſt

bien affez d'honneur pour nos Loix de la feconder.

» Que fait-on donc ici, en conteftant la validité de ce contrat naturel ? on veut empoifonner, dans leur fource, des eaux dont nous fommes obligés de nous abreuver dans leur cours.

» Je n'en dis pas davantage ; & peut-être, Meffieurs, vous m'accufez déjà de m'être laiffé trop entraîner à ces idées intéreffantes. Je reviens donc aux juftes conféquences qu'elles m'offrent pour cette Caufe.

» Je me crois en droit de pofer maintenant comme un principe inconteftable, qu'à ne confidérer que les Loix naturelles, un homme & une femme qui fe promettent formellement de vivre dans l'union du mariage, forment un contrat légitime en lui-même ; & déjà je conclus d'abord que J. Roux & la Robequin, en fe choififfant pour époux devant un Notaire, & en préfence de leur famille, ont contracté un engagement qui feroit refpectable dans l'ordre naturel.

» J'avoue qu'il eft dépourvu des formalités prefcrites par nos Loix civi-

les, & que ce défaut rend le contrat
nul dans la Société politique. Mais
que doit-on inférer de là ? Ce que
Puffendorff, ce que Barbeyrac, ce
que bien d'autres Publicistes, ce que
l'équité, pour tout dire, en inferent.
C'est que J. Roux, ne pouvant, à
cause de la prohibition des Loix civiles, exécuter ce contrat, quoique légitime en lui-même, doit rendre à
la Robequin l'équivalent des avantages
qu'elle en auroit retirés. Or je demande quel est cet équivalent ? Les
avantages du contrat que cette femme
avoit formé, étoient, un époux, un
protecteur, un état, un asile pour sa
vie entière, des plaisirs avec innocence,
l'intégrité de son honneur ; en un mot,
l'union la plus douce & la plus durable.
Quel est l'équivalent de tous ces biens
qu'on lui ravit ? sont-ce les trois cents
livres qui lui sont offertes ? sont-ce les
douze cents livres qu'elle demande ?
Que J. Roux y joigne encore toute sa
fortune, & rien ne sera réparé. Voilà
comme l'injustice compte. Laissez lui
apprécier l'honneur & le repos, à peine
elle offre un peu d'argent pour tout
cela ; mais nous, Messieurs, nous de-

vons nous plaindre que de telles pertes ne soient réparées que par l'argent. Quel rapport l'honneur a-t-il avec nos monnoies ? Louons donc ici la modération de cette femme ; ou plutôt plaignons sa timidité, qui a mis à si bas prix des biens ineſtimables (*a*).

» Je crois devoir vous offrir, en finiſſant, Meſſieurs, le réſultat des raiſonnemens que j'ai faits ſur ce Procès.

» En ſuppoſant que J. Roux fût dans l'erreur, & qu'il ait contracté ſon premier mariage de bonne foi, il n'en doit pas moins dédommager la femme qu'il abandonne ; parce qu'en général on doit réparer tout le dommage, même cauſé par erreur. C'eſt ce que la Loi naturelle preſcrit, ce que les Loix poſitives ordonnent auſſi avec plus d'étendue.

» Si l'on regarde l'erreur de J. Roux

_____

(*a*) Tout ce que dit l'Auteur de ce Plaidoyer ſur les raiſons que Roux tiroit de ſa converſion, eſt admirable, ſur-tout ſi l'on fait attention à la difficulté & à l'importance de la matiere. Nous nous refuſons au plaiſir de le tranſcrire ici, parce qu'il n'a aucun rapport avec l'affaire de Bermond & de Roux.

comme une faute légere , parce qu'elle
est fondée sur l'ignorance des Loix qu'il
devoit connoître , la question du dommage devient encore moins favorable
pour lui.

» Quand même on supposeroit que
la Robequin a commis la même faute
que lui , & qu'elle devoit connoître
les Loix , cette présomption n'empêcheroit pas que J. Roux ne fût obligé
de la dédommager. Nous l'avons prouvé
par l'exemple des séducteurs qu'on punit seuls d'une faute toujours partagée
par celle qu'ils ont séduite.

» Nous sommes allés plus loin , &
nous avons dit , qu'à supposer même
que tous les deux , la Robequin &
J. Roux , avoient une pleine connoissance de la disposition de nos Loix , &
par conséquent de l'illégitimité de
leur mariage , Roux seroit encore tenu
à des dommages , parce que leur contrat n'étant point illicite par sa nature ,
n'étant tel au contraire que par la disposition de nos Loix civiles , les Parties sont réellement obligées , l'une
envers l'autre , dans toute l'étendue
du droit naturel ; & que , devant prévoir la prohibition des Loix civiles ,

S v

elles font refpectivement garantes de tout le dommage que pourra caufer celui qui , le premier , aura recours aux Loix civiles , pour arrêter l'effet d'une obligation naturelle.

» Enfin , & voici le vrai point de vue de cette Caufe : Si J. Roux a violé la bonne foi , s'il a nui , parce qu'il a voulu nuire , il ne peut refter dans cette fuppofition que des regrets fur la modération timide d'une malheureufe , qui n'a pas affez apprécié des pertes ineftimables , & qui a plus craint de ne rien obtenir , que de demander affez «.....

L'Arrêt adjugea les dommages & intérêts demandés par Marie Robequin.

L'Arrêt du 25 Février 1777 , rendu au Parlement de Grenoble , fur les conclufions de M. de la Salcette , Avocat Général , a pareillement condamné Bermond » à payer à la Begout la » fomme de douze cents livres , au » payement de laquelle il feroit con- » traint , même par corps , fi mieux il » n'aimoit , dans un mois , à compter » du jour de l'Arrêt , déclarer qu'il en- » tend faire réhabiliter fon mariage avec » la Begout , dans les formes prefcrites

» par les Ordonnances & les faints Ca-
» nons ; & dans le cas où Bermond
» opteroit de faire ladite réhabilitation,
» a ordonné qu'il configneroit ladite
» fomme de douze cents livres entre les
» mains d'un Marchand *refféant.* & fol-
» vable, qu'il en payeroit l'intérêt à
» ladite Begout, pour refter, ladite
» fomme, entre les mains dudit Mar-
» chand, jufques à ladite réhabilitation
» effectuée ; à laquelle confignation
» Bermond feroit contraint, même
» par corps ; & faute par lui d'effectuer
» dans l'année ladite réhabilitation, a
» ordonné que ladite fomme de douze
» cents livres appartiendroit en toute
» propriété à la Begout ; & audit cas
» de réhabilitation, enjoint au fieur
» Bermond de traiter maritalement la
» Begout «.

*Donation déguifée, faite par une Ac-
trice de l'Opéra à fon amant,
attaquée de nullité par l'héritiere
& les créanciers de cette Actrice.*

LES Recueils de notre Jurifprudence
contiennent une foule d'exemples de
donations faites par des amans à leurs
maîtreffes; mais on n'en trouve aucun
d'une donation faite par une Actrice à
fon amant. L'affaire, dont je vas rendre
compte, préfente ce phénomene. J'é-
tois Défenfeur de l'héritiere & des
créanciers de l'Actrice de l'Opéra.
Voici le précis du Mémoire que je
fis pour eux.

» L'héritiere, difois-je, & les créanciers d'une Actrice de l'Opéra, récla-
ment le pouvoir des Loix contre une
donation qu'elle a faite à fon amant,
fous les fauffes apparences d'un contrat
légitime. Peu de temps avant fa mort,
cette Actrice a déchiré le voile dont
elle avoit voulu couvrir fa générofité;
frappée de l'injuftice de la donation
que l'égarement de fes fens, & une

paſſion aveugle, lui avoient dictée, elle s'eſt empreſſée d'anéantir, par ſon teſtament, ce monument honteux de ſa foibleſſe.

» L'homme qui avoit abuſé de l'empire qu'il avoit ſur le cœur de cette femme trop facile, auroit dû ſans doute reſpecter cet acte, qui porte l'empreinte de la vérité ; il auroit dû envelopper de ténebres le titre qu'un amour inſenſé avoit écrit en ſa faveur. Mais c'eſt peu pour lui d'avoir épuiſé la généroſité de cette Actrice pendant ſept années qu'il a vécu avec elle, il veut encore aujourd'hui enlever à ſes créanciers les triſtes dépouilles qui ont échappé à ſa diſſipation.

» Les Loix & les mœurs offenſées s'élevent contre une prétention auſſi injuſte, & ſollicitent un exemple qui force le vice à les reſpecter «.

Après avoir ainſi préſenté le tableau de cette affaire, je rendois compte enſuite des faits qui y avoient donné lieu.

» La Capitale (diſois-je) eſt la patrie des arts & des talens. C'eſt à l'Ecole des modeles en tout genre, qui s'y trouvent réunis, qu'on peut perfectionner les diſpoſitions heureuſes qu'on

a reçues de la Nature. La demoiselle
Affelin , née avec une figure fédui-
fante , & avec les plus grandes difpofitions pour la danfe , s'empreffa d'y
venir , pour recevoir les leçons des
Maîtres les plus célebres dans cet art.
Elle y arriva en 1758 : elle étoit alors
âgée de dix-fept ans. Ses progrès furent
fi rapides , qu'en peu de temps elle fut
reçue à l'Académie Royale de Mufique.
Elle y refta attachée pendant quelques
années.

» L'emploi de premiere Danfeufe à
l'Opéra de Londres n'étant point alors
occupé , les Directeurs de ce Spectacle
jeterent les yeux fur la demoifelle Affelin. Ils lui propoferent cinq cents guinées d'appointemens fixes par an , &
le bénéfice d'une repréfentation. Cette
gratification étoit un objet de plus de
deux cents guinées. Elle accepta cette
propofition , & refta fix ans attachée à
l'Opéra de Londres. Pendant fon féjour dans cette ville , la demoifelle
Affelin amaffa une fomme affez confidérable.

» Elle quitta l'Angleterre pour paffer
en Allemagne, où le Duc régnant de
Wurtemberg lui offrit un fort brillant.

La demoiselle Affelin avoit, à l'Opéra de Stockach, six cents louis d'appointemens fixes, une voiture à ses ordres, & sa maison étoit défrayée. Elle y resta trois ans. Son séjour dans cette ville, loin d'avoir diminué sa fortune, l'avoit augmentée, puisqu'en quittant ce Spectacle elle avoit un capital de plus de cent mille livres.

» De Stockach, la demoiselle Affelin revint à Paris, où elle resta quelque temps attachée à l'Opéra. Ses appointemens étoient alors de quatre mille livres.

» On lui proposa d'entrer au Spectacle de la Haye. Les appointemens considérables qu'on lui offrit, la déterminerent à y passer. Ce voyage augmenta encore sa fortune. Elle possédoit à cette époque un capital de plus de cent cinquante mille livres.

» En quittant la Hollande, la demoiselle Affelin résolut de se fixer à Paris. Elle revint dans cette Capitale, & s'attacha de nouveau à l'Opéra, où elle reprit l'emploi de premiere Danseuse : en cette qualité, elle avoit, tant en gratifications qu'en appointemens, cinq mille livres par an.

» Le hasard lui fit faire connoissance, avec le sieur de ..... Ce jeune homme avoit vécu, pendant plusieurs années, avec une des cousines de la demoiselle Asselin, qui étoit attachée au Spectacle d'une Cour étrangere, en qualité de premiere Danseuse. Quoique cette Actrice eût des appointemens considérables, les dépenses que lui occasionna la passion que le sieur ..... lui avoit inspirée, l'exposerent aux poursuites de ses créanciers. Le sieur ..... lui conseilla de partir & de venir en France. Arrivés à Paris, ils logerent ensemble dans un hôtel garni, rue Jean-Saint-Denis ; & le sieur ..... faisoit passer la cousine de la demoiselle Asselin pour sa femme.

» Le sieur ....., qui ne voyoit dans la liaison qu'il avoit avec la demoiselle Bocart, que la perspective effrayante des besoins sans cesse renaissans, forma le projet d'inspirer une passion plus utile pour lui, à la demoiselle Asselin, qu'il savoit jouir d'une aisance & même d'une fortune assez considérable. Pour réussir dans ce projet, il se fit présenter chez la demoiselle Asselin. Les soins qu'il prit pour

captiver le cœur & l'efprit de la demoifelle Affelin , ne furent point infruc-
tueux. En peu de temps , elle eut le
malheur de devenir la rivale de fa cou-
fine. Celle-ci s'étant apperçue des progrès de la paffion de la demoifelle
Affelin , & du changement de fon
ancien amant , abandonna facilement
une conquête qui lui étoit à charge depuis long-temps.

» Le fieur ....., sûr de l'empire qu'il
avoit acquis fur l'efprit de fa trop crédule & nouvelle amante , lui expofa fa
trifte pofition , & l'embarras où il fe
trouvoit pour fournir à fa fubfiftance &
à fon entretien. La demoifelle Affelin ,
aveuglée par fa paffion , le tranquillifa ;
& dès ce moment , fa générofité ne
connut point de bornes pour procurer à
fon amant toutes les commodités &
tous les agrémens de la vie.

» Pour être plus à portée de voir
la demoifelle Affelin , le fieur ....
quitta l'hôtel où il logeoit , pour occuper un appartement dans la rue des
Vieux-Auguftins , à l'hôtel de Tou-
loufe.

» La demoifelle Affelin commença
par acheter des habits au fieur ....., de

la toile pour lui faire des chemiſes, & en peu de temps il eut une garde-robe brillante. La demoiſelle Aſſelin ſe chargea de payer le logement du ſieur ....., ſa nourriture & celle de ſon domeſtique.

» Elle lui fit faire une montre; mais le ſieur ..... ayant paru en déſirer une à répétition, elle le ſatisfit auſſi-tôt. Elle lui fit également préſent d'une épée de vingt-cinq louis.

» Le ſieur ....., avant de connoître la demoiſelle Aſſelin, avoit fait plu-ſieurs lettres de change pour fournir à ſes beſoins; ne les ayant point ac-quittées, on avoit obtenu des Sentences par corps contre lui. Un de ſes créan-ciers, fatigué de ſes promeſſes & de ſes délais, le fit arrêter & conſtituer pri-ſonnier.

» Le ſieur ..... s'empreſſa d'annoncer ce triſte événement à la demoiſelle Aſſelin, qui vola auſſi-tôt à ſon ſecours, & lui donna de nouvelles preuves d'une généroſité aveugle.

» En effet, la demoiſelle Aſſelin, pour faire ſortir ſon amant de la priſon où il étoit détenu, paya ſur le champ ſix cents livres, & fit deux lettres de change pour le surplus de la dette. Ces deux lettres de change furent endossées par le sieur .... & la demoiselle Asselin les a acquittées à leurs échéances.

» La demoiselle Asselin ne pouvant plus vivre séparée du sieur ...... loua deux appartemens dans une maison, rue Sainte-Anne ; elle en occupoit un & le sieur .... l'autre. Elle fit meubler l'appartement de son amant avec les meubles qu'elle avoit dans sa maison de campagne.

» En 1771, la demoiselle Asselin plaça, sur sa tête & sur celle de sa mere, quinze cents livres de rente viagere. Le sieur ..... s'opposa fortement à cet acte de piétié filiale : il vouloit que la demoiselle Asselin, au lieu de placer cette rente sur la tête de sa mere, la plaçât sur la sienne ; craignant les effets de l'attachement que la demoiselle Asselin avoit pour ses parens, il la détermina à se séparer de sa mere, de son aïeul & aïeule, quoiqu'elle eût toujours vécu avec eux.

» Quelque temps après, la demoiselle Asselin appercevant trop tard les suites effrayantes de la passion que le sieur .... lui avoit inspirée, & voyant qu'il dif-

fiperoit en peu de temps les débris
qui lui reftoient de fa fortune, lui écrivit que l'état de fes affaires ne lui permettoit plus de vivre avec lui : elle
accompagna cette lettre de vingt-cinq
louis, qu'elle lui envoya par fon domeftique.

» Le fieur ..... reçut les vingt-cinq
louis ; mais, malgré les défenfes de la
demoifelle Affelin, il chercha toutes
les occafions qui s'offroient de lui parler ; il employa même la violence : la
demoifelle Affelin ne vit alors d'autres
reffources que celles de réclamer l'autorité du Magiftrat de la Police. Elle fut
chez M. de Sartine, & lui porta fes
plaintes. Ce Magiftrat fit défenfe au
fieur ..... d'aller dans la maifon de la
demoifelle Affelin, & de chercher les
occafions de la voir.

» La rupture paroiffoit décidée, &
la demoifelle Affelin fembloit être dé-
trompée ; mais le fieur ..... employa
la médiation du fieur ..... ; fon ami
& celui de la demoifelle Affelin ; &
à force de proteftations, il parvint à
obtenir de fa trop facile amante la permiffion de la voir. Il ne l'eut pas plus
tôt vue, que la paffion de la demoi-

felle Affelin reprit fur elle fon premier empire. La réconciliation fe fit dans la maifon du fieur ....., où les deux amans pafferent la nuit.

» Depuis ce moment, ils continuerent de vivre enfemble comme auparavant : le domeftique de la demoifelle Affelin introduifoit le fieur ...... au milieu de la nuit, dans la chambre de fa Maîtreffe, & plufieurs perfonnes les ont vus fe donner des preuves non équivoques de leur paffion mutuelle.

» Le fieur ..... étoit toujours l'objet des libéralités & de la générofité de la demoifelle Affelin. Le domeftique de cette Actrice atteftera qu'il lui a vu donner plufieurs habits fuperbes ; que fouvent elle envoyoit chercher de l'argent chez fon Banquier, & que fa Maîtreffe lui demandoit tantôt vingt-cinq louis, tantôt trente, pour donner au fieur .....

» Ce dernier voyant la demoifelle Affelin d'une fanté foible & chancelante, forma le projet de fe faire affurer une penfion viagere fur fa fortune. Il réuffit, & la demoifelle Affelin eut la facilité de foufcrire en fa faveur le contrat de douze cents livres de rente viagere, dont il demande aujourd'hui l'exécution contre la fuccefiion de fa bienfaitrice. Ce fut le 10 Juillet 1771 que cet acte fut paffé devant Notaires. Les difpofitions qu'il contient fuffifent pour prouver que cet acte renferme une libéralité déguifée, faite par une maî-treffe à fon amant, & non une conven-tion férieufe & légitime.

» 1°. Le Notaire n'a point attefté avoir vu compter la fomme de 12000 livres que la demoifelle Affelin a re-connu avoir reçue du fieur ...... 2°. Il a été fait dans le temps que le fieur .... vivoit avec la demoifelle Affelin, & deux mois après qu'elle avoit été obli-gée de payer fix cents livres & de faire deux lettres de change pour rompre fes fers & le faire fortir de prifon. ⸺ A qui le fieur ..... perfuadera-t-il donc que, dans le temps où il étoit logé aux dépens de la demoifelle Affelin, qu'elle fournifloit à fa dépenfe, qu'elle le nour-rifloit, l'habilloit & l'entretenoit de tout ce dont il avoit befoin ; à qui per-fuadera-t-il qu'il a fourni la fomme de 12000 livres à fa bienfaitrice, & que l'acte de conftitution de 1200 livres de rente viagere, qu'il repréfente, n'eft pas une donation déguisée ? — Personne ne croira qu'un homme qui souffroit, avant & après cet acte, que sa maîtresse le comblât de présens, ait réellement prêté une somme de 12000 livres à celle qui fournissoit à tous ses besoins. Il ne faudroit sans doute que cette circonstance pour faire anéantir un acte qui est l'ouvrage d'une passion aveugle, puisque cette vérité est attestée de la maniere la plus évidente dans le testament de la demoiselle Asselin.

» En effet, la demoiselle Asselin, attaquée d'une maladie de langueur, voyant approcher le moment de sa mort, a fait un testament dans lequel elle a déchiré le voile qui couvroit la donation illégale qu'elle avoit faite à son amant.

» Les dispositions de cet acte sont trop importantes pour ne pas les rappeler. La demoiselle Asselin y a déclaré que le contrat de constitution de 1200 livres de rente viagere qu'elle a fait au sieur ....., par acte devant un Notaire, rue Croix des Petits-Champs, au coin de la rue Coquillere, est un acte simulé ; *que la vérité est qu'il ne lui*

*a jamais rien prêté ; que les quatre
ou cinq billets qu'il a repréfentés au
Notaire lors du contrat, étoient des
billets qu'il lui avoit fait faire au moyen
de l'afcendant qu'il avoit pris fur fon
efprit , fans lui en avoir fourni la
valeur ; que ledit fieur ..... étoit fi
peu en état de lui prêter de l'argent ,
qu'il vivoit alors comme il a vécu
depuis avec la teftatrice , & à fes dépens , étoit nourri & logé chez elle ,
& qu'elle l'avoit fait ...... fortir de
prifon , où il avoit été enfermé pour
dettes ,* raifon pour laquelle la teftatrice
ne met point cette rente au nombre de
fes dettes , & ne charge point fa légataire
univerfelle de là payer.

» La demoifelle Affelin a inftitué
dans cet acte fa mere fa légataire univerfelle , & peu de jours après elle
eft décédée.

» Sa fucceffion étant à peine fuffifante pour payer fes créanciers , la mere
de la demoifelle Affelin s'eft empreffée
d'y renoncer ; fa fœur a obtenu des
lettres de bénéfice d'inventaire ; & c'eft
en cette qualité qu'elle demandoit la
nullité du contrat de conftitution que
le fieur ..... repréfentoit.

» Ce

» Ce dernier a fait signifier ce contrat, le 6 Février 1776, à la mere de
la demoiselle Asselin, & l'a assignée
au Châtelet pour faire déclarer cet acte
exécutoire contre elle, & se voir condamner à lui en payer les arrérages
échus, & à lui en continuer le payement à l'avenir, & se voir condamner
à lui passer titre nouvel & reconnoissance de ladite rente, à ses frais;
faute de quoi, que la Sentence qui in-
terviendroit lui en tiendroit lieu.

» La mere de la demoiselle Asselin
a fait signifier au sieur ...... sa renonciation.

» La sœur de la demoiselle Asselin,
en sa qualité d'héritiere sous bénéfice
d'inventaire, a fourni des défenses à la
demande du sieur ......, dans lesquelles
elle a articulé tous les faits dont nous
venons de rendre compte, & a conclu, dans une Requête qu'elle a fait
signifier le 11 Avril dernier, à ce que
le sieur ...... fût déclaré non-recevable
dans sa demande, en tout cas qu'il en
fût débouté; en conséquence, que l'acte
de constitution de 1200 livres de rente
viagere, consenti par la demoiselle Asselin sa sœur, au profit du sieur ....., le

18 Juillet 1772, fût déclaré nul & de
nul effet, comme contraire à l'honnêteté & aux bonnes mœurs, & comme
contenant une donation déguifée, faite
par une maîtreffe à fon amant; & en
cas de difficulté, & où la Cour ne
trouveroit pas fa Religion fuffifamment
éclairée, qu'il lui fût permis fubfidiai-
rement de faire preuve des faits par
elle articulés dans fa Requête, pour, ladite preuve faite & rapportée, être
ordonné ce qu'il appartiendra, & que,
dans tous les cas, le fieur ..... foit condamné aux dépens.

» La fœur de la demoifelle Affelin
efpéroit que le fieur ..... abandonneroit
une demande qu'il n'auroit pas dû former; mais le fieur .... a perfifté dans
fa prétention, & il a fait les plus grands
efforts pour la juftifier.

» Les créanciers de la demoifelle
Affelin, inftruits de cette conteftation,
font intervenus pour réclamer les ga-
ges de leurs créances, & ont déclaré
qu'ils adhéroient aux conclufions prifes
par l'héritiere fous bénéfice d'inventaire
de leur débitrice.

» C'étoit en cet état que cette Caufe
fe préfentoit.

» Il étoit trifte fans doute pour la fœur de la demoifelle Affelin, d'être forcée de dévoiler des faits qui auroient dû être enfevelis dans l'ombre ; mais l'intérêt des créanciers de fa fœur, & l'obligation de fuivre l'intention qu'elle avoit marquée dans fon tefta-ment, lui impofoient cette cruelle né-ceffité.

» Toute convention (difois-je en commençant le développement des moyens) qui offenfe les mœurs, & qui a été formée fans liberté, eft nulle aux yeux des Loix. Cette maxime, fondée fur l'équité naturelle, eft la fauve-garde de l'honnêteté publique ; c'eft la feule exception qui prive un citoyen de la faculté de faire tous les contrats qu'il juge à propos. En enchaî-nant ainfi la liberté, les Loix n'ont point voulu priver les hommes du droit naturel de difpofer de leur patrimoine; elles ont feulement voulu en régler l'u-fage & éclairer leur volonté.

» Ainfi, toutes les fois qu'un citoyen ne jouit pas de fa liberté, les actes qui font arrachés à fa foibleffe font nuls, & lorfqu'il ne refpecte pas les

T ij

mœurs dans ſes conventions, les Loix
les anéantiſſent.

" Les paſſions ſont ſans doute les ennemis les plus redoutables de la liberté
humaine ; elles alterent les fonctions de
l'ame, & ſubſtituent leur volonté in-
ſenſée à cette raiſon calme & tranquille
qui doit préſider à tous les contrats.

" Parmi les paſſions qui agitent &
ne bouleverſent que trop ſouvent le
cœur de l'homme, il n'en eſt point
de plus impérieuſe que l'amour. Cette
paſſion exerce un empire tyrannique,
& le premier de ſes effets funeſtes eſt
d'altérer les ſens & de détruire la
raiſon. Tout en effet diſparoît aux
yeux de l'homme qui eſt ſoumis à ſon
pouvoir fatal, hors l'objet aimé. Il devient inſenſible à la voix de la raiſon,
& dans ſon délire il méconnoît les
obligations les plus ſacrées, pour ſuivre le penchant irréſiſtible qui l'en-
traîne.

" Auſſi les Loix qui veillent ſur le
bonheur des citoyens, s'empreſſent-elles
d'anéantir les contrats faits entre les
perſonnes qui ſont dans les chaînes de
cette paſſion. Elles les regardent comme

des captifs qui ont cédé à la violence, & leurs conventions, comme des monumens honteux de leur égarement.

» La défiance des Loix pour les actes qui portent l'empreinte de l'amour est si sévere, que l'amour conjugal lui-même, quoiqu'épuré par la Religion & avoué par les mœurs, n'est pas à l'abri de leurs justes soupçons. Dans la crainte que la libéralité des époux ne soit l'ouvrage de la séduction, les Loix leur interdisent la liberté de se faire des donations. La Jurisprudence prive surtout de cette faculté ceux qui offensent les mœurs & la Religion en vivant dans le concubinage.

» Si les contrats faits sans liberté sont nuls, à plus forte raison doit-on anéantir ceux qui sont le fruit d'une passion aveugle La proscription des engagemens faits entre des amans ne se borne point aux actes qui offrent des signes visibles de leur libéralité; elle enveloppe toutes les donations déguisées, sous quelque forme qu'on les ait cachées, soit de rente, de reconnoissance & d'obligation ; parce que tout engagement fait entre

T iij

un concubinaire & une concubine, eſt
juſtement ſuſpect., & que les Loix le
regardent comme l'ouvrage d'une paſſion contraire aux bonnes mœurs.

» Pour appuyer ce principe, il ne faut
point chercher des autorités dans le Droit
Romain. La légiſlation de ce peuple eſt
contraire, en cette partie, à la ſageſſe &
à la pureté de nos Loix. Les Romains
admettoient le concubinage ; nos Lé-
giſlateurs, plus éclairés, l'ont proſcrit
comme une atteinte portée à la Religion & aux mœurs. On invoqueroit
donc en vain les Loix Romaines, pour
juſtifier l'acte dont il s'agit ; c'eſt par
les Loix Françoiſes que ce titre doit être
jugé ; & il ſuffit de les conſulter, pour
être convaincu qu'il ne peut ſubſiſter.

» En effet, pluſieurs de nos Coutumes
contiennent des diſpoſitions préciſes
contre les donations faites entre des
perſonnes qui vivent dans le concubinage.
Don fait en concubinage (porte l'article 246 de la Coutume de Touraine)
ne vaut, tant entre nobles que rotu-
riers. La Coutume de Loudunois (a),

(a) Article 11, titre des donations.

celle d'Anjou (a), celle du Perche (b), celle du Maine (c) & celle de Cambrai (d) contiennent les mêmes défenses. La Coutume de Normandie (e) profcrit même les donations faites aux bâtards. Si, fuivant la difpofition de cette Loi, l'enfant infortuné, qui eft le fruit d'un amour criminel, eft incapable de recevoir des marques de la libéralité de ceux qui lui ont donné le jour, à plus forte raifon le concubinaire & la concubine font incapables de fe faire des donations.

» A ces Loix formelles, nous pouvons ajouter l'autorité de l'Ordonnance de Louis XIII, de 1629 ; l'article 132 de cette Loi *défend toutes donations entre concubinaires, & veut qu'elles foient nulles & de nul effet.*

» Pour foutenir la jufte févérité de ces Loix les Tribunaux ne fe font jamais arrêtés à la forme extérieure des actes. En vain (difoit le célebre Cochin, dans une Caufe femblable à celle

_____

(a) Article 342.
(b) Article 100.
(c) Article 354.
(d) Article 7, titre 3.
(e) Article 437 & 438.

T iv

que nous défendons), au lieu de donner , a-t-on paru vendre, emprunter
& employer de pareilles voies, qui ,
fous le titre de contrat onéreux, dé-
guifoient de véritables profufions. La
Loi a percé l'obfcurité de ces actes,
pour y reconnoître des difpofitions pro-
hibées, & elle les a toutes profcrites.

» Prétendre que les contrats feuls
qui ont la forme extérieure d'une donation , doivent être anéantis, c'eft
vouloir éluder les Loix & les rendre
vaines & impuiffantes ; car quel eft
l'homme & quelle eft la femme qui,
fachant qu'il leur eft défendu de fe
faire des donations dans le temps qu'ils
vivent enfemble , n'auroient pas l'a-
dreffe de couvrir leurs libéralités d'un
voile, & de les traveftir en des reconnoiffances & des obligations ? Alors ,
malgré le cri des Loix & l'indignation
des mœurs, les concubinaires jouiroient
impunément de la récompenfe du vice ;
ils pourroient fe préfenter dans les Tribunaux, leurs contrats à la main, &
en demander l'exécution ..... Une pareille idée eft révoltante : auffi la Jurifprudence a-t-elle, dans tous les temps,
détruit les donations dictées par un

amour criminel, soit qu'elles en eussent les caracteres visibles, ou qu'elles
fussent enveloppées d'un voile.

» Louet & Brodeau rapportent plusieurs Arrêts (a), qui ont déclaré nuls
des actes de cette nature.

» Si la Jurisprudence a proscrit une
donation faite dans les circonstances les
plus favorables, quel sort doivent éprouver celles qui sont faites par des personnes qui n'ont aucun prétexte pour
excuser les désordres dans lesquels elles
ont vécu ?

» Le sieur ..... n'est pas le premier
amant qui ait eu l'adresse de déguiser
une donation sous la forme apparente
d'un contrat de vente, d'un bail à
rente, ou d'un contrat de constitution.
La fraude a pris souvent ces voies obli-
ques, pour se soustraire à l'empire des
Loix, nous en trouvons plusieurs exemples dans les fastes de la Jurisprudence.
Deux actes de cette espece ont été
anéantis par deux Arrêts de 1665 &
1674, rapportés dans le Journal des
Audiences.

(a) Lettre D. somm. 43, Arrêts rendus
en 1599, en 1625 & en 1628.

» Anciennement les Tribunaux ne déclaroient pas les donations faites entre concubinaires entiérement nulles, ils se bornoient à les réduire ; mais les Magistrats se sont apperçus que leur indulgence favorisoit la dépravation des mœurs ; &, pour en arrêter le torrent, ils ont fixé la Jurisprudence d'une manière invariable, en déclarant nuls tous les contrats qui contenoient des donations déguisées, faites en faveur de personnes qui avoient vécu dans le crime. Cette Jurisprudence, que la pureté de nos mœurs a introduite, & que le danger des conséquences a perfectionnée, ne souffre plus aujourd'hui exception ni modification. Tout acte qui porte une empreinte visible ou cachée d'une libéralité entre amans, est nul, & ne peut produire d'effet.

» Tous les Jurisconsultes qui ont écrit sur cette matiere, se sont réunis à adopter la juste sévérité du principe consacré par la Jurisprudence ; tous regardent que son esprit est de maintenir la liberté dans les contrats, & l'honnêteté dans les mœurs.

» Lorsqu'il reste quelque incertitude sur la nature de l'acte qui est attaqué, il n'eft point néceffaire d'avoir des preuves par écrit du concubinage, on eft autorifé à recourir à la preuve tefti-moniale; c'eft ce qui a été folennelle-ment jugé par l'Arrêt de 1599, que nous avons déjà cité. M. Louet, en rendant compte de cet Arrêt, dit : » Qu'il fut jugé que le fait d'adultere, » articulé par le frere, pour annuller la » donation faite par le teftament, à une » fervante avec laquelle il avoit eu un » commerce criminel, étoit recevable » pour être prouvé par témoins, quoi-» que la fervante fe fût mariée depuis » le décès du Teftateur. La Cour a pré-» jugé (ajoute ce Magiftrat) que ce » qui tendoit à maintenir l'honnêteté » publique, devoit l'emporter fur l'in-» térêt des particuliers, & qu'il étoit à » propos, pour réprimer un vice qui » n'eft que trop fréquent dans le Royau-» me, de détruire toutes les occafions » qui peuvent le favorifer «.

» Si les Magiftrats ont admis des héritiers, & même des étrangers, à prouver l'adultere dont la pourfuite & la vengeance n'appartiennent qu'au mari outragé, il n'eft pas douteux que cette

T vj

voie doit être permife lorfqu'il s'agit
de prouver le concubinage.

» Brodeau confirme ce principe par
trois Arrêts de 1625, 1629 & 1632.

» Pour nous (dit Ricard, part. 1,
chap. 3, fect. 8), qui avons joint
la pureté des mœurs chrétiennes avec
l'honnêteté civile, nous n'avons pas
fait difficulté de condamner tous les
avantages qui fe font entre ceux qui
font couverts des crimes d'incefte &
d'adultere, encore que, par notre Jurifprudence, les héritiers du mari ne
foient pas recevables à accufer fa veuve
d'adultere, s'il n'en a le premier témoigné fon reffentiment par une plainte en
Juftice. Néanmoins (ajoute cet Auteur), *les Arrêts ont reçu le fait d'a-
dultere*, lorfqu'il a été oppofé civilement par les héritiers & par forme d'exception, pour faire annuller une donation faite entre ceux qui étoient coupables de ce crime. Pour appuyer fon
fentiment, Ricard rapporte deux Arrêts rendus en 1642 & 1656.

» Bafnage, fur l'article 414 de la
Coutume de Normandie, établit le
même principe que Ricard; il cite un

Arrêt du Parlement de Rouen, du 7 Juillet 1682, qui l'a consacré ; & dit que la Loi doit tout donner à l'honneur & à la pureté, & condamner tout ce qui peut blesser l'honnêteté.

» C'est sur le fondement d'une maxime si nécessaire au maintien de l'ordre public, que les Tribunaux n'ont jamais fait difficulté d'admettre la preuve par exception du concubinage contre les actes qu'on prétendoit en être le fruit.

» Le sieur ..... soutient donc en vain que la foi est due à son titre, & qu'on ne peut en attaquer la sincérité par la preuve testimoniale.

» Cette objection seroit fondée, s'il s'agissoit d'une convention ordinaire, & d'un contrat fait entre des personnes qui ne seroient pas suspectes aux yeux des Loix. C'est aussi sur ce motif qu'on distingue les actes dont la sincérité est présumée, de ceux dont les énonciations sont justement suspectes. Dans la premiere hypothese, la foi est due au titre, & on ne peut l'attaquer par la preuve testimoniale. Dans la seconde hypothese, au contraire, la présomp-

tion de la fraude & du menfonge auto-
rife cette voie.

» Ainfi, tout acte paffé entre des
perfonnes fufpectes, eft préfumé fi-
mulé; & par conféquent, fi l'on n'allegue en fa faveur que des preuves
foibles & douteufes, il doit être anéanti.

» Le principe que le fieur ..... oppofoit, n'avoit donc aucune application
à l'efpece.

» Il réfulte des Loix & des autorités
que j'ai rappelées (difois-je), que tout
contrat fait entre des perfonnes qui vivent dans le concubinage, eft nul, parce
qu'il eft contraire à l'honnêteté publique & aux bonnes mœurs ; il n'eft pas
néceffaire que cet acte porte l'empreinte
d'une donation, il fuffit qu'il renferme
une libéralité déguifée ; & les Loix
préfument qu'il cache une prodigalité
qu'elles profcrivent, fi l'on ne démontre pas le contraire de la maniere la
plus évidente : enfin, lorfqu'il y a des
doutes fur la fincérité du titre, les Magiftrats doivent éclairer leur religion
en admettant la preuve par témoins du
concubinage.

» Si j'applique ces principes (conti-

nuois-je) aux circonstances qui ont accompagné le contrat de constitution
dont le sieur ..... demande l'exécution,
il est bien facile de démontrer que cet
acte est le fruit de la passion aveugle
qu'il avoit inspirée à la demoiselle
Asselin ; & s'il restoit quelque incertitude sur cette vérité , l'héritiere & les
créanciers de cette Actrice doivent être
admis à prouver les faits qu'ils ont articulés. Ainsi , sous quelque point de
vue qu'on envisage leur réclamation ,
elle doit être accueillie.

» En faudroit-il davantage que la déclaration formelle que la demoiselle
Asselin a insérée dans son testament,
pour anéantir la donation déguisée
qu'elle avoit faite au sieur ....? Non ,
sans doute. — Le témoignage de cette
femme mourante doit certainement
l'emporter sur une reconnoissance
qu'elle a passée dans le temps qu'elle
étoit dans l'égarement d'une passion.
Personne ne présumera que cette femme,
peu de jours avant sa mort , ait voulu
commettre une injustice aussi criante ,
que celle d'anéantir un contrat légitime. — On sera convaincu au contraire
que cette femme , pressée par ses re-

mords, n'a pas voulu que son amant privât ses créanciers des tristes dépouilles qui avoient échappé à sa passion funeste, & que, dans le moment terrible où elle voyoit la mort prête à terminer sa vie, elle a fait usage de la seule ressource qui lui restoit pour appaiser le cri de sa conscience alarmée. — Oser prétendre qu'on peut en imposer à la vue menaçante de la mort, c'est vouloir étouffer la voix des remords, & méconnoître le cœur humain. — C'est calomnier la Nature humaine, que de lui supposer un degré aussi extrême de perversité.

» Rendons plus de justice aux hommes ; s'il est un moment où leur témoignage mérite la confiance de la Justice, c'est lorsqu'ils rendent hommage à la vérité dans l'instant où ils se voient dans les bras de la mort. — Un scélérat seul peut en imposer dans le moment où il va finir sa vie. — Heureusement l'humanité n'a produit que rarement de pareils monstres.

» Ainsi, nous devons regarder comme une preuve qui mérite la plus grande confiance, la déclaration que la demoiselle Asselin a faite dans son testament, que l'acte de conſtitution qu'elle avoit. ſouſcrit en faveur de ſon amant, eſt une donation déguiſée, & un tribut arraché à ſa foibleſſe par l'importunité. — Comment donc oſe-t-on demander ſérieuſement, dans les Tribunaux, l'exécution d'un contrat auſſi illégal ?

» Le ſieur ..... prétend que jamais il n'a vécu en concubinage avec la demoiſelle Aſſelin ; mais cette allégation eſt contraire à la notoriété publique, & mille témoins atteſteront (ſi les Magiſtrats ne trouvent pas leur religion aſſez éclairée) que le ſieur ..... a vécu publiquement avec la demoiſelle Aſſelin, pendant ſept ans ; mais cette preuve que la Juriſprudence a toujours admiſe, eſt inutile dans l'eſpece préſente, puiſqu'on a démontré le concubinage de la maniere la plus évidente.

» En effet, eſt-il vraiſemblable que ſi le ſieur ..... n'eût pas été l'amant de la demoiſelle Aſſelin, il eût accepté les préſens qu'elle lui a faits ; qu'il eût occupé l'appartement que la demoiſelle Aſſelin lui avoit loué au deſſus du ſien ; que la demoiſelle Aſſelin eût volé à ſon ſecours pour rompre ſes fers, en payant ſon créancier, & en contrac-

tant des engagemens onéreux, qu'elle
a acquittés; que, dans le moment où
le sieur ..... avoit été obligé de recourir
à la générosité de la demoiselle Asselin
pour sortir de la prison où il étoit détenu
pour dettes, il ait prêté une somme de
12,000 livres, tandis qu'il s'étoit fait
arrêter & conduire en prison faute de
payer une somme de 1800 livres; que
la demoiselle Asselin, qui venoit de
placer 1500 livres de rente viagere sur
sa tête & sur celle de sa mere, & d'a-
cheter deux maisons de campagne, ait
emprunté une somme de 12,000 livres,
dans le temps même qu'elle avoit fait
ces acquisitions, & qu'elle en avoit
payé le prix avec l'argent qu'elle avoit
en dépôt chez son Banquier. — Qui
croira que le sieur ....., qui étoit logé,
nourri & entretenu par la demoiselle
Asselin, ait sérieusement prêté 12,000
livres à une femme qui, loin d'avoir
besoin des secours de son amant, avoit
toujours au contraire versé sur lui, avec
profusion, ses libéralités? — Qui croira
d'ailleurs qu'une femme d'une santé
chancelante, & attaquée d'une maladie
mortelle, dans le temps qu'elle venoit
d'employer ses fonds à acheter deux

maifons de campagne, auroit préféré
de faire un contrat de conftitution à
rente viagere en faveur d'un homme
auffi jeune qu'elle, & d'une fanté ro-
bufte, fi elle n'eût pas voulu couvrir
d'un voile les marques de fa générofité ?
— A qui le fieur ..... perfuadera-t-il
enfin, après tous les faits que nous
avons rappelés, & dont l'enfemble
forme un corps de preuve irréfiftible,
que le contrat de conftitution qu'il repréfente ne renferme pas une donation
déguifée, faite par une maîtreffe à fon
amant ? Non, il n'eft pas un feul de
nos Lecteurs qui ne partage notre conviction.

» Comment en effet réfifter à la
force impérieufe des conféquences qui
réfultent du teftament de la demoifelle
Affelin ? Jufqu'ici, le fieur ..... n'a
rien répondu à cette piece accablante
pour lui ; eh ! que pourroit-il y répondre ? --- La déclaration de la demoifelle Affelin eft précife & formelle ;
elle renferme non feulement l'aveu
que l'acte de conftitution dont il s'agit
cache une donation illicite ; elle contient encore le détail des circonftances

du commerce criminel qui a exifté entre le fieur ..... & la demoifelle Affelin.

” Pour prouver la fincérité de l’acte
que nous attaquons de nullité, le
fieur ..... nous oppofe des lettres que la
demoifelle Affelin lui a écrites dans le
temps qu’ils vivoient enfemble. C’eft
fur ces monumens d’une paffion contraire à l’honnêteté, qu’il veut juftifier
un titre qui offenfe les mœurs. S’il a
eu affez d’afcendant (pour nous fervir
des expreffions même du teftament de
la demoifelle Affelin) fur l’efprit de
cette femme facile, pour lui faire figner
un contrat de conftitution, il a eu affez
d’empire fur elle pour la déterminer
à lui écrire des lettres qu’il pourroit
montrer dans la fuite, pour tâcher d’é-
carter les juftes foupçons qui envelop-
poient ce contrat. Ainfi les lettres, loin
de détruire les foupçons de fraude, les
augmente; & il ne fut jamais de circonftance où la maxime, *nimia præcau-*
tio dolus, eût une application plus
directe.

” D’ailleurs c’eft un principe certain,
que tout écrit que les Parties ont eu
intérêt de faire entre elles pour cou-

vrir une fraude, ne peut entrer dans
l'ordre des preuves littérales. Ce principe est fondé sur les Loix & sur la
raison ; ainsi, quand le sieur ..... au lieu
de deux lettres en présenteroit une
foule, la Justice ne les regarderoit que
comme autant de monumens d'une passion aveugle, qui, loin de rendre légitime l'acte qu'elles auroient précédé ou
suivi, ne serviroient au contraire qu'à
déchirer le voile dont on a eu soin de
le couvrir, & à le faire proscrire avec
éclat.

» Mais, disoit le sieur ..... (& c'é-
toit le moyen dans lequel il paroissoit
avoir placé toute sa confiance), le titre
que je représente est authentique : il est
revêtu de toute les formalités ; la demoiselle Asselin y a reconnu que je
lui ai payé le capital de 12,000 livres,
qui y est énoncé. Donc la foi est due
à mon titre ; & toute preuve qui tend
à renverser cet acte légitime ne peut
être admise «.

» Il faut que le sieur ..... ignore les
principes, pour avancer, avec une confiance aussi ridicule, que son contrat
de constitution est à l'abri de toute cri-
tique, parce qu'il est revêtu des for-

malités ordinaires. En effet, comme nous l'avons démontré ci-devant, la Jurifprudence ne s'eft pas bornée à anéantir les actes qui ne portoient pas l'empreinte de formalités prefcrites par les Loix; elle a détruit tous ceux qui étoient le fruit d'une paffion criminelle, foit qu'ils fuffent ou non revêtus des formalités.

» Le principe adopté par la Jurif-prudence, eft fondé fur ce que tout acte paffé entre des perfonnes qui vivent dans le concubinage, eft fufpect aux yeux des Loix. D'après ce principe, c'eft au concubinaire à prouver la fincé-rité du titre qu'il repréfente. S'il ne fait pas cette preuve, les Loix préfument qu'il eft contraire aux mœurs, & l'anéan-tiffent. Nous avons rapporté plufieurs Arrêts qui ont confacré cette vérité; mais pour ne laiffer à notre Adverfaire aucun prétexte d'invoquer les claufes de fon contrat, nous lui oppoferons un dernier exemple qui établit jufqu'à quel point la Jurifprudence a porté fa jufte févé-rité contre les actes que les Loix foup-çonnent d'être l'ouvrage de la féduction.

» Quand un mari fait, dans le cours du mariage, une nouvelle reconnoifsance de dot à sa femme, il semble qu'il fait un contrat légitime. Un époux, une épouse sont des personnes respectables pour les mœurs publiques; l'habitude de vivre ensemble dans une union épurée par la Religion, & dans un commerce sérieux & sévere, devroit écarter toute idée de la séduction de l'amour. Cependant telle est la défiance des Loix, quand il s'agit des actes passés entre les deux sexes, qu'elles aiment mieux, pour ainsi dire, profaner le mariage même par le soupçon de la séduction, que d'exposer la liberté civile en accordant aux époux la faculté de faire des actes entre eux. Elles ne s'arrêtent point aux énonciations du contrat; elles exigent que la femme en prouve la sincérité, qu'elle prouve d'où sont venus les deniers de cette dot, & qu'elle les a réellement fournis (a).

» Que dira un concubinaire après un tel exemple ? Prétendra-t-il qu'il est plus favorable qu'une épouse qui n'a contre elle que la présomption d'a-

---

(a) Ces principes sont confirmés par une foule d'Arrêts.

voir fait une douce violence à son époux, & d'avoir exercé sur son cœur l'empire d'un amour légitime ? On lui répondra que cette séduction, quoique réprouvée par les Loix, n'offense point les mœurs, & qu'au contraire la séduction d'un amour criminel les outrage.

» Les Loix & la Jurisprudence se réunissent donc pour détruire le moyen que le sieur ..... tire de l'authenticité de son titre, & rien ne peut le dispenser de prouver qu'il a réellement fourni la valeur de cet acte «.

» Mais (disoit-il encore) trop crédule, & regardant d'ailleurs la demoiselle Asselin comme une personne solvable, je n'ai pu refuser de lui prêter l'argent dont elle avoit besoin, & dont elle me donnoit des reconnoissances «,

» Voilà la fable sur laquelle le sieur .... prétend établir qu'il a réellement fourni la valeur de l'acte qu'il représente; mais malheureusement pour lui, cette fable est détruite par l'acte même. En effet, on n'y trouve aucune mention des prétendues reconnoissances : le Notaire y a seulement énoncé que la demoiselle moifelle Affelin avoit déclaré qu'elle avoit reçu les douze mille livres : le titre même détruit donc la fable imaginée par le fieur .....

» D'ailleurs elle eft anéantie par les faits qu'on a articulés , puifqu'il en réfulte que le fieur ..... loin d'avoir été le créancier de la demoifelle Affelin , cette femme généreufe a été au contraire fa bienfaitrice.

» Le fieur ..... prétend enfin qu'il ne peut exifter de concubinage avec une Actrice de l'Opéra. Le concubinage , dit-il , n'a jamais lieu que lorfque le commerce eft borné à deux perfonnes de différens fexes. Or une fille d'O-péra , dont les appointemens font trop modiques (a) pour fournir aux dépenfes exceffives qu'elle eft obligée de faire (b),

---

(a) La demoifelle Affelin avoit cinq mille livres par an , tant en appointemens qu'en gratifications ; elle avoit en outre quinze cents livres de rente & deux maifons de campagne.

(b) Quelles font donc ces dépenfes exceffives ? L'Opéra eft le fpectacle de la Capitale où les Acteurs & les Actrices font obligés de faire le moins de dépenfes , puifque tous les habits de théâtre leur font fournis aux dépens de l'Opéra.

doit néceffairement avoir des intrigues :
tout le monde fait (ajoute le fieur
......) que dès le moment qu'une Danfeufe a paru fur le théatre, elle fe
procure la connoiffance d'une infinité
de perfonnes qui s'empreffent de lui
rendre leurs hommages, & que dans ce
concours d'adorateurs, il fe trouve une
ou deux perfonnes, ou un plus grand
nombre, qui fixent plus particuliérement
fon attention. Après avoir tracé ce tableau, le fieur ..... foutient qu'une Actrice de l'Opéra ne peut jamais vivre
en concubinage ; & de là il conclut
que le concubinage qui lui eft repro-
ché, eft chimérique & idéal «».

Je pourrois demander (difois-je)
au fieur ..... dans quel code il a puifé
ce principe, & il feroit fort embarraffé
d'indiquer une Loi ou une autorité qui
puiffe l'appuyer. Les Jurifconfultes dé-
finiffent le concubinage, le commerce
que deux perfonnes libres ont entre
elles. Aucune Loi n'a excepté les perfonnes attachées aux Spectacles. Que
le fieur ..... nous cite quelque exemple où les Tribunaux ont confirmé une
donation faite par une Actrice à fon
amant, & quelque autorité qui décide

qu'un commerce criminel de sept années avec une Actrice n'est point un véritable concubinage. Alors il sera fondé à soutenir que l'habitude criminelle qu'il a eue avec la demoiselle Asselin , ne peut être regardée comme un concubinage. Mais à quels caracteres reconnoît-on des concubinaires ? C'est lorsqu'ils se fréquentent sans cesse , qu'ils logent & vivent ensemble..... Or le commerce du sieur ..... avec la demoiselle Asselin a tous ces caracteres. Donc c'est un véritable concubinage, & par conséquent tous les engagemens que cette passion a enfantés sont nuls , comme contraires aux mœurs & à l'honnêteté publique.

» D'ailleurs, il est important d'observer que le sieur ..... a avoué formellement qu'il avoit (pour nous servir de ses expressions) *rendu ses hommages à la demoiselle Asselin* pendant sept années entieres. Cet aveu , qui lui est échappé , est un trait de lumiere qui dévoile aux yeux de la Justice le fait qui doit la déterminer à proscrire l'acte qui est l'ouvrage d'une passion dont il reconnoît lui-même l'existence. — Et comment pourroit-il nier un commerce aussi long, aussi public , & que mille

témoins peuvent attester aux Magistrats ?

» Tout se réunit donc pour écarter
les prétextes que le sieur ..... employoit
pour justifier un titre qui étoit infecté
d'un vice radical.

» Il résulte des faits dont nous avons
rendu compte, & des moyens que nous
avons développés, que cette Cause offre
le tableau de la vie d'une femme facile & généreuse, qui après avoir amassé
un capital considérable, a eu le malheur de devenir victime d'une passion
insensée ; que cette amante aveugle
n'a mis aucunes bornes à sa prodigalité
envers son amant pendant sept années
qu'ils ont vécu ensemble ; que dans
l'intervalle où elle étoit dans les chaînes
de cette passion funeste, son amant a
eu, comme elle le déclare dans son testament, assez d'ascendant sur son esprit
pour lui faire signer un contrat de constitution dont il ne lui a point fourni
la valeur «.

Ainsi il ne se présenta jamais dans les
Tribunaux une occasion plus favorable
d'appliquer la juste sévérité des Loix
contre un titre aussi illégal, & de
venger les mœurs outragées. — La

fœur & les créanciers de la demoifelle
Affelin en attendent donc avec confiance la profcription, & le Jugement
qui l'anéantira, dicté par les Loix, la
Jurifprudence & l'honnêteté publique,
fera un monument de la fageffe & des
lumieres des Magiftrats «.

Par Sentence du Châtelet du 7 Septembre 1776, l'héritiere de la demoifelle Affelin a été admife à prouver les
faits de concubinage. Le fieur ..... a interjeté appel de cette Sentence; mais
par Arrêt provifoire, le Parlement en
a ordonné l'exécution. L'enquête a été
faite. Elle étoit concluante. Le Châtelet, conformément aux principes, a
déclaré, par Sentence du mois de Mars
1777, le contrat fait au profit du fieur ....
nul & de nul effet. Le fieur ..... a ac-
quiefcé à cette Sentence : ainfi on doit
la regarder comme étant paffée, fuivant le vœu de l'Ordonnance, en force
de chofe jugée.

Machine infernale.

Nous avons déjà rendu compte d'une *Machine infernale* qu'un frere fut accusé, par le Ministere public, d'avoir fabriquée pour exterminer son frere. On n'en peut lire la description sans frémir. Il ne paroît même pas possible d'imaginer comment il s'est trouvé un scélérat assez intrépide pour oser entreprendre d'exécuter cet abominable ouvrage, après l'avoir conçu. Comment a-t-il pu compter assez sur son adresse, pour espérer qu'il ne donneroit aucun mouvement à la détente des pistolets, en attachant au couvercle les fils de fer qui doivent les faire partir par le mouvement de ce couvercle?

Cependant ce modele, qui a été fabriqué à Lyon, a été imité à Orléans. Les Juges de Lyon avoient cru trouver le coupable, & l'avoient condamné à la mort, précédée de supplices effrayans. Mais le Parlement de Paris jugea que ce que le premier Tribunal avoit pris pour des preuves, n'étoit que des indices infuffifans pour déterminer à prononcer la mort de l'accufé. Cependant l'épreuve de la queftion la plus rigoureufe n'ayant arraché aucun aveu de la bouche de cet accufé, il fut condamné à toutes les peines que la Loi a dépofées dans les mains de la Juftice, excepté celle de la mort.

Le fcélérat qui, à Orléans, a ofé entreprendre de répéter l'effai de cette funefte machine, voyant que le premier auteur avoit échappé au dernier fupplice, faute de preuves juridiques, a cru fans doute qu'en prenant des précautions mieux combinées, il empêcheroit que le foupçon ne vînt jufqu'à lui. Mais, heureufement pour l'humanité, le coupable a été convaincu, & a fubi la peine due à fon horrible attentat. On doit efpérer que cet exemple arrêtera déformais le cours de ces affreufes entreprifes.

Nicolas Philippot étoit Serrurier à Orléans, & l'on dit qu'il étoit fort habile dans fon métier. Il a au moins fait preuve d'une grande adreffe dans la fabrication de la machine dont il a fait ufage.

Il fréquentoit beaucoup dans la mai-

V iv

fon du nommé François Meunier, Vitrier dans la même ville. Meunier foupçonna que fa femme étoit plus que lui l'objet des fréquentes vifites de Philippot. Il le pria de les ceffer; fes prieres n'ayant pas eu leur effet, il avertit férieufement celui qu'il regardoit comme fon rival, qu'il prendroit des mefures pour l'empêcher de venir chez lui.

Les vifites cefferent; mais il paroît que la liaifon continua entre Elifabeth Breton, femme de Meunier, & Philippot. Meunier avoit pour domeftique une fille nommée *Marie-Magdeleine Froc*, qui portoit à Philippot des lettres de fa Maîtreffe, & lui rapportoit les réponfes.

Le mari cependant vivoit dans la plus grande fécurité. Il n'avoit plus entendu parler de celui qu'il avoit cru être l'amant de fa femme, depuis qu'il lui avoit interdit l'entrée de fa maifon, & n'avoit aucun foupçon de leur correfpondance.

Un jour du mois de Mai 1776, le nommé Nérau, dit *Saint-Jean*, domeftique fans condition, & faifant dans Orléans des commiffions pour le

Public, lui apporte une boîte, & lui dit qu'elle contient des eſtampes, qu'on lui envoie pour les encadrer.

Quoique Meunier connût la perſonne de la part de qui Nérau lui dit que venoient ces eſtampes, & qu'il eût même déjà travaillé pour elle dans le même genre, il refuſa de prendre la boîte, diſant qu'il ne recevoit point de paquets ſans lettre d'avis.

Le Jeudi, 30 du même mois, ſur les huit heures & demie du ſoir, Nérau rapporte la même boîte, ſur laquelle étoit l'adreſſe de Meunier, avec une lettre qui lui donnoit avis qu'elle venoit de la même perſonne qui lui avoit déjà fait encadrer des eſtampes, & qui le chargeoit d'encadrer encore celles qu'il trouveroit enfermées dans la boîte. Il la reçoit, & remet à l'ouvrir juſqu'au lendemain.

Dès que ſa boutique fut ouverte, le Vendredi, 31 Mai, au matin, il travaille à ouvrir le fatal paquet. Il détache le couvercle, qui étoit artiſtement arrêté. A peine le ſouleve-t-il pour l'ôter, qu'il ſe fait une exploſion qui effraya tout le voiſinage, & bleſſa

V v

griévement Meunier aux mains & au
vifage.

Le premier effroi paffé, on examine
la boîte, & l'on reconnoît qu'elle contenoit une machine à peu près femblable à celle qui avoit été mife en
ufage à Lyon. Heureufement les bou-
ches des deux piftolets fe trouverent
dirigées du côté de la boîte oppofé à
celui qui étoit tourné vers Meunier ;
en forte que les balles dont les piftolets
étoient chargés, furent lancées dans la
rue, & ne blefferent perfonne.

Meunier inftruit la Juftice du danger qu'il venoit de courir, lui remet
entre les mains la boîte en l'état où elle
étoit, & la lettre qu'il avoit reçue, &
déclare que le tout lui a été remis par
Nérau, dit *Saint-Jean*, avec les circonftances rapportées plus haut.

Nérau eft arrêté & conftitué prifonnier. On l'interroge : il déclare que c'eft
Philippot qui l'a chargé de porter la
boîte à fon adreffe, avec la lettre d'avis
que Meunier avoit demandée, & que
Philippot lui avoit recommandé de ne
pas le nommer, & de ne parler que de
la perfonne qui effectivement, difoit-

il, l'avoit chargé d'envoyer le paquet à son adresse. Il ajoute que, quand il vint chez Philippot lui rendre compte du succès de sa mission, celui-ci lui paya son salaire, lui dit qu'il devoit avoir besoin de se rafraîchir, après la course qu'il venoit de faire, & lui offrit un verre de vin qu'il accepta. Après cette déclaration, on trouva Nérau mort dans sa prison.

De-là on a conjecturé, non sans fondement, que le verre de vin qu'il avoit bu chez Philippot étoit empoisonné, & que ce scélérat, en faisant périr le Commissionnaire, avoit espéré couper tous les rapports qu'il pouvoit y avoir entre lui & la boîte, & rompre le seul fil qui pouvoit conduire jusqu'à lui. En effet, si le malheureux Saint-Jean fût mort dans la nuit qui se passa entre la remise & l'ouverture de la boîte, il eût été bien difficile de découvrir d'où elle provenoit. Le Vitrier auroit bien nommé le Commissionnaire qui la lui avoit apportée ; mais comment auroit-on appris de quelle main ce Commissionnaire la tenoit ?

On auroit cherché à le deviner par l'écriture de la lettre & de l'adresse.

Mais comment, entre tous les habitans d'une ville aussi grande & aussi peuplée que celle d'Orléans, démêler l'écriture d'un Serrurier ? Il ne seroit peut-être pas difficile de reconnoître la main d'un homme que son état met dans le cas d'écrire souvent pour le Public ; mais un Serrurier ! Quand est-ce qu'il écrit ? Souvent même sait-il écrire ?

Quoi qu'il en soit, aussi-tôt que la femme de Meunier sut que Saint-Jean étoit arrêtée elle prit la fuite. Philippot prit de son côté la même précaution.

Son premier mouvement l'avoit porté à se retirer en Angleterre ; mais, soit qu'il ait éprouvé des difficultés pour le passage, soit que quelque autre motif l'ait arrêté, il se détermina à rester dans le Royaume. Il eut même l'audace de rentrer dans Orléans, pour y prendre, dans sa maison, quelques hardes & quelques ustensiles à son usage.

Il prit si bien ses mesures, qu'il n'y fut point apperçu, & vint à Paris. Il se logea dans une auberge, rue de Touraine, au coin de la rue des Cordeliers. Il y passa environ deux mois, sous le nom du *Chevalier d'Albret*, & se difant Officier dans le Régiment de Conti. Il occupoit, dans cette auberge, une chambre garnie, & mangeoit habituellement à la table où plus de cent perfonnes viennent ordinairement prendre leurs repas. Il avoit un certain extérieur d'éducation, qui lui fit former une forte de liaifon avec quelques-uns de fes convives.

Il fit un jour la partie, avec deux ou trois, de s'aller promener à la Foire Saint-Ovide, d'où il ne revint à fon auberge que vers minuit. Lorfqu'il frappoit à la porte, il fut entouré d'une troupe de Mouches de Police, qui le forcèrent d'entrer dans l'auberge, d'où il voulut fuir à la vue d'un Commiffaire, qui l'attendoit depuis deux heures, avec main-forte.

Après que les Mouches eurent certifié au Commiffaire que c'étoit le même individu dont le fignalement avoit été envoyé d'Orléans à la Police, cet Officier s'affura de fa perfonne, en lui faifant mettre les menottes. Il fut conduit dans la chambre qu'il occupoit, où l'on fit la perquifition de fes effets. On trouva, caché dans un coin, un tas affez confidérable de charbon, dont l'Aubergiste déclara n'avoir aucune connoissance. On trouva plusieurs matrices de monnoie en terre. On fouilla dans ses poches, on y trouva quelques écus de six livres ébauchés en plomb.

Procès-verbal fut dressé de ces découvertes, & Philippot fut conduit au Grand-Châtelet, d'où il fut transféré dans les prisons d'Orléans.

Son procès lui fut fait, & dans le même procès se trouverent impliquées Élisabeth Breton, femme de Meunier, suspectée d'avoir été complice de l'attentat commis contre son mari, & Marie-Magdeleine Froc, qui, comme nous l'avons dit, avoit été la messagere de la correspondance que Philippot & la femme Meunier avoient entretenue ensemble.

Par Sentence du 11 Janvier 1777, la contumace a été déclarée bien & dûment instruite contre la femme Meunier, & Philippot a été déclaré dûment atteint & convaincu d'avoir fabriqué une boîte meurtriere, dans laquelle étoient renfermés deux pistolets chargés de poudre & à balles ; d'avoir envoyé cette boîte par le nommé Nérau, dit *Saint-Jean*, à deux diffé-

rentes fois , & notamment le Jeudi
30 Mai dernier , fur les huit heures
& demie du foir , avec une lettre d'avis
fuppofée , au nommé François Meunier,
Vitrier à Orléans , & ce dans le deffein
de faire périr Meunier par l'ouverture
qu'il feroit de ladite boîte ; & lors de
laquelle ouverture ledit Meunier a été
griévement bleffé. Pour réparation de
quoi Philippot a été condamné à avoir ,
par l'Exécuteur de la Haute-Juftice, les
bras, jambes, cuiffes & reins rompus
vif , fur un échafaud qui , à cet effet ,
feroit dreffé fur la place publique du
Marttoy de la ville d'Orléans ; ce fait ,
être mis fur une roue , la face tournée
vers le Ciel , pour y refter jufqu'à ce
qu'il expire. Les biens dudit Philippot
ont été déclarés acquis & confifqués
au profit de Sa Majefté , ou de tel autre
Seigneur Haut-Jufticier qu'il appartiendroit ; fur iceux préalablement pris la
fomme de cinquante livres d'amende
envers le Roi , au cas que confifcation
n'ait lieu au profit de Sa Majefté. En ce
qui touchoit la femme Meunier , il a
été ordonné qu'il feroit furfis à fon Jugement , jufqu'après l'exécution de
Philippot ; & en ce qui concernoit la

fille Froc, elle a été mise hors de
Cour; lui a été enjoint néanmoins
d'être plus circonspecte à l'avenir. Il a
été ordonné que ladite Sentence seroit
imprimée & affichée par-tout où besoin
seroit. Ce Jugement rendu, Philippot,
avec les grosses de la procédure, fut
transféré dans les prisons de la Conciergerie, & la fille Froc fut mise en
liberté, en conséquence du hors de
Cour que les Juges d'Orléans avoient
prononcé à son égard.

. Mais, par Arrêt du premier Février
1777, la Cour, ayant vu le Procès,
ordonna que dans huitaine, à compter
du jour de la signification qui en seroit
faite à cette fille, elle seroit tenue de
se rendre aux pieds de la Cour pour le
Jugement de son Procès; sinon, & à
faute de ce faire dans ledit temps,
& icelui passé, il a été ordonné qu'il
y seroit procédé, tant en son absence
que présence, suivant & au désir de
l'Edit du mois de Juillet 1773 (a).

(a) L'article X de cet Edit porte, » qu'il
ne pourra être procédé, tant en premiere
que derniere instance, au Jugement d'aucun
Procès criminel instruit par récolement &
confrontation, & dont l'appel sera de na-

La fignification de cet Arrêt lui fut faite le 18 Février.

M. le Procureur - Général interjeta appel *à minimâ* de la Sentence d'Orléans, à l'égard de Philippot ; & par

---

ture à être porté ès Chambres de Tournelle, ou autres Chambres de nos Cours, où fe portent les appels des Procès de grand criminel, fans appeler, pour fubir le dernier interrogatoire en préfence des Juges, tous les accufés, autres néanmoins que ceux contre lefquels la contumace aura été inftruite en la forme ordinaire. Voulons en conféquence qu'en vertu d'un Jugement qui fera rendu, à la requête de la Partie publique, il leur foit fait fommation de comparoître au jour indiqué par ledit Jugement, & de fe réintégrer à cet effet dans les prifons, ou de fe repréfenter aux pieds de la Cour, fuivant l'exigence des cas «.

- » Article XI. Faute par lefdits accufés d'avoir comparu ou de s'être mis en prifon, il fera paffé outre au Jugement du Procès, fans qu'il foit befoin de conftater leur abfence, autrement que par un certificat qui fera délivré par le Greffier de la Geole, ou par le procès-verbal de l'Huiffier qui aura été chargé de les appeler, fans qu'il puiffe être fait aucune perquifition defdits accufés, & inftruit aucune contumace, faute de préfence, dont nous abrogeons l'ufage ; & fera, le certificat dudit Greffier, ou le procès-verbal de l'Huiffier, joint au Procès «.

Arrêt du 25 Février 1777, la Cour, faisant droit sur cet appel, & sur celui qu'avoit interjeté Philippot de la même Sentence, mit les appellations & la Sentence au néant; émendant, pour les cas résultans du Procès, condamna Nicolas Philippot à avoir les bras, jambes, cuisses & reins rompus vif, par l'Exécuteur de la Haute-Justice, sur un échafaud qui, pour cet effet, seroit dressé dans la place publique du Martroy de la ville d'Orléans; Philippot préalablement appliqué à la question ordinaire & extraordinaire, pour avoir, par sa bouche, la révélation de ses complices & la vérité d'aucuns faits mentionnés au Procès; tous ses biens acquis & confisqués au Roi, ou à qui il appartiendra; sur iceux préalablement pris la somme de deux cents livres d'amende envers le Roi, au cas que confiscation n'ait pas lieu au profit de Sa Majesté. Surseoit à faire droit sur les plaintes & accusations intentées, à la requête du Procureur du Roi au Bailliage d'Orléans, contre Marie-Magdeleine Froc, jusqu'après l'exécution du présent Arrêt à l'égard dudit Nicolas Philippot; en conséquence, ordonne

qu'elle sera, à la requête du Procureur-
Général du Roi, écrouée sur le regiftre
des prifons de la Conciergerie, pour,
les procès-verbaux de queftion & d'exécution dudit Philippot, apportés au
Greffe criminel de la Cour, Marie-
Magdeleine Froc ramenée fous bonne
& sûre garde des prifons d'Orléans en
celles de la Conciergerie du Palais, le
tout communiqué au Procureur - Général du Roi, être par lui pris telles
conclufions qu'il appartiendra, &, vu
par la Cour, être ordonné ce que de
raifon. Ordonne que le préfent Arrêt
fera imprimé, publié & affiché, tant
dans la ville d'Orléans que dans la
ville, fauxbourgs & banlieue de Paris,
& par-tout où befoin fera; & pour le
faire mettre à exécution, renvoie Nicolas Philippot & Marie-Magdeleine
Froc prifonniers par-devant les Officiers du Bailliage criminel d'Orléans.

Philippot, à la queftion qui lui fut
donnée à Orléans, le 28 du même
mois, n'avoua rien, & foutint toujours, avec cette atroce fermeté qu'ac-
quiert aux fcélérats l'habitude du crime,
qu'il étoit innocent. Mais enfin, l'appareil de fon fupplice, & le fpectacle

des inftrumens avec lefquels il alloit
être exécuté, femblerent faire quelque
impreffion fur lui. » Voilà, dit-il, où
» conduit l'amour des femmes «, en
employant une expreffion que la décence ne permet pas de répéter.

Enfin, Marie-Magdeleine Froc,
ayant été ramenée, après l'exécution
de Philippot, dans les prifons de la
Conciergerie, la Cour, après avoir vu
le procès-verbal de queftion fubie par
Nicolas Philippot, devant les Juges
d'Orléans, le 28 Février, contenant
fes réponfes & dénégations, fon récolement fur fes interrogatoires du
même jour, conclufions du Procureur-
Général du Roi, après avoir interrogé
Marie-Magdeleine Froc, fur les faits
mentionnés au Procès, par Arrêt du
premier Mars 1777, déchargea Marie-
Magdeleine Froc des plaintes & accufation contre elle intentées, à la requête
du Procureur du Roi au Bailliage d'Orléans ; en conféquence, ordonna que
fes écrous feroient rayés & biffés de
tous regiftres où ils peuvent avoir été
infcrits, & que mention feroit faite du
préfent Arrêt en marge, à ce faire tous
Greffiers dépofitaires defdits regiftres

contraints par corps, quoi faifant, dé-
chargés ; ordonna qu'à la requête du
Procureur-Général du Roi le préfent
Arrêt feroit imprimé, publié & affiché, tant dans la ville d'Orléans que
dans la ville, fauxbourgs & banlieue
de Paris, & par-tout où befoin feroit.

Il fut prouvé à la vérité qu'elle avoit
porté les lettres que la femme de Meunier avoit envoyées à Philippot, &
rapporté les réponfes. Mais elle n'avoit
fait qu'obéir à fa Maîtreffe : elle ignoroit totalement ce que contenoient ces
lettres, & n'avoit aucune part, ni
directe ni indirecte, au crime de Philippot.

Il eft poffible encore que la femme
Meunier foit innocenté de l'attentat
commis contre fon mari. Si elle a eu
un mauvais commerce avec Philippot,
ce qui n'eft pas prouvé, & fi elle l'a
continué depuis que ce fcélérat a ceffé
fes vifites, il eft très-probable qu'il ne
lui a pas fait part de fon abominable
projet, dont il eft vraifemblable qu'elle
n'eût pas fouffert l'exécution. Auffi,
quoiqu'elle ait été jugée par contumace,
le Juge d'Orléans n'a-t-il prononcé

contre elle qu'un plus amplement informé , après l'exécution de Philippot.

Quant à celui-ci , on ne l'a point
poursuivi sur l'empoisonnement de Nérau, sur lequel on ne peut avoir que
des soupçons fondés sur les circonstances , & qu'il eût été impossible de prouver. On ne s'est point arrêté non plus
à le poursuivre comme faux monnoyeur;
il étoit inutile de le condamner pour
un crime qui ne se punit que par un
supplice beaucoup moins rigoureux que
celui que méritoit ce scélérat.

Fin du Tome septieme.

TABLE

DES CAUSES

Contenues dans ce septieme Volume.

AFFAIRE DU SIEUR DE POILLY, page 1

ALIMENS, 145

ACCUSATION de crime de plagiat; enfant réclamé par deux peres, 177

BAPTÊME D'UN MUSULMAN, 234

VIEUX Médecin accusé d'avoir fait un enfant à une jeune Sage-femme, 298

LE suicide est-il une preuve de démence, 316

PROTESTANT qui refuse de reconnoître pour sa femme une jeune Pro-

480   T A B L E.

teftante qu'il avoit féduite & prife pour fon épouse, fuivant le Rit Proteftant,   381

DONATION *déguifée, faite par une Actrice de l'Opéra à fon amant, attaquée de nullité par l'héritiere & les créanciers de cette Actrice,*   420

MACHINE INFERNALE,   462

Fin de la Table du feptieme Volume.

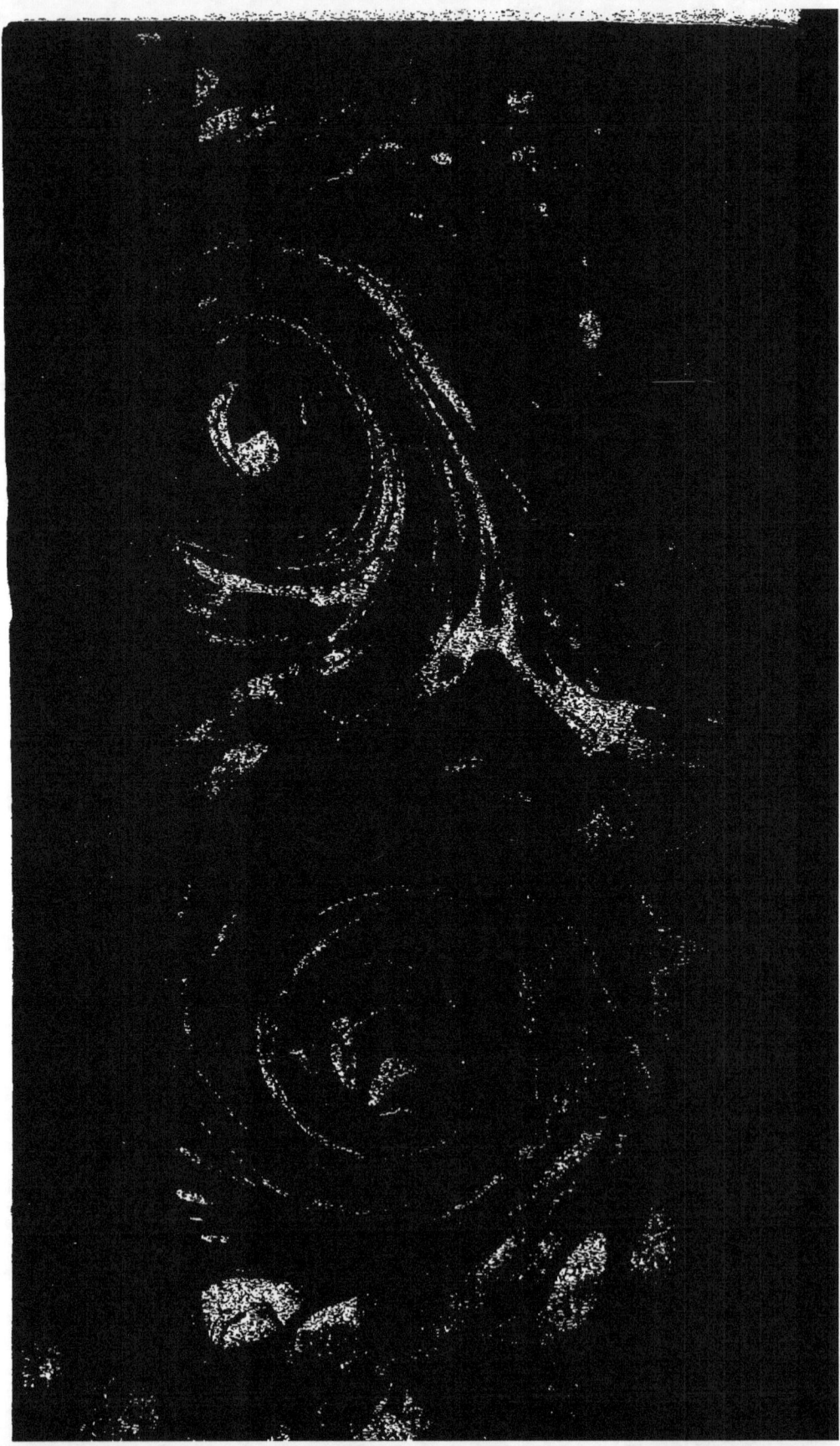